自然风情

蒋　蓝◎编选

图书在版编目（CIP）数据

自然风情 / 蒋蓝编选 .—北京：中国书籍出版社，2014.6
（中国书籍文学馆·精品赏析）
ISBN 978-7-5068-4006-4

Ⅰ . ①自… Ⅱ . ①蒋… Ⅲ . ①散文集—世界 Ⅳ . ① I16

中国版本图书馆 CIP 数据核字（2013）第 305175 号

自然风情

蒋蓝　编选

图书策划	武　斌　崔付建
责任编辑	许艳辉
责任印制	孙马飞　张智勇
出版发行	中国书籍出版社
地　　址	北京市丰台区三路居路 97 号（邮编：100073）
电　　话	（010）52257143（总编室）（010）52257153（发行部）
电子邮箱	chinabp@vip.sina.com
经　　销	全国新华书店
印　　刷	北京世纪雨田印刷有限公司
开　　本	710 毫米 ×960 毫米　1/16
字　　数	238 千字
印　　张	20
版　　次	2014 年 6 月第 1 版　　2014 年 6 月第 1 次印刷
书　　号	ISBN 978-7-5068-4006-4
定　　价	39.80 元

版权所有　翻印必究

目 录

003 ● 马六甲记游·[中国]郁达夫

010 ● 上景山·[中国]许地山

014 ● 白水漈·[中国]朱自清

016 ● 温州的踪迹·[中国]朱自清

018 ● 北海纪游·[中国]朱湘

029 ● 世界公园的瑞士·[中国]邹韬奋

034 ● 长安行·[中国]郑振铎

039 ● 大佛寺·[中国]郑振铎

043 ● 芦沟晓月·[中国]王统照

047 ● 哈尔滨之春·[中国]刘白羽

050 ● 阳关雪·[中国]余秋雨

055 ● 海边幻想·[美国]惠特曼

057 ● 乡村·[俄国]屠格涅夫

060 ● 麻雀·[俄国]屠格涅夫

062 ● 生活在大自然的怀抱里·[法国]卢梭

065 ● 冬天之美·[法国]乔治·桑

067 ● 遗忘之河·[法国]普鲁斯特

070 ● 维纳斯像·[法国]梅里美

072 ● 猎狼记·[法国]大仲马

075 ● 伦敦·[德国]海涅

078 ● 大城市·［德国］齐美尔

080 ● 杂木林·［日本］德富芦花

082 ● 大河·［日本］德富芦花

084 ● 孟加拉风光·［印度］泰戈尔

087 ● 对岸·［印度］泰戈尔

089 ● 洞·［奥地利］卡夫卡

091 ● 归来的温馨·［智利］聂鲁达

097 ● 杭州的八月·［中国］郁达夫

099 ● 泰山日出·［中国］徐志摩

102 ● 山居杂缀·［中国］戴望舒

106 ● 公园·［中国］朱自清

113 ● 空中楼阁·［中国］朱湘

116 ● 蓬莱风景线·［中国］庐隐

119 ● 夜的奇迹·［中国］庐隐

121 ● 旅行杂记·［中国］朱自清

129 ● 博物院·［中国］朱自清

136 ● 春风满洛城·［中国］郑振铎

142 ● 塔山公园·［中国］郑振铎

147 ● 孤崖一枝花·［中国］林语堂

149 ● 筏子·［中国］袁鹰

152 ● 高原雪·［中国］高洪波

- 155 ● 日光浴·[美国]惠特曼
- 158 ● 在卢浮宫博物馆·[法国]罗丹
- 161 ● 行前寄语·[俄国]阿·托尔斯泰
- 165 ● 听泉·[日本]东山魁夷
- 168 ● 榕树的语言·[印度]泰戈尔

- 173 ● 花坞·[中国]郁达夫
- 177 ● 南行杂记·[中国]郁达夫
- 187 ● 翡冷翠山居闲话·[中国]徐志摩
- 190 ● 我们的太平洋·[中国]鲁彦
- 195 ● 长安寺·[中国]萧红
- 199 ● 瑞士·[中国]朱自清
- 205 ● 公园·[中国]萧红
- 208 ● 囚绿记·[中国]陆蠡
- 212 ● 青岛·[中国]闻一多
- 215 ● 山市·[中国]郑振铎
- 220 ● 苏州赞歌·[中国]郑振铎
- 224 ● 一对石球·[中国]缪崇群
- 227 ● 一条鱼顺流而下·[中国]谢冕
- 230 ● 一个低音变奏·[中国]严文井
- 235 ● 我坐而眺望·[美国]惠特曼
- 237 ● 火绒草·[苏联]高尔基

- 239 ● 风暴·[英国]狄更斯
- 241 ● 一个树木的家庭·[法国]于·列那尔
- 243 ● 春天·[日本]川端康成
- 245 ● 黄昏和黎明·[印度]泰戈尔

- 249 ● 北平的四季·[中国]郁达夫
- 255 ● 红的果园·[中国]萧红
- 259 ● 海·[中国]许地山
- 261 ● 南国·[中国]瞿秋白
- 263 ● 衖衖·[中国]朱湘
- 267 ● 扬州的夏日·[中国]朱自清
- 271 ● 岳阳楼·[中国]叶紫
- 275 ● 白马湖之冬·[中国]夏丏尊
- 278 ● 北平·[中国]郑振铎
- 289 ● 北南西东·[中国]缪崇群
- 296 ● 云南的蘑菇·[中国]彭荆风
- 299 ● 夜晚·[美国]惠特曼
- 302 ● 雪夜·[法国]莫泊桑
- 304 ● 农家·[德国]黑塞
- 307 ● 红房子·[德国]黑塞
- 310 ● 太阳的话·[日本]岛崎藤村

马六甲记游·[中国]郁达夫

上景山·[中国]许地山

白水漈·[中国]朱自清

温州的踪迹·[中国]朱自清

北海纪游·[中国]朱湘

世界公园的瑞士·[中国]邹韬奋

……

生活在自然怀抱

从生命一开始，大自然就向我们人类心灵里灌注进去一种不可克服的永恒的爱。

——朗吉弩普斯

马六甲记游

□ [中国] 郁达夫

为想把满身的战时尘滓暂时洗刷一下,同时,又可以把个人的神经,无论如何也负担不起的公的私的积累清算一下之故,毫无踌躇,飘飘然驶入了南海的热带圈内,如醉如痴,如在一个连续的梦游病里,浑浑然过去的日子,好像是很久很久了,又好像是只有一日一夜的样子。实在是,在长年如盛夏,四季不分明的南洋过活,记忆力只会一天一天的衰弱下去,尤其是关于时日年岁的记忆,尤其是当踏上了一定的程序工作之后的精神劳动者的记忆。

某年月日,为替一爱国团体上演《原野》而揭幕之故,坐了一夜的火车,从新加坡到了吉隆坡。在卧车里鼾睡了一夜,醒转来的时候,填塞在左右的,依旧是不断的树胶园,满目的青草地,与在强烈的日光里反射着殷红色的墙瓦的小洋房。

揭幕礼行后,看戏看到了午夜,在李旺记酒家吃了一次朱植生先生特为筹设的宵夜筵席之后,南方的白夜,也冷悄悄的酿成了一味秋意;原因是由于一阵豪雨,把路上的闲人,尽催归了梦里,把街灯的玻璃罩,也洗涤成了水样的澄清。倦游人的深夜的悲哀,忽而从驶回逆旅的汽车窗里,露了露面，仿佛是在很远很远的异国，偶尔见到了一个不甚熟悉的同坐过一次飞机或火车的偕行伙伴。这一种感觉，已经有好久好久不曾尝到了，这是一种在深夜当游倦后的哀思啊！

第二天一早起来，因有友人去马六甲之便，就一道坐上汽车，向南偏西，上山下岭，尽在树胶园椰子林的中间打圈圈，一直到过了丹平的关卡以后，样子却有点不同了。同模型似的精巧玲珑的马来人亚答屋的住宅，配合上各种不同的椰子树的阴影，有独木的小桥，有颈项上长着双峰的牛车，还有负载着重荷、在小山坳密林下来去的原始马来人的远景，这些点缀，分明在告诉我，是在南洋的山野里旅行。但偶一转向，车驶入了平原，则又天空开展，水田里的稻秆青葱，田塍树影下，还有一二皮肤黝黑的农夫在默默地休息，这又像是在故国江南的旷野，正当五六月耕耘方起劲的时候。

到了马六甲，去海滨"彭大希利"的莱斯脱·好坞斯（Rest House）去休息了一下，以后，就是参观古迹的行程了。导我们的先路的，是由何葆仁先生替我们去邀来的陈应桢、李君侠、胡健人等几位先生。

我们的路线，是从马六甲河西岸海滨的华侨银行出发，打从圣弗兰雪斯教堂的门前经过，先向市政厅所在的圣保罗山，亦叫作升旗山的古圣保罗教堂的废墟去致敬的。

这一块周围仅有七百二十英里方的马六甲市，在历史上，传说上，却是马来半岛，或者也许是南洋群岛中最古的地方，是在好久以前，就听人家说过的。第一，马六甲的这一个马来名字的由来，据说就是在十四世纪中叶，当新加坡的马来人，被爪哇西来的外人所侵略，酋长斯干达夏率领群众避至此地，息树荫下，偶问旁人以此树何名，人以"马六甲"对，于是这地方的名字，就从此定下了。而这一株有五六百年高寿的马六甲树，到现在也还婆娑独立在圣保罗的山下那一个旧式栈桥接岸的海滨。枝叶纷披，这树所覆的荫处，倒确有一连以上的士兵可以扎营。

此外，则关于马六甲这名字的由来，还有酋长见犬鹿相斗，犬反被鹿伤的传说；另一说，则谓马六甲系爪哇语"亡命"之意，或谓系爪哇人称巨港之音，巫来由即马六甲之变音。

这些倒还并不相干，因为我们的目的，只想去瞻仰瞻仰那些古时遗下来的建筑物，和现时所看得到的风景之类；所以一过马六甲河，看见了那座古色苍然的荷兰式的市政厅的大门，就有点觉得在和数世纪前的彭祖老人说话了。

这一座门，尽以很坚强的砖瓦垒成，像低低的一个城门洞的样子；洞上一层，是施有雕刻的长方石壁，再上面，却是一个小小的钟楼似的塔顶。

在这里，又不得不简叙一叙马六甲的史实了：第一，这里当然是从新加坡西来的马来人所开辟的世界，这是在十四世纪中叶的事情。在这先头，从宋代的中国册籍《诸藩志》里，虽可以见到巨港王国的繁荣，但马六甲这一名，却未被发现。到了明朝，郑和下南洋的前后，马六甲就在中国书籍上渐渐知名了，这是十四世纪末叶的事情。在十六世纪初年，葡萄牙人第奥义·洛泊斯特·色开拉（Diogo Lopes de Sequeira）率领五艘海船到此通商，当为马六甲和西欧交通的开始时期。一千五百十一年，马六甲被亚儿封所·达儿勃开儿克（Alfonso de albuquerque）征服以后，南洋群岛就成了葡萄牙人独占的市场。其后荷兰继起，一千六百四十一年，马六甲便归入了荷人的掌握；现在所遗留的马六甲的史迹，以荷兰人的建筑物及墓碑为最多的原因，实在因为荷兰人在这里曾有过一百多年繁荣的历史的缘故。一七九五年，当拿破仑战争未息之前，马六甲管辖权移归了英国东印度公司。一八一五年，因维也纳条约的结果，旧地复归还了荷属，等一八二四年的伦敦会议以后，英国终以苏门答腊和荷兰换回了这马六甲的治权。

关于马六甲的这一段短短的历史，简叙起来，也不过数百字的光景，可是这中间的杀伐流血，以及无名英雄的为国捐躯，为公殉义的伟烈丰功，又有谁能够仔细说得尽哩！

所以，圣保罗山下的市政厅大门，现在还有人在叫作"斯泰脱呼斯"的大门的"斯泰脱呼斯"者，就是荷兰文 Stadt-Huys 的遗音，也就是英文 Town-House 或 City-House 的意思。

我们从市政厅的前门绕过，穿过图书馆的二楼，上阅兵台，到了旧圣保罗教堂的废墟门外的时候，前面那望楼上的旗帜已经在收下来了，正是太阳平西，将近午后四点钟的样子。伟大的圣保罗教堂，就单单只看了它的颓垣残垒，也可以想见得到当日的壮丽堂皇。迄今四五百年，雨打风吹，有几处早已没有了屋顶，但是周围的墙壁，以及正殿中上一层的石屋顶，仍旧是屹然不动，有泰山磐石般的外貌。我想起了三宝公到此地时的这周围的景象，我又想起了大陆国民不善经营海外殖民事业的缺憾；到现在被强邻压境，弄得半壁江山，尽染上腥污，大半原因，也就在这一点国民太无冒险心，国家太无深谋远虑的弱点之上。

市政厅的全部建筑，以及这圣保罗山的废墟，听说都由马六甲的史迹保存会建议，请政府用意保护着的；所以直到了数百年后的今日，我们还见得到当时的荷兰式的房屋，以及圣保罗教堂里的一个上面盖有小方格铁板的石穴。这石穴的由来，就因十六世纪中叶的圣芳济（St. Francis Xavier）去中国传教，中途病故，遗体于运往卧亚（Goa）之前，曾在此穴内埋葬过五个月（一五五三年三月至同年八月）的因缘。废墟的前后，尽是坟茔，而且在这废墟的堂上，圣芳济遗体虚穴的周围，也陈列着许多四五百年以前的墓碑。墓碑之中，以荷兰文的碑铭为最多，其间也还有一两块葡萄牙文的墓碑在哩！

参观了这圣保罗山以后，我们的车就遵行着"彭大希利"的大道，驰向了东面圣约翰山的故垒。这山头的故垒，还是葡萄牙人的建筑，炮口向内，用意分明是防止本地土人的袭击的。炮垒中的堑壕坚强如故；听说还有一条地道，可以从这山顶通行到海边福脱路的旧垒门边。这时候夕阳的残照，把海水染得浓蓝，把这一座故垒，晒得赭黑，我独立在雉堞的缺处，向东面远眺了一回马来亚南部最高的一支远山，就也默默地想起了萨雁门的那一首"六代豪华，春去也，更无消息"的《金陵怀古》之词。

从圣约翰山下来，向南洋最有名的那一个飞机型的新式病院前的武极巴拉（Buht Palah）山下经过，赶上青云亭的坟山，去向三宝殿致敬的时候，平地上已经见不到阳光了。

三宝殿在青云亭坟山三宝山的西北麓，门朝东北，门前有几棵红豆大树作旗幛。殿后有三宝井，听说井水甘洌，可以愈疾病，市民不远千里，都来灌取。坟山中的古墓，有皇明碑纪的，据说现尚存有两穴。但我所见到的却是坟山北麓，离三宝殿约有数百步远的一穴黄氏的古茔。碑文记有"显考维弘黄公，妣寿姐谢氏墓，皇明壬戌仲冬谷旦，孝男黄子、黄辰同立"字样，自然是三百年以前，我们同胞的开荒远祖了。

晚上，在何葆仁先生的招待席散以后，我们又上中国在南洋最古的一间佛庙青云亭去参拜了一回。青云亭是明末遗民，逃来南洋，以帮会势力而扶植侨民利益的最古的一所公共建筑物。这庙的后进，有一神殿，供着两位明代衣冠，发须楚楚的塑像，长生禄位牌上，记有开基甲国的甲必丹芳杨郑公及继理宏业的甲必丹君常李公的名字；在这庙的旁边一间碑亭里，听说还有两块石碑树立在那里，是记这两公的英伟事迹的，但因为暗夜无灯，终于没有拜读的机会。

走马看花，马六甲的五百年的古迹，总算匆匆地在半天之内看完了。于走回旅舍之前，又从歪斜得如中国街巷一样的一条娘惹街头经过，在昏黄的电灯底下谈着走着，简直使人感觉到不像是在异邦飘泊的样子。马六甲实在是名符其实的一座古城，尤其是从我们中国人看来。

回旅舍冲过了凉，含着纸烟，躺在回廊的藤椅上举头在望海角天空处的时候，从星光里，忽而得着了一个奇想。譬如说吧，正当这一个时候，旅舍的侍者，可以拿一个名刺，带领一个人进来访我。我们中间可以展开一次上下古今的长谈。长谈里，可以有未经人道的史实，可以有悲壮的英雄抗敌的故事，还可以有缠绵哀艳的情史。于送这一位不识之客去后，看看手表，当在午前三四点钟的时候。我倘再回忆一下这一位怪客的谈吐、装饰，就可以发现他并不是现代的人。再寻他的名片，也许会寻不着了。第二天起来，若问侍者以昨晚你带来见我的那位客人（可以是我们的同胞，也可以是穿着传教士西装的外国人），究竟是谁？侍者们都可以一致否认，说并没有这一回事。这岂不是一篇绝好的小说么？这小说的题目，并且也是现成的，就叫作《古城夜话》或《马六甲夜话》，岂不是就可以了么？

我想着想着，抽尽了好几支烟卷，终于被海风所诱拂，沉入到忘我的梦里去了。第二天的下午，同样的在柏油大道上飞驰了半天，在麻坡与峇株巴辖（今称"巴厘"）过了两渡，当黄昏的阴影盖上柔佛长堤桥面的时候，我又重回到了新加坡的市内。《马六甲夜话》《古城夜话》这一篇（Imaginary Conversations）——幻想中的对话录，我想总有一天会把它记叙出来。

佳作点评

郁达夫于1938年年底奔赴南洋，的确是心怀"家仇国恨"的。在他涉及南洋的大量散文作品里，游记散文仅有《槟城三宿记》与《马六甲记游》两篇。与他前期游山记水的游记相比，郁达夫的这两篇南洋游记抗战主题突出，家国情感浓郁，不同于前期游记散文的感伤、忧郁基调，是其整个散文创作中极富独特地域性与现实性的文章。有论者认为此文"虽然保持了他创作的热情坦率，援古证今的风格，缺乏了以前散文艺术魅力"，这是大谬之论。在抗日烽火和毁家的哀伤中，他无暇于绮丽风光，更为可贵的是，作家把反映社会的触觉伸延到大自然里。作为游记中的精品，他一路上谈说风情，引经据典，把读者引入到山水的时空。他对历史地理的引述十分重要，进一步衬托了面对强权侵略的不屈之心。《马六甲记游》是郁达夫游记的最后一篇，所引萨都满的词极富深意，尤其是结尾处的虚拟化处理，更表明了他的雄心。

上景山

□［中国］许地山

无论哪一季，登景山，最合宜底时间是在清早或下午三点以后。晴天，眼界可以望到天涯底朦胧处；雨天，可以赏雨脚底长度和电光底迅射；雪天，可以令人咀嚼着无色界底滋味。

在万春亭上坐着，定神看北上门后底马路（从前路在门前，如今路在门后），尽是行人和车马，路边底梓树都已掉了叶子。不错，已经立冬了，今年天气可有点怪，到现在还没冻冰。多谢芰荷底业主把残茎都去掉，教我们能看见紫禁城外护城河底水光还在闪烁着。

神武门上是关闭得严严地。最讨厌是楼前那支很长的旗竿，侮辱了全个建筑底庄严。门楼两旁树它一对，不成吗？禁城上时时有人在走着，恐怕都是外国的旅人。

皇宫一所一所排列着非常整齐。怎么一个那么不讲纪律底民族，会建筑这么严整的宫廷？我对着一片黄瓦这样想着。不，说不讲纪律未免有点过火，我们可以说这民族是把旧的纪律忘掉，正在找一个新的咧。新的找不着，终究还要回来底。北京房子，皇宫也算在里头，主要的建筑都是向南底，谁也没有这样强迫过建筑者，说非这样修不可。但纪律因为利益所在，在不言中被遵守了。夏天受着解愠的熏风，冬天接着可爱的暖日，只要守着盖房子底法则，这利益是不用争而自来的。所以我们要问，在我们底政治社会里有这样的熏风和暖日吗？

最初在崖壁上写大字铭功底是强盗底老师，我眼睛看着神武门上底几个大字，心里想着李斯。皇帝也是强盗底一种，是个白痴强盗。他抢了天下，把自己监禁在宫中，把一切宝物聚在身边，以为他是富有天下。这样一代过一代，到头来还是被他底糊涂奴仆，或贪婪臣宰，讨，瞒，偷，换，到连性命也不定保得住。这岂不是个白痴强盗？在白痴强盗底下才会产出大盗和小偷来。一个小偷，多少总要有一点跳女墙钻狗洞底本领，有他底禁忌，有他底信仰和道德。大盗只会利用他底奴性去请托攀缘，自赞赞他，禁忌固然没有，道德更不必提。谁也不能不承认盗贼是寄生人类底一种，但最可杀的是那班为大盗之一底斯文贼。他们不像小偷为延命去营鼠雀底生活；也不像一般的大盗，凭着自己的勇敢去抢天下。所以明火打劫底强盗最恨底是斯文贼。这里我又联想到张献忠。有一次他开科取士，檄诸州举贡生员后至者妻女充院，本犯剥皮，有司教官斩，连坐十家。诸生到时，他要他们在一丈见方底大黄旗上写个帅字，字画要像斗底粗大，还要一笔写成。一个生员王志道缚草为笔，用大缸贮墨汁将草笔泡在缸里，三天，再取出来写。果然一笔写成了。他以为可以讨献忠底喜欢，谁知献忠说："他日图我必定是你。"立即把他杀来祭旗。献忠对待念书人是多么痛快。他知道他们是寄生底寄生。他底使命是来杀他们。

东城西城底天空中，时见一群一群旋飞底鸽子。除去打麻雀，逛窑子，上酒楼以外，这也是一种古典的娱乐。这种娱乐也来得群众化一点。它能在空中发出和悦的响声，翩翩地飞绕着，教人觉得在一个灰白色的冷天，满天乱飞乱叫底老鸹底讨厌。然而在刮大风底时候，若是你有勇气上景山底最高处，看看天安门楼屋脊上底鸦群，噪叫底声音是听不见，它们随风飞扬，直像从什么大树飘下来底败叶，凌乱得有意思。

万春亭周围被挖得东一沟，西一窟。据说是管宫底当局挖来试看煤山是不是个大煤堆，像历来的传说所传底，我心里暗笑信这说底人们。是不是因为北宋亡国底时候，都人在城被围时，拆毁艮岳底建筑木材去充柴火，所以计划建筑北京底人预先堆起一大堆煤，万一都城被围底时，人民可以不拆宫殿。这是笨想头。若是我来计划，最好来一个米山。米在万急的时候，也可以生吃，煤可无论如何吃不得。又有人说景山是太行底最终一峰。这也是瞎说。从西山往东几十里平原，可怎么不偏不颇，在北京城当中出了一座景山？若说北京底建设就是对着景山底子午，为什么不对北海底琼岛？我想景山明是开紫禁城外底护城河所积底土，琼岛也是垒积从北海挖出来底土而成底。

从亭后底柽树缝里远远看见鼓楼。地安门前后底大街，人马默默地走，城市底喧嚣声，一点也听不见。鼓楼是不让正阳门那样雄壮地挺着。它底名字，改了又改，一会是明耻楼，一会又是齐政楼，现在大概又是明耻楼吧。明耻不难，雪耻得努力。只怕市民能明白那耻底还不多，想来是多么可怜。记得前几年"三民主义""帝国主义"这套名词随着北伐军到北平底时候，市民看些篆字标语，好像都明白各人蒙着无上的耻辱，而这耻辱是由于帝国主义底压迫。所以大家也随声附和，唱着打倒和推翻。

从山上下来，崇祯殉国底地方依然是那棵半死的槐树。据说树上原有一条链子锁着，庚子联军入京以后就不见了。现在那枯槁的部分，还有一个大洞，当时的链痕还隐约可以看见。义和团运动底结果，从解放这棵树，发展到解放这民族。这是一件多么可以发人深思底对象呢？山后底柏树发出幽恬底香气，好像是对于这地方底永远供物。

寿皇殿锁闭得严严地，因为谁也不愿意努尔哈赤底种类再做白痴的梦。每年底祭祀不举行了，庄严的神乐再也不能听见，只有从乡间进城来唱秧歌底孩子们，在墙外打底锣鼓，有时还可以送到殿前。

到景山门，回头仰望顶上方才所坐底地方，人都下来了。树上几只很面熟却不认得底鸟在叫着。亭里残破的古佛还坐着结那没人能懂底手印。

佳作点评

许地山是风格卓异的作家，散文中浸润着浓厚的仙佛之思，联想丰富，且哲理闪烁。寻常汉语游记多写景致，写到最后才开始"理性升华"，这成为一种恶习。本篇文章联想丰沛，将历史不断穿凿于现实，行文闪烁着理性的进步历史观，对帝王的权力予以了深刻讥嘲，而对推动历史前进的力量，也予以了积极肯定。他侃谈一个不讲纪律的民族如何建造严整的宫廷，但他又修正说："不讲纪律未免有点过火，我们可以说这民族是把旧的纪律忘掉，正在找一个新的咧。"可是多年以后，我们还在寻找新的纪律……本文为现代汉语游记别开了一条新路。从视角来看，他采取一种下临的视角来审看这座权力深宫，从空间上破除了权力迷宫的宏大叙事。《上景山》铅华尽褪，创造出思与境、情与景相谐的言路，可谓"游目赏心之致，前人抒写未曾"。借景而发愿，犹如一首咏史之诗。

白水漈

□ [中国] 朱自清

几个朋友伴我游白水漈。

这也是个瀑布；但是太薄了，又太细了。有时闪着些须的白光；等你定睛看去，却又没有——只剩一片飞烟而已。从前有所谓"雾縠"，大概就是这样了。所以如此，全由于岩石中间突然空了一段；水到那里，无可凭依，凌虚飞下，便扯得又薄又细了。当那空处，最是奇迹。白光嬗为飞烟，已是影子，有时却连影子也不见。有时微风过来，用纤手挽着那影子，它便袅袅的成了一个软弧；但她的手才松，它又像橡皮带儿似的，立刻伏伏帖帖的缩回来了。我所以猜疑，或者另有双不可知的巧手，要将这些影子织成一个幻网。——微风想夺了她的，她怎么肯呢？

幻网里也许织着诱惑；我的依恋便是个老大的证据。

3月16日，宁波作

佳作点评

　　《白水漈》是朱自清组题散文《温州的踪迹》中的一则。用230余字就将大自然的杰作白水漈描述得富有人情味儿，这与作者敏锐的观察、深切的感触密不可分，也归功于作者对经眼事物的选择之功，他用"另一只眼"发现了白水漈的不寻常处。作者删繁就简，只描绘白水漈的单薄，全然没有寻常瀑布的龙吟虎啸，瀑布的柔软与绵长，宛如是对一位长身玉立女性的讴歌。朱自清的文笔有些媚，很甜腻，在这篇短文里依稀可见他的文风。

　　余光中认为："'瀑布'而以'个'为单位未免太抽象太随便。'扯得又薄又细'一句'扯'字用得太粗太重，和上下文的典雅不相称。'橡皮带儿'的明喻也嫌俗气。"这些评论仁者见仁，未必中的。

温州的踪迹

□ [中国] 朱自清

"月朦胧，鸟朦胧，帘卷海棠红"

这是一张尺多宽的小小的横幅，马孟容君画的。上方的左角，斜着一卷绿色的帘子，稀疏而长；当纸的直处三分之一，横处三分之二。帘子中央，着一黄色的、茶壶嘴似的钩儿——就是所谓软金钩么？"钩弯"垂着双穗，石青色；丝缕微乱，若小曳于轻风中。纸右一圆月，淡淡的青光遍满纸上；月的纯净、柔软与平和，如一张睡美人的脸。从帘的上端向右斜伸而下，是一枝交缠的海棠花。花叶扶疏，上下错落着，共有五丛；或散或密，都玲珑有致。叶嫩绿色，仿佛掐得出水似的；在月光中掩映着，微微有浅深之别。花正盛开，红艳欲流；黄色的雄蕊历历的，闪闪的。衬托在丛绿之间，格外觉着妖娆了。枝歆斜而腾挪，如少女的一只臂膊。枝上歇着一对黑色的八哥，背着月光，向着帘里。一只歇得高些，小小的眼儿半睁半闭的，似乎在入梦之前，还有所留恋似的。那低些的一只别过脸来对着这一只，已缩着颈儿睡了。帘下是空空的，不着一些痕迹。

试想在圆月朦胧之夜，海棠是这样的妩媚而嫣润；枝头的好鸟为什么却双栖而各梦呢?在这夜深人静的当儿,那高踞着的一只八哥儿,又为何尽撑着眼皮儿不肯睡去呢?他到底等什么来着?舍不得那淡淡的月儿么?舍不得那疏疏的帘儿么?不,不,不,您得到帘下去找,您得向帘中去找——您该找着那卷帘人了?他的情韵风怀,原是这样这样的哟!朦胧的岂独月呢;岂独鸟呢?但是,咫尺天涯,教我如何耐得?

我拼着千呼万唤;你能够出来么?

这页画布局那样经济,设色那样柔活,故精彩足以动人。虽是区区尺幅,而情韵之厚,已足沦肌浃髓而有余。我看了这画,瞿然而惊:留恋之怀,不能自已。故将所感受的印象细细写出,以志这一段因缘。但我于中西的画都是门外汉,所说的话不免为内行所笑。——那也只好由他了。

1924 年 2 月 1 日,温州作

佳作点评

马孟容是温州近代著名画家,他笔下的花鸟虫鱼栩栩如生、颇为神妙。朱自清在温州的时间虽短,但与马孟容、马公愚昆仲的交往密切,情深义重。某天朱自清向马孟容索画作为纪念:"你是画家,能把画的可爱之处画出来,待我写一篇文章,把花和画的情趣写出来。"马孟容根据朱自清的喜好,绘制了一幅《月夜八哥海棠图》相赠。朱自清自谦美术的"门外汉",却以清新、明丽而又朴素的笔触,细腻、真挚地描摹了他的"画语",远胜那些所谓的"美术评论",在对马孟容精湛的花鸟画给予高度赞赏之余,也蕴蓄了他对新生活的向往。所谓"画因文而名,文由画而美",诚不虚言。

北海纪游

□［中国］朱湘

九日下午，去北海，想在那里作完我的《洛神》，呈给一位不认识的女郎；路上遇到刘兄梦苇，我就变更计划，邀他一同去逛一天北海。那里面有一条槐树的路，长约四里，路旁是两行高而且大的槐树，倚傍着小山，山外便是海水了；每当夕阳西下清风徐来的时候，到这槐荫之路上来散步，仰望是一片凉润的青碧，旁观是一片渺茫的波浪，波上有黄白各色的小艇往来其间，衬着水边的芦荻，路上的小红桥，枝叶之间偶尔瞧得见白塔高耸在远方，与它的赭色的塔门，黄金的塔尖，这条槐路的景致也可说是兼有清幽与富丽之美了。我本来是想去那条路上闲行的，但是到的时候天气还早，我们就转入濠濮园的后堂暂息。

这间后堂傍着一个小池，上有一座白石桥，池的两旁是小山，山上长着柏树，两山之间竖着一座石门，池中游鱼往来，间或有金鱼浮上。我们坐定之后，谈了些闲话，谈到我们这一班人所作的诗行由规律的字数组成的新诗之上去。梦苇告诉我，有许多人对于我们的这种举动大不以为然，但同时有两种人，一种是向来对新诗取厌恶态度的人，一种是新诗作了许久与我们悟出同样的道理的人，他们看见我们的这种新诗以后，起了深度的同情。后来又谈到一班作新诗的人当初本是轰轰烈烈，但是出了一个或两个集子之后，便销声匿迹，不仅没有集子陆续出来，并且连一首好诗都看不见了。梦苇对于这种现象的解释很激烈，他说这完全是因为一班人拿诗作进身之阶，等到名气成了，地位有了，诗也就跟着扔开了。他的话虽激烈，却也有部分的真理，不过我觉着主要的缘因另有两个：浅尝的倾向，抒情的偏重。我所说的浅尝者，便是那班本来不打算终身致力于诗，不过因了一时的风气而舍些工夫来此尝试一下的人。他们当中虽然不能说是竟无一人有诗的禀赋、涵养、见解、毅力，但是即使有的时候，也不深。等到这一点子热心与能耐用完之后，他们也就从此销声匿迹了。诗，与旁的学问旁的艺术一般，是一种终身的事业，并非靠了浅尝可以兴盛得起来的。最可恨的便是这些浅尝者之中有人居然连一点自知之明都没有，他们居然坚执着他们的荒谬主张，溺爱着他们的浅陋作品，对于真正的方在萌芽的新诗加以热骂与冷嘲，并且挂起他们的新诗老前辈的招牌来蒙蔽大众：这是新诗发达上的一个大阻梗。还有一个阻梗便是胡适的一种浅薄可笑的主张，他说，现代的诗应当偏重抒情的一方面，庶几可以适应忙碌的现代人的需要。殊不知诗之长短与其需时之多寡当中毫无比例可言。李白的《敬亭独坐》虽然只有寥寥的二十个字，但是要领略出它的好处，所需的时间之多，只有过于《木兰辞》而无不及。进一层，我们可以说，像《敬亭独坐》这一类的抒情诗，忙碌的现代人简直看不懂。再进一层说，忙碌的现代人干脆就不需要诗，小说他们都嫌没有功夫与精神去看，更何况诗？电影，我说，最不艺术的电影是最为现代人所需要的了。所以，我们如想迎合现代人的心理，就不必作诗；想作诗，就不必顾及现代人的嗜好。诗的种类很多，抒情不过是一种，此外如叙事诗、史诗、诗剧、讽刺诗、写景诗等等哪一种不是充满了丰富的希望，值得致力于诗的人去努力？上述的两种现象，抒情的偏重，使诗不能作多方面的发展，浅尝的倾向，使诗不能作到深宏与丰富的田地，便是新诗之所以不兴旺的两个主因。

我们谈完之后，时候已经不早了；我们便起身，转上槐路，绕海水的北岸，经过用黄色与淡青的琉璃瓦造成的琉璃牌楼，在路上谈了一些话，便租定一只小划船。这时候西北方已经起了乌云，并且时时有凉风吹过白色的水面，颇有雨意，但是我们下了船。我们看见一个女郎独划着一只绿色的船，她身上穿着白色的衣裙，手上戴着白色的手套，草帽是淡黄色的，她的身躯节奏的与双桨交互的低昂着，在船身转弯的时候，那种一手顺划一手逆划两臂错综而动的姿势更将女身的曲线美表现出来；我们看着，一边艳羡，一边自家划船的勇气也不觉的陡增十倍。本来我的右手是因为前几天划船过猛擦破了几块皮到如今刚合了创口的，到此也就忘记掉了。我们先从松坡图书馆向漪澜堂划了一个直过，接着便向金鳌玉蝀桥放船过去；半路之上，果然有雨点稀疏的洒下来了。雨点落在水面之上，激起一个小涡，涡的外缘凸起，向中心凹下去，但是到了中心的时候，又突然的高起来，形成一个白的圆锥，上联着雨丝。这不过是刹那中的事。雨涡接着迅捷的向四周展开去，波纹越远越淡，以至于无。我此时不觉的联想起济慈的四行诗来：

Ever let the fancy roam,
Pleasure never is at home,
At a touch sweet pleasure melteth,
Like to bubbles when rain pelteth.

雨大了起来。雨点含着光有如水银粒似的密密落下。雨阵有如一排排的戈矛，在空中熠耀；匆促的雨点敲水声便是衔枚疾走时脚步的声息。这一片飒飒之中，还听到一种较高的声响，那就是雨落在新出水的荷叶上面时候发出来的。我们掉转船头，一面愉快的划着，一面避到水心的席棚下休息。

棹　歌

水　心

仰身呀桨落水中，
对长空；
俯首呀双桨如翼，
鸟凭风。
头上是天，
水在两边，
更无障碍当前；
白云驶空，
鱼游水中，
快乐呀与此正同。

岸　侧

仰身呀桨在水中，
对长空；
俯首呀双桨如翼，
鸟凭风。
树有浓荫，
葭苇青青，
野花长满水滨；
鸟啼叶中，
鸥投苇丛，
蜻蜓呀头绿身红。

风　朝

仰身呀桨落水中，
对长空；
俯首呀双桨如翼，
鸟凭风。
白浪扑来，
水雾拂腮，
天边布满云霾；
船晃得凶，
快往前冲，
小心呀翻进波中。

雨　天

仰身呀桨落水中，
对长空；
俯首呀双桨如翼，
鸟凭风。
雨丝像帘，
水涡像钱，
一片缭乱轻烟；
雨势偶松，
暂展朦胧，
瞧见呀青的远峰。

春　波

仰身呀桨落水中，
对长空；
俯首呀双桨如翼，
鸟凭风。
鸟儿高歌，
燕儿掠波，
鱼儿来往如梭；
白的云峰，
青的天空，
黄金呀日色融融。

夏　荷

仰身呀桨落水中，
对长空；
俯首呀双桨如翼，
鸟凭风。
荷花清香，
缭绕船旁，
轻风飘起衣裳；
菱藻重重，
长在水中，
双桨呀欲举无从。

秋　月

仰身呀桨落水中，
对长空；
俯首呀双桨如翼，
鸟凭风。
月在上飘，
船在下摇，
何人远处吹箫？
芦荻丛中，
吹过秋风，
水蚓呀应着寒蛩。

冬　雪

仰身呀桨落水中，
对长空；
俯首呀双桨如翼，
鸟凭风。
雪花轻飞，
飞满山隈，
飞向树枝上垂；
到了水中，
它却消溶，
绿波呀载过渔翁。

雨势稍停，我们又划了出来。划了一程之后，忽然间刮起了劲风来；风在海面上吹起一阵阵的水雾，迷人眼睛，朦胧里只见黑浪一个个向我们滚来。浪的上缘俯向前方，浪的下部凹入，真像一群张口的海兽要跑来吞我们似的，水在船旁舐吮作响，船身的颠摇十分厉害：这刻的心境介于悦乐与惊恐之间，一心一目之中只记着，向前划！向前划！虽然两臂麻木了，右手上已合的创口又裂了，还是记着，向前划！

上岸之后，虽然休息了许久，身体与手臂尚自在那里摆动。还记得许多年前，头一次凫水，出水之后，身子轻飘飘的，好像鸟儿在空中飞翔一般；不料那时所感到的快乐又复现于今天了。

吃完点心之后，（今天的点心真鲜！）我们离开漪澜堂，又向对岸渡过去，这次坐的是敞篷船。此刻雨阵过了，只有很疏的雨点偶尔飘来。展目远观，见鱼肚白的夕空渲染着浓灰色以及淡灰色的未尽的雨云，深浅不一，下面是暗青的海水，水畔低昂着嫩绿色的芦苇，时有玄脊白腹的水鸟在一片绿色之中飞过。加上天水之间远山上的翠柏之色，密叶中的几点灯光，还有布谷高高的隐在雨云之中发出清脆的啼声，真令人想起了江南的烟雨之景。

上岸后，雨又重新下起来。但是我们两人的兴却发作了：梦苇嚷着要征服自然；我嚷着要上天王殿的楼上去听雨。我们走到殿的前头，瞧见琉璃牌楼的三座孤门之上一毫未湿，便先在这里停歇下来。这时候天已经黑了，我们从槐树的叶中可以看得见天空已经转成了与海水一样深青的颜色，远处的琼岛亮着一片灯光，灯光倒映在水中，晃动闪烁，有波纹把它分隔成许多层。雨点打在远近无数的树上，有时急，有时缓；急时，像独坐在佛殿中，峥嵘的殿柱与庄严的佛像只在隐约的琉璃灯光与炉香的光点内可以瞧见；沉默充满了寺内殿堂，寂静弥漫了寺外的山岭；忽然之间，一阵风来，吹得檐角与塔尖的铁马铜铃不断的响，山中的老松怪柏谡谡的呼吼，杂着从远峰飘来的瀑布的声响，真是战马奔腾，怒潮澎湃。缓时，像在一座墓园之内，黄昏的时候，鸟儿在树枝上栖息定了，乡人已经离开了田野与牧场回到家中安歇，坟墓中的幽灵一齐无声的偷了出来，伴着空中的蝙蝠作回旋的哑舞；他们的脚步落得真轻，一点声息不闻，只有萤虫燃着的小青灯照见他们憧憧的影子在暗中来往；他们舞得愈出神，在旁观看的人也愈屏息无声；最后，白杨萧萧的叹起气来，惋惜舞蹈之易终以及墓中人的逐渐零落投阳去了；一群面庞黄瘪的小草也跟着点头，飒飒的微语，说是这些话不错。

雨声之中，我们转身瞧天王殿，只见黑魆魆的一点灯火俱无，我们登楼听雨的计划于是不得不中止了。我们又闲谈起来。我们评论时人，预想未来，归根又是谈到文学上去。说到文学与艺术之关系的时候，我讲：插图极能增进读者对于文学书籍的兴趣，我们中国旧文学书中的插图工细别致，《红楼梦》一书更得到画家不断的为它装画。在西方这一方面的人才真是多不胜数，只拿英国来讲，如从前的克鲁可贤（Cruikshank），现代的毕兹雷（Beards ley），又如自己替自己的小说作插图的萨克雷（Thackeray），都是脍炙人口的；还有文学与音乐的关系，我国古代与在西方都是很密切的，好的抒情诗差不多都已谱入了音乐，成了人民生活的一部分；新诗则尚未得到音乐上的人才来在这方面致力。

我们谈着，时刻已经不早了。雨算是过去了，但枝叶间雨滴依然纷乱的洒下，好像雨并没有停住一般。偶尔有一辆人力车拖过，想必是迟归的游客乘着园内预备的车；还偶尔有人撑着纸伞拖着钉鞋低头走过，这想必是园中的夫役。我们起身走上路时，只见两行树的黑影围在路的左右，走到许远，才看见一盏被雨雾朦了罩的路灯。大半时候还是凭着路中雨水洼的微光前进。

我们一面走着，一面还谈。我说出了我所以作新诗的理由，不为这个，不为那个，只为它是一种崭新的工具，有充分发展的可能；它是一方未垦的膏壤，有丰美收成的希望。诗的本质是一成不变万古长新的；它便是人性。诗的形体则是一代又一代的：一种形体的长处发展完了，便应当另外创造一种形体来代替；一种形体的时代之长短完全由这种形体的含性之大小而定。诗的本质是向内发展的；诗的形体是向外发展的。《诗经》，《楚辞》，何默尔的史诗，这些都是几千年上的文学产品，但是我们这班后生几千年的人读起它们来仍然受很深的感动；这便是因为它们能把永恒的人性捉到一相或多相，于是它们就跟着人性一同不朽了。

至于诗的形体则我们常看见它们在那里新陈代谢。拿中国的诗来讲，赋体在楚汉发展到了极点，便有"诗"体代之而兴。"诗"体的含性最大，它的时代也最长；自汉代上溯战国下达唐代，都是它的时代。在这长的时代当中，四言盛于战国，五古盛于汉魏六朝唐代，七古盛于唐宋，乐府盛的时代与五古相同，律绝盛于唐。到了五代两宋，便有词体代"诗"体而兴，到了元明与清，词体又一衍而成曲体。再拿英国的诗来讲，无韵体（blank verse）与十四行诗（sonnet）盛于伊丽莎白时代，乐府体（ballad measure）盛于十七世纪中叶，骈韵体（rhymedcouplet）盛于多莱登（Dryden）、蒲卜（Pope）两人的手中。我们的新诗不过说是一种代曲体而兴的诗体，将来它的内含一齐发展出来了的时候，自然会另有一种别的更新的诗体来代替它。但是如今正是新诗的时代。我们应当尽力来搜求，发展它的长处。就文学史上看来，差不多每种诗体的最盛时期都是这种诗体运用的初期；所以现在工具是有了，看我们会不会运用它。我们要是争气，那我们便有身预或目击盛况的福气；要是不争气，那新诗的兴盛只好再等五十年甚至一百年了。现在的新诗，在抒情方面，近两年来已经略具雏形；但叙事诗与诗剧则仍在胚胎之中。据我的推测，叙事诗将在未来的新诗上占最重要的位置。因为叙事体的弹性极大，《孔雀东南飞》与何默尔的两部史诗（叙事诗之一种）便是强有力的证据。所以我推想新诗将以叙事体来作人性的综合描写。

两行高大的树影矗立在两旁，我们已经走到槐路上了。雨滴稀疏的淅沥着。右望海水，一片昏黑，只有灯光的倒影与海那边的几点灯光闪亮。倒是为了这个缘故，我们的面前更觉得空旷了。

我们走到了团城下的石桥，走上桥时，两人的脚步不期然而然的同时停下。桥左的一泓水中长满了荷叶：有初出水的，贴水浮着；有已出水的，荷梗承着叶盘，或高或矮，或正或欹；叶面是青色，叶底则淡青中带黄。在暗淡的灯光之下，一切的水禽皆已栖息了，只有鱼儿唼喋的声音，跃波的声音，杂着曼长的水蚓的轻嘶，可以听到。夜风吹过我们的耳边，低语道：一切皆已休息了，连月姊都在云中闭了眼安眠，不上天空之内走她孤寂的路程；你们也听着鱼蚓的催眠歌，入梦去罢。

佳作点评

途中遇雨，朱湘对雨的描写不仅是散文家式的，更显诗人视域："雨点落在水面之上，激起一个小涡，涡的外缘凸起，向中心凹下去，但是到了中心的时候，又突然的高起来，形成一个白的圆锥，上联着雨丝。这不过是刹那中的事。雨涡接着迅捷的向四周展开去，波纹越远越淡，以至于无。"这样细腻而充满情趣的观察，唯有诗人可做到。而这样的雨景描绘还不止一两处，可谓是诗人与雨的对话。而他对诗的见解："抒情的偏重，使诗不能作多方面的发展，浅尝的倾向，使诗不能作到深宏与丰富的田地，便是新诗之所以不兴旺的两个主因。"反照如今汉诗，仍未过时。

世界公园的瑞士

□［中国］邹韬奋

记者此次到欧洲去，原是抱着学习或观察的态度，并不含有娱乐的雅兴，所以号称世界公园的瑞士，本不是我所注意的国家，但为路途经过之便，也到过该国的五个地方，在青山碧湖的环境中，惊叹"世界公园"之名不虚传。因为全瑞士都是在翠绿中，除了房屋和石地外，全瑞士没有一亩地不是绿草如茵的，平常的城市是一个或几个公园，瑞士全国便是一个公园；就是树阴和花草所陪衬烘托着的房屋，他们也喜欢在墙角和窗上栽着或排着艳花绿草，房屋都是巧小玲珑，雅洁簇新的（因为人民自己时常油漆粉刷的，农村中的房屋也都如此）。墙色有绿的，有黄的，有青的，有紫的，隐约显露于树草花丛间，真是一幅美妙绝伦的图画！

记者于八月十七日下午十二点离开意大利的米兰，两点钟到了瑞士的齐亚索，便算进了"世界公园"的境地。由此处起，便全是用着电气的火车（瑞士全国都用电气火车，非常洁净），在火车上遇着的乘客也和在意大利境内所看见的"马虎"的朋友们不同，衣服都特别的整洁，精神也特别的抖擞，就是火车上的售卖员的衣冠态度也和"马虎"派的迥异，这种划若鸿沟的现象，很令冷眼旁观的人感到惊讶。由此乘火车经过阿尔卑斯山（Atps）下的世界有名的第二山洞（此为火车经过的山洞，工程艰难和山洞之长，列世界第二），气候便好像由燥热的夏季立刻变为阴凉的秋天。在意大利火车中所见的东一块荒地西一块荒地的景况，至此则两旁都密布着修得异常整齐的绿坡，赏心悦目，突入另一种境界了。所经各处，常在海平线三四十尺以上，空气的清新固无足怪，远观积雪绕云的阿尔卑斯山的山峰矗立，俯瞰平滑如镜的湖面映着青翠欲滴的山景，无论何人看了，都要感觉到心醉的。我们到了琉森湖（Lake of Lucerne）的开头处的小埠佛露哀伦（Fluelen），已在下午五点多钟，因打算第二天早晨弃火车而乘该处特备的小轮渡湖（须三小时才渡到琉森城，即该湖的一尽头），所以特在湖滨的一个旅馆里歇息了一夜。这个旅馆开窗见湖面山，设备得雅洁极了，但旅客却寥若晨星，大概也受了世界经济恐慌的波及。

这段路本来可乘火车，但要游湖的，也可以用所买的火车连票，乘船渡湖，不过买火车票时须声明罢了。我们于十八日上午九时左右依计划离佛露哀伦，乘船渡湖。这轮船颇大，是专备湖里用的，设备很整洁，船面上一列一列的排了许多椅子备旅客坐。我们在船上遇着二三十个男女青年，自十二三岁至十七八岁，由一个教师领导，大家背后都背着黄色帆布制的行囊，用皮带缚到胸前，手上都拿着一根手杖，这一班健美快乐的孩子，真令人爱慕不止！他们乘一小段的水路后，便又在一个码头上岸去，大概又去爬山了。最可笑的是那位领导的教员谈话的声音姿态，完全像在课堂上教书的神气，又有些像演说的口气和态度，大概是他在课堂上养成的习惯。在沿途各站（在湖旁岸上沿途设有船站，也可说是码头），设备也很讲究，上船的游客渐多，大都是成双或带有幼年子女而来的。有三个五十来岁发已斑白的老妇人，也结队而来，背上也负着行囊，手上也拿着手杖，有两个眼上架着老花眼镜，有一个还拿着地图口讲指划，兴致不浅。这也可看出西人个人主义的极致，这类老太婆也许有她们的子女，但年纪大了各走各的路，和中国的家族主义迥异，所以老太婆和老太婆便结了伴。这种现象，我后来越看越多了。

船上有一老者又把我们当作日本人，他大概有搜集各种邮票的嗜好，问我们有没有日本的邮票，结果他当然大失所望！

我们当天十二点三刻就乘船到了琉森城，这是瑞士琉森邦（瑞士系联邦制，有二十二邦）的最为游客所常到的一个城市，在以美丽著名的琉森湖的末端。我们上岸略事游览，即于下午四点钟乘火车往瑞士苏黎世邦的最大的一个城市（也名苏黎世，人口二十万余人），一小时左右即到。该城丝的出产仅次于法国的里昂，布匹和机械的生产很盛，是瑞士的主要的经济中心地点，同时也是由法国到东欧及由德国和北欧往意大利的交通要道。该处有苏黎世湖，我们到后仅能于晚间在湖滨略为赏鉴，于第二日早晨，我们这五个人的小小旅行团便分散，除记者外，他们都到德国去。记者便独自一人，于上午十点零四分，提着一个衣箱和一个小皮包，乘火车向瑞士的首都伯尔尼进发，下午一点三十五分才到。在车站时，因向站上职员询问赴伯尔尼的月台（国外车站上的月台颇多，以号码为志），他劝我再等一小时有快车可乘，我正欲在沿途看看村庄情形，故仍乘着慢车走。离了团体，一个人独行之后，前后左右都是黄发碧眼儿了。

团体旅行和个人旅行，各有利弊。其实在欧洲旅行，有关于各国的西文指南可作游历的根据，只须言语可通，经济不发生问题（团体旅行，有许多可省处），个人旅行所得的经验只有比团体旅行来得多。记者此次脱离团体后，即靠着一本英文的《瑞士指南》，并温习了几句问路及临时应付的法语，便独自一人带着《指南》，按着其中的说明和地图，东奔西窜着，倒也未曾做过怎样的"阿木林"。

记者到瑞士的首都伯尔尼后，已在八月十九日的下午，租定了一个旅馆后，决意在离开瑞士之前，要把关于游历意大利所得的印象和感想的通讯写完，免得文债积得太多，但因精神疲顿已极，想略打瞌睡，不料步武猪八戒，一躺下去，竟不自觉地睡去了半天，夜里才用全部时间来写通讯。二十日上午七点钟起身后继续写，才把《表面和里面——罗马和那不勒斯》一文写完付寄。关于瑞士，我已看了好几个地方，很想找一个在当地久居的朋友谈谈，俾得和我所观察的参证参证，于是在九点后姑照所问得的中国公使馆地址，去找找看有什么人可以谈谈，同时看看沿途的胜景。一跑跑了三小时，走了不少的山径，才找到挂着公使馆招牌的屋子，规模很小，尤妙的是公使一人之外，就只有秘书一人，阍人是他，书记是他，打字员也是他，号称一个公使馆，就只有这无独有偶的两个人！（不过还有一个老妈子烧饭。）问原因说是经费窘迫。（日本驻瑞的公使馆，除公使外，有秘书及随员三人、打字员两人、顾问〔瑞士人〕一人及仆役等。）记者撳电铃后，出来开门的当然就是这位兼任阍人等等的秘书先生，他是一位在瑞士已有十三四年的苏州人，满口苏白，叫苦连天。我们一谈却谈了两小时之久，所得材料颇足供参考，当采入下篇通讯里。可是我却因此饿了一顿中餐。

八月二十一日下午乘两点二十分火车赴日内瓦，四点五十分到。在该处除又写了《离意大利后的杂感》一文外，所游的胜景以日内瓦湖为最美。但是这样美的瑞士，却也受到世界经济恐慌的影响。其详当于下篇里再谈。

8月25日记于巴黎

▎佳作点评▎

杰出记者、出版家邹韬奋先生在二十世纪三十年代受到当局迫害，被迫流亡海外，浪迹天涯，但却不是浮萍。他回国后写了一些游记，编成《萍踪寄语》出版，其中《世界公园的瑞士》不愧为名篇。记者的敏感与政论家的睿智在此文中得以完美展现，记事、写景、抒情、议论为一体，描写瑞士的社会风情和主要景观，既是一幅优美的风景画，又是一幅生动的风俗画。信息是构成这篇游记的主要材料，这有别于纯文学的"艺术信息"，信息的真实性、时效性和时代性是这篇游记的主要内容。文章的深意还在于，瑞士人真正领悟了美的真谛，在实践人与环境的高度和谐方面持之以恒，在将国家打造成人间乐土的同时，大自然又赠与了人们无穷的智慧。正如诗人席勒所言："真正美的东西，必须一方面跟自然一致，另一方面跟理想一致。"

长安行

——考古游记之一

□ [中国] 郑振铎

住的地方,恰好在开陕西省先进生产者代表会议,碰到了不少位在各个生产战线上的先进工作者的代表们,个个红光满面,喜气洋洋,看得出是蕴蓄着无限的信心与决心,蕴蓄着无穷的克服任何困难的力量。社会主义的工业建设是一日千里地在进展着,眼看见的将是一个崭新的大西安城,一个空前的宏大的工业城市。灰色的破落的西安,将一去不复返。我想,明年今天再来时,将很难认识现在的街道了。许多久住在这个古城里的朋友们和我一同出城一趟,便说:"变得多了,已经连道路也认不出来了。前几个月来时,哪里有那么多的建筑物!新房子叫人连方向也辨不清了。"的确,这最年轻的工业城市,就建筑在一座中国最古老的文化城市的基础上。

说起长安,谁不联想到秦皇、汉武来,谁不联想起汉唐盛世来,谁不联想到司马相如和司马迁就在这里写出他们的不朽的大作品来,谁不联想到李白、杜甫、王维、韩愈、白居易、杜牧来,他们的许多伟大的诗篇就是在这里吟成的。站在少陵原上的杜公祠远眺樊川，一水如带，绕着以浓绿浅绿的麦苗和红萍霞的正大放着的杏花，组成绝大的一幅锦绣的高高低低的大原野，那里就是韦曲、杜曲的所在，也就是一个大学的新址的所在。杜甫的家宅还有痕迹可找到么？每一寸土，每一个清池的遗迹，都可以有它们诗般的美丽的故事给人传诵。相隔不太远的地方，就是蓝田县，就是辋川，也就是有名的诗人兼画家的王维所留恋久住的地方，就是有名的《辋川图》，和裴迪联吟的"诗中有画，画中有诗"的地方。从少陵原再过去，就是兴教寺的所在了。那是三藏法师玄奘的埋骨之地，一座高塔建筑在他的墓地上，旁有二塔，较小，那是他的大弟子圆测和窥基的墓塔；关于窥基曾流传过很美丽而凄恻的一段故事。这个地方的风景很好，远望终南山白云环绕，唐代的诗人们曾经产生出许多诗的想象来。

　　站在长安城的中心——钟楼的最高层上，向北看是大冢累累的高原。刘邦、吕雉的坟，以及他们的子孙的坟都在那里，晓雾初消的时候，构成了一幅像烽火台密布似的沧荒的奇景。向南向东望，是烟囱林立，扑扑突突地尽往天空上吐烟，仿佛蕴蓄着无限的热与力；就在那儿，十分重要的仰韶文化（新石器时代）遗址是相当完整地被保存着。再向东望，隐隐约约地可指出骊山的影子来，秦始皇帝就埋身其下，华清池依旧是最好的温泉之一。七月七夕，唐明皇和杨贵妃站在那里私誓"在天愿为比翼鸟，在地愿为连理枝"的长生殿也就在那里。向南望，双塔屹立，尖细若春笋的是小雁塔，壮崛而稳坐在那里似的是大雁塔。终南山在依稀仿佛之间。新建筑的密密层层地一幢幢的高楼大厦，密布在那里。向西望，那就是周文王、武王的奠立帝国的根据地丰京和镐京遗址所在地。灵台和灵囿的残迹还可寻找呢。读着《诗经》，读着《孟子》，不禁神往于这些古老的地方了。就在这些最古老的地方，新的建筑物和工厂，纷纷地被布置在丰水的两岸。还可望到汉代的昆明池，大的石雕的牛郎、织女像还站在那里，隔着水遥遥相望呢。——当地称为石公、石婆，并各有庙。

没有一个城市比之今天的西安，更为显著地糅合着"古"与"今"的了。在没有一寸土没有历史的古老文化的基础上，建立起了新的社会主义工业和新的社会主义文化。新的长安城，毫无疑问地，将比汉唐盛世的长安城，更加扩大，更加繁华。点缀在这个新的工业大城市里的是处处都可遇到的赫赫有名的名胜古迹和古墓葬、古文化遗址。从新石器时代的仰韶文化起，中国历史的整整大半部，是在这个大都城里演出的。它就是历史的本身，就是历史的具体例证。这些，将永远不会埋灭。社会主义社会里的人民都知道将怎样保护自己的光荣的古老的文化和其遗存物。在林林总总的大工厂附近，在大的研究机构和学校的左右，有一处两处甚至许多处的古迹名胜或古墓葬或古代文化遗址，将相得益彰，而绝对不会显得有什么"不调和"。他们在休假日，将成群结队地去参观半坡村的仰韶遗址，那是四千多年以前的原始社会人民的居住区域。他们看到那些圆形的、方形的住宅，葬小孩子的瓮棺。他们看到那个时代的艺术家们，怎样在红色陶器的上面，画出活泼泼两条鱼在张开大嘴追逐着，画出几只鹿在飞奔着，画出一个圆圆的大脸，却在双耳之旁加画了两条小鱼，仿佛要钻进人的耳朵里去。他们看到那时候人民所用的钓鱼钩、渔叉、渔网坠。他们会想象得到：在那个时候，半坡这地方是多水的、多鱼的——那时候的人从事农业生产，但似以捕鱼为副业。他们看到骨制的鱼钩，已经发明了"倒钩"，会惊诧于那时的人民的智慧的高超的。他们将远足旅行到汉武帝的茂陵去。在那里，会看见围绕着那个大土台，有多少赫赫的名臣、名将的墓。霍去病、卫青、霍光都埋葬在那里，还有李夫人的墓也紧挨着。在那里，还可以捡拾得到汉砖、汉瓦的残片。霍去病墓的石刻，正确地明白地代表了汉武帝那个伟大时代的伟大的艺术创作。现存着十一个石刻，除了两个鱼的雕刻——似是建筑的附属物——还在墓顶上外，其他九个石刻都已经盖了游廊，好好地保护起来。谁看了卧牛和卧马，特别是那一匹后腿卧地而前蹄挣扎着将起立的马，能不为其"力"与"威"震慑住呢！那块"熊抱子"的石头，虽只是线刻，而不曾透雕，但也能把子母熊的感情表达出来。那两千多年前的中国雕刻家们的作品，是和希腊、罗马的雕刻不同的，是别具一种民族风格、是世界上最高超的艺术品之一部分。谁能为这些石刻写几部大书出来呢？有机会站在那里，带着崇高的欣赏之心，默默地端详着它们的人们，是幸福的！他们还将到华清池去，过个十分愉快的休沐日。他们还将到唐高宗的乾陵去，欣赏盛唐时代的石刻，一整列的石人、石马，一对鸵鸟、一对飞马，还有拱手而立的许多酋长、番王的石像（可惜都缺了头），都值得看了又看，看个心满意足。长安城的内外，是有那么多的名胜古迹，足资流连，足以考古，足以证史的地方啊。一时是诉说不尽的。韦曲、杜曲、王曲以及曲江池、樊川等古人游乐之地，今天只要稍加疏浚，也就可以成为十分漂亮的人民公园。我想不久的将来，我们就会看到那个宏伟而美丽的大公园在长安城南出现的。"古"与"今"，古老的文化和社会主义的工业建设，结合得如此的巧妙，如此的吻合无间，正足以表现我们中国是一个很古老的国家，同时又是一个很年轻的国家。不仅西安市是如此，全国范围内的许多城市也都是同样地把"古"与"今"结合起来的，而西安市是一个特别突出的、值得特别提起的一个典型的好例子。

1957 年 1 月

佳作点评

这篇文章首发于 1957 年 1 期《政协会刊》上，作为新中国的文化部副部长、第一任国家文物局局长，在"反右"风暴来临之际，作者还敢于对即将被扫入历史垃圾堆的"封建文物"予以一定程度的"文物保护"式的褒扬，诚属难能可贵。在西安期间作者看到一些遗址被破坏、侵占，表示必须制止。郑振铎早年写了不少记述身边琐事、所见所闻的散文，清新、委婉而翔实，富于情趣。而《西行书简》重于名胜古迹的考察，更显示其博识，如其子郑尔康所说，这是"一般作家难以写出的游记或散文"。《长安行》所记名城胜迹，娓娓道来，又联系现实变化，给人以新鲜的时代感。作家古今之变的辩证观至今仍然闪烁光彩。如今站在西安保护下来的文物面前，想想郑振铎的话最是感慨："有机会站在那里，带着崇高的欣赏之心，默默地端详着它们的人们，是幸福的！"

大佛寺

□ [中国] 郑振铎

祝福那些自由思想者!

挂了黄布袋去朝山,瘦弱的老妇、娇嫩的少女、诚朴的村农,一个个都虔诚的一步一换的,甚至于一步一拜的,登上了山;口里不息的念着佛,见蒲团就跪下去磕头,见佛便点香点烛。自由思想者站在那里看着笑着,"呵,呵,那一班愚笨的迷信者"。一个蓝布衣衫、拖着长辫的农人,一进门便猛拜下去,几乎是朝了他拜着,这使他吓了一跳,便打断了他的思想。

几个教徒,立在小教堂门外唱着《赞美诗》,唱完后便有一个在宣讲"道理",四周围上了许多人听着,大多数是好事的小孩子们,自由思想者经过了那里,不禁嗤了一声,连站也不一站的走过了。

几个教徒陪他进了一座大礼拜堂。礼拜堂门口放了两个大石盆,盛着圣水,教徒们用手蘸了些圣水,在胸前画了一个"十"字,便走进了。大殿的四周都是一方一方的小方格,立着圣像,各有一张奇形的椅子,预备牧师们听忏悔者自白时用的,那里是很庄严的,然而自由思想者是漠然淡然的置之。

祝福那些自由思想者！

然而自由思想者果真漠然淡然么？

他嗤笑那些专诚的朝山者、传道者、烧香者、忏悔者，真的是！然而他果真漠然淡然么？

不，不！

黄色的围墙，庄严的庙门，四个极大的金刚神分站左右。一二人合抱不来的好多根大柱，支持着高难见顶的大殿；香烟缭绕着；红烛熊熊的点在三尊金色的大佛之前，签筒滴答滴答的作响，时有几声低微的宣扬佛号之声飘过你的耳边。你是被围抱在神秘的伟大的空气中了。你将觉得你自己的空虚，你自己的渺小，你自己的无能力；在那里你是与不可知的运命、大自然、宇宙相见了。你将茫然自失，你将不再嗤笑了。

尖耸天空的高大建筑，华丽而整洁的窗户、地板，雄伟的大殿，十字架上是又苦楚、又慈悲的耶稣，一对对的纯洁无比的白烛燃着。殿前是一个空棺，披罩着绣着白"十"字的黑布，许多教徒的尸体是将移停于此的。静悄悄的一点声响也没有，连苍蝇展翼飞过之声也会使你听见。假使你有意的高喊一声，那你将听见你的呼声凄楚的自灭于空虚中。这里，你又被围抱在别一个伟大的神秘的空气中了，你受到一种不可知的由无限之中而来的压迫，你又觉得你自己是空虚、渺小、无能力。你将茫然自失，你将不再嗤笑了。

便连几缕随风飘荡的星期日的由礼拜堂传出的风琴声、赞歌声以及几声断续的由寺观传到湖上的薄暮的钟声、鼓声，也将使你感到一种压迫、一种神秘、一种空虚。

那些信仰者是有福了。

呵，我们那些无信仰者，终将如浪子似的，如秋叶似的萎落在漂流在外面么？

我不敢想，我不愿想。

我再也不敢嗤笑那些专诚的信仰者。

我怎敢踏进那些"庄严的佛地"呢？然而，好奇心使我们战胜了这些空想，而去访问科仑布的大佛寺。

无涯的天，无涯的海，同样的甲板、餐厅、卧房，同样的人物，同样的起、餐、散步、谈话、睡，真使我们厌倦了；我们渴欲变换一下沉闷空气。于是我们要求新奇的可激动的事物。

到了科仑布，我们便去访问那久已闻名的大佛寺。我们预备着领受那由无限的主者、由庄严的佛地送来的压迫。压迫，究之是比平淡无奇好些的。

呵，呵，我们预备着怎样的心情去瞻仰这古佛、这伟佛，这只有我们自己知道。

到了！一所半西式的殿宇，灰白色的墙，并不庄严的立在南方的晚霞中。到了！我有些不信。那不是我们所想象的"佛地"，没有黄墙，没有高殿，没有一切一切，一进门是一所小园，迎面便是大卧佛所在的地方。我们很不满意，如预备去看一场大决斗的人，只见得了平淡的和解之结局一样的不满意。我们直闯进殿门。刚要揭开那白色嵌花的门帘时，一个穿黄色的和尚来阻止了。"不！"他说，"请先脱了鞋子。"于是我们都坐到长凳上脱下了皮鞋，用袜走进光滑可鉴的石板上。微微的由足底沁进阴凉的感触。大佛就在面前了。他慈和的倚卧着，高可一二丈，长可四五丈，似是新塑造的，油漆光亮亮的。四周有许多小佛，高鼻大脸，与中国所塑的罗汉之类面貌很不相同。"那都是新的呢。"同行的魏君说。殿的四周都是壁画，也似乎是新画上去的。佛前有好些大理石的供桌，桌上写着某人献上，也显然是新的。

那不是我们所想象的大佛寺里的大卧佛！

不必说了，我们是错走入一个新的佛寺里来了！

然而，光洁无比的供桌，堆着许多许多"佛花"，神秘的花香，一阵阵扑到鼻上来时，有几个土人，带了几朵花来，放在桌上合掌向佛，低微的念念有词；风吹动门帘，那帘上所系的小钢铃，便丁零作声。我呆呆的立住，不忍立时走开。即此小小的殿宇，也给我以所预想的满足。

我并不懊悔！那便是大佛寺，那便是那古旧的大卧佛！

出门临上车时，车夫指着庭中一个大围栏说："那是一株圣树。"圣树枝叶披离，已是很古老了。树下是一个佛龛，龛前一个黑衣妇人，伏在地上默默的祷告着。

呵，怕吃辣的人，尝到一点辣味已经足够了。

佳作点评

本文所写经过和感受体验其实涵盖了作者云游中国众多佛寺的感受和体察，表现出的思想和博闻强识让人过目难忘。在描写佛寺的构筑陈设后，作者的体验是："在那里你是与不可知的运动、大自然、宇宙相遇了。你将茫然自失，你将不再嗤笑了。"礼佛者才是其中最关键的主语，因为他们由此获得了大自由。

郑振铎对名刹古寺总是尽力参访。他的《欧行日记》里记载了1927年6月6日他到达科仑布参观大佛寺的感受：由于寺里面的东西都是新的，访古之人未免扫兴。但禅房"帘上所系的小钢铃，便丁零作声"，这风铃的声音就已经弥补了他的怅然，他感到满足，因为他体会到了自由。这同他的《大同》《云冈》散文一样，一山、一窟、一寺都是详尽描绘，他是带着对艺术的珍爱和对佛地的向往之情写下这些优秀篇章的。

芦沟晓月

□［中国］王统照

"苍凉自是长安日，呜咽原非陇头水。"

这是清代诗人咏芦沟桥的佳句，也许，长安日与陇头水六字有过分的古典气息，读去有点碍口。但，如果你们明了这六个字的来源，用联想与想象的力量凑合起，提示起这地方的环境、风物，以及历代的变化，你自然感到像这样"古典"的应用确能增加芦沟桥的伟大与美丽。

打开一本详明的地图，从现在的河北省、清代的京兆区域里你可找得那条历史上著名的桑乾河。在往古的战史上，在多少吊古伤今的诗人的笔下，桑乾河三字并不生疏。但，说到治水、㶟水、㶟水这三个专名，似乎就不是一般人所知了。还有，凡到过北平的人，谁不记得北平城外的永定河——即不记得永定河，而外城的正南门，永定门，大概可说是"无人不晓"罢。我虽不来与大家谈考证，讲水经，因为要叙叙芦沟桥，却不能不谈到桥下的水流。

治水、㶟水、㶟水，以及俗名的永定河，其实都是那一道河流——桑乾。

还有，河名不甚生疏，而在普通地理书上不大注意的是另外一道大流——浑河。浑河源出浑源，距离著名的恒山不远，水色浑浊，所以又有小黄河之称。在山西境内已经混入桑乾河，经怀仁、大同，委宛曲折，至河北的怀来县。向东南流入长城，在昌平县境的大山中如黄龙似的转入宛平县境，二百多里，才到这条巨大雄壮的古桥下。

原非陇头水，是不错的，这桥下的汤汤流水，原是桑乾与浑河的合流，也就是所谓治水、㶟水、㶟水、永定河、浑河、小黄河、黑水河（浑河的俗名）的合流。

桥工的建造既不在北宋时代，也不开始于蒙古人的占据北平。金人与南宋南北相争时，于大定二十九年六月方将这河上的木桥换了，用石料造成。这是见之于金代的诏书，据说："明昌二年三月桥成，敕命名广利，并建东西廊以便旅客。"

马哥孛罗来游中国，服官于元代的初年时，他已看见这雄伟的工程，曾在他的游记里赞美过。

经过元明两代都有重修，但以正统九年的加工比较伟大，桥上的石栏，石狮，大约都是这一次重修的成绩。清代对此桥的大工役也有数次，乾隆十七年与五十年两次的动工，确为此桥增色不少。

"东西长六十六丈，南北宽二丈四尺，两栏宽二尺四寸，石栏一百四十，桥孔十有一，第六孔适当河之中流。"

按清乾隆五十年重修的统计，对此桥的长短大小有此说明，使人（没有到过的）可以想象它的雄壮。

从前以北平左近的县分属顺天府，也就是所谓京兆区。经过名人题咏的，京兆区内有八种胜景：例如西山霁雪、居庸叠翠、玉泉垂虹等，都是很幽美的山川风物。芦沟不过有一道大桥，却居然也与西山居庸关一样列入八景之一，便是极富诗意的"芦沟晓月"。本来，"杨柳岸晓风残月"是最易引动从前旅人的感喟与欣赏的凌晨早发的光景，何况在远来的巨流上有这一道雄伟壮丽的石桥，又是出入京都的孔道，多少官吏、士人、商贾、农、工，为了事业，为了生活，为了游览，他们不能不到这名利所萃的京城，也不能不在夕阳返照，或东方未明时从这古代的桥上经过。你想：在交通工具还没有如今迅速便利的时候，车马，担簦，来往奔驰，再加上每个行人谁没有忧、喜、欣、戚的真感横在心头，谁不为"生之活动"在精神上负一份重担？盛景当前，把一片壮美的感觉移入渗化于自己的忧喜欣戚之中，无论他是有怎样的观照，由于时间与空间的变化错综，面对着这个具有崇高美的压迫力的建筑物，行人如非白痴，自然以其鉴赏力的差别，与环境的相异，生发出种种的触感。于是留在他们的心中，或留在借文字绘画表达出的作品中，对于芦沟桥三字真有很多的酬报。

不过，单以"晓月"形容芦沟桥之美，据传说是另有原因：每当旧历的月尽头（晦日）天快晓时，下弦的钩月在别处还看不分明，如有人到此桥上，他偏先得清光。这俗传的道理是否可靠，不能不令人疑惑。其实，芦沟桥也不过高起一些，难道同一时间在西山山顶，或北平城内的白塔（北海山上）上，看那晦晓的月亮，会比芦沟桥上不如？不过，话还是不这么拘板说为妙，用"晓月"陪衬芦沟桥的实是一位善于想象而又身经的艺术家的妙语，本来不预备后人去作科学的测验。你想，"一日之计在于晨"，何况是行人的早发。朝气清蒙，烘托出那钩人思感的月亮——上浮青天下嵌白石的巨桥。京城的雉堞若隐若现，西山的云翳似近似远，大野无边，黄流激奔……这样光，这样色彩，这样地点与建筑，不管是料峭的春晨，凄冷的秋晓，景物虽然随时有变，但若无雨雪的降临，每月末五更头的月亮，白石桥，大野，黄流，总可凑成一幅佳画，渲染飘浮于行旅者的心灵深处，发生出多少样反射的美感。

你说：偏以"晓月"陪衬这"碧草芦沟"（清刘履芬的《鸥梦词》中有《长亭怨》一阕，起语是：叹销春间关轮铁，碧草芦沟，短长程接。），不是最相称的"妙境"么？

无论你是否身经其地，现在，你对于这名标历史的胜迹，大约不止于

"发思古之幽情"罢？其实，即以思古而论也尽够你深思，咏叹，有无穷的兴感！何况血痕染过那些石狮的鬇鬡，白骨在桥上的轮迹里腐化，漠漠风沙，呜咽河流，自然会造成一篇悲壮的史诗。就是万古长存的"晓月"也必定对你惨笑，对你冷觑，不是昔日的温柔，幽丽，只引动你的"清念"。

桥下的黄流，日夜呜咽，泛挹着青空的灏气，伴守着沉默的郊原……他们都等待着有明光大来与洪涛冲荡的一日——那一日的清晓。

▎佳作点评 ▎

王统照是"文学研究会"发起人之一，著述颇丰。《芦沟晓月》写于上海"孤岛"时期。芦沟桥与湘子桥、赵州桥、洛阳桥并称中国四大古桥。当年寓居上海的王统照深居简出，但严守气节，绝不事敌。为寄托对危亡中国家民族的深厚感情，作者凭借史料和回忆写出此文，发表在《少年读物》1938年第5号上。"苍凉自是长安日，呜咽原非陇头水。"诗句奠定了全文的苍凉基调。作为斲轮老手，王统照没有呼天抢地，而是节奏缓慢地叙述，力透纸背，读者很容易随之进入到那深为"生之活动"担负精神重担的旅人场景。只要是中国人，站在雄伟的桥上临风看月，有谁不触动千古情怀？他把撷取的历史沧桑铺满天地。结尾一段如波涛涌立：抗日巨流不可阻挡，胜利是历史的宿命。

哈尔滨之春

□ [中国] 刘白羽

冰冻的松花江融解了。

一夜之间,春风吹暖了黑土地。从遥遥远远的地方传来布谷鸟的鸣声,天空那样静,大地那样静,白桦林像给清水洗过一样,每棵树都潮乎乎、湿淋淋的,桦树皮白里泛青,青里泛白,它预示着万物萌生。忽然,我看见一片赤裸的地面上,开满了浅蓝色的野菊花,就像从空中落下一片蓝色的彩霞,我两眼一下明亮如火,不顾两脚陷入泥泞,我采了一束野菊捧在手上。野菊吐出淡淡的、淡淡的芳香,纤细的花瓣、鲜艳的颜色、娇嫩的生命,带来了多么美好的春天呀!我偶然间把一根花梗含到嘴里,先只感到一股泥土味,嚼了几口才品出微微苦涩、微微香甜的药味。大自然是多么坦荡无私而又多么神奇奥妙呀!它生长了万物,万物又点缀了自然,使它那样鲜活、那样美丽。这像浓茶一样的空气,令人心旷神怡。

冬天悄悄从哈尔滨逝去。

当我沿着中央大街走到松花江边时,突然,一种沉闷的轰隆声传来。我惊奇地向四下眺望,寻不到声音从何而来。是天上?是地下?声音十分威严、十分冷峻,地老天荒、沧海桑田,令人有一种恐惧之感。我立在江边堤岸上，发现这声音来自江上，就在这偶然一念之间，我目睹了松花江开江的惊人的场景。随同这隆隆声由远及近，由小而大，一刹那，仿佛天昏地暗，只见那整条青钢色的冰冻的大江，在颤动、在战栗，我一下子听到我所立的岸脚下，就像踩玻璃碴似的，冰冻发出一连串细碎断裂的声音。这是多么严酷、多么狂暴的震动呀！突然间，江心的冰面开了，看起来，似乎在同一瞬间，这条江从遥远的上游一直到我的面前都在动荡，在动荡，而后在沉闷的隆隆声之上发出惊雷般的爆炸。一种欢跃之感从我心底油然而生。啊！春天！你这温暖而柔和的春天，经过母亲生产婴儿般的那一刹那苦难，发出动人心魄的婴儿的啼声……是的，一个春天就这样诞生了！开始，我看到江中心青色的大冰块在崩裂，无数冰块森然矗立，而后从那断裂之处涌出黑色的巨流，像黑压压倒塌的城墙一样，汹涌而来，澎湃而至，整个江面裂成无数冰块。那白茫茫的冰块，在急流漩涡中冲击而下。浩浩荡荡的大江在放声高唱，冰凌你撞我我撞你，你推我我推你，旋动着清脆而嘹亮的咔咔——咔咔声。我把帽子攥在手上，一任江上吹来的寒风把头发吹得嗖嗖飘动，我敞开衣襟，让我的胸膛承受着猛烈而又温柔的春天——我的心庄严极了、肃穆极了，我的两眼发出雪亮雪亮的光芒，我的心胸一下扩张开来，我伸长两臂紧紧和大自然之魂拥抱。透过这第一次动荡的江流，我仿佛看到长白山的冰峰雪岭，我仿佛闻到山上那莽莽原始森林的气息。松花江像一阵天风从长白山上飘然拂下，经过桦树林子，汇成松花湖，而后一直流去……就在这儿，在这开江的日子，显示了宇宙的无穷的暴力，大自然的无穷的暴力。水卷着冰，冰冲着水，这是苍天的血、大地的血，这是苍天的呼啸、大地的呼啸，我从中领略着大自然的神奇、雄伟的美感。当大江漂流而下，我忽然觉得天也明了、日也亮了，黑色的激流冲出蓝色的巨浪，蓝色的巨浪冲出白色的冰凌。就在这时，我的温暖的面颊上忽然感到一阵凉沁沁的湿度，我一下惊住了，这是什么？但又猛然醒悟过来，这是春天，从江面上旋来的春天，它不是清风只是气浪，多么美好的春天，在哈尔滨降临了。

佳作点评

除本地人外，也许刘白羽是对哈尔滨描述最多的作家。在其《心灵历程》中，有写哈尔滨的《东方的巴黎》《哈尔滨之冬》《哈尔滨之春》等文。本文着力描绘了两种反差较大的事物：野菊花与松花江融冰，一则柔美，一则万马奔腾，可谓刚柔相济。文章在表现了作家见菊、采菊、闻菊、观菊的动作过程之间，也突出了他的惊喜、兴奋、欣赏及陶醉的情感变化。而这样的变化，迅速转入了冰河融冰的磅礴气势之中，这才是他着力书写的部分，显示了作家个人化叙事的明显印痕。如果说前一部分是序曲，那么宏大的乐章就在后一部分迅猛登场。本文结构巧妙，篇幅也仅一千余字，却包含众多，确也不易。

阳关雪

□ [中国] 余秋雨

中国古代，一为文人，便无足观。文官之显赫，在官而不在文，他们作为文人的一面，在官场也是无足观的。但是事情又很怪异，当峨冠博带早已零落成泥之后，一杆竹管笔偶尔涂划的诗文，竟能镌刻山河，雕镂人心，永不漫漶。

我曾有缘，在黄昏的江船上仰望过白帝城，顶着浓冽的秋霜登临过黄鹤楼，还有一个冬夜摸到了寒山寺。我的周围，人头济济，差不多绝大多数人的心头，都回荡着那几首不必引述的诗。人们来寻景，更来寻诗。这些诗，他们在孩提时代就能背诵。孩子们的想象，诚恳而逼真。因此，这些城，这些楼，这些寺，早在心头自行搭建。待到年长，当他们刚刚意识到有足够脚力的时候，也就给自己负上了一笔沉重的宿债，焦渴地企盼着对诗境实地的踏访。为童年，为历史，为许多无法言传的原因。有时候，这种焦渴，简直就像对失落的故乡的寻找，对离散的亲人的查访。

文人的魔力，竟能把偌大一个世界的生僻角落，变成人人心中的故乡。他们褪色的青衫里，究竟藏着什么法术呢？

今天，我冲着王维的那首《渭城曲》，去寻阳关了。出发前曾在下榻的县城向老者打听，回答是："路又远，也没什么好看的，倒是有一些文人辛辛苦苦找去。"老者抬头看天，又说："这雪一时下不停，别去受这个苦了。"我向他鞠了一躬，转身钻进雪里。

一走出小小的县城，便是沙漠。除了茫茫一片雪白，什么也没有，连一个皱折也找不到。在别地赶路，总要每一段为自己找一个目标，盯着一棵树，赶过去，然后再盯着一块石头，赶过去。在这里，睁疼了眼也看不见一个目标，哪怕是一片枯叶，一个黑点。于是，只好抬起头来看天。从未见过这样完整的天，一点也没有被吞食，边沿全是挺展展的，紧扎扎地把大地罩了个严实。有这样的地，天才叫天。有这样的天，地才叫地。在这样的天地中独个儿行走，侏儒也变成了巨人。在这样的天地中独个儿行走，巨人也变成了侏儒。

天竟晴了，风也停了，阳光很好。没想到沙漠中的雪化得这样快，才片刻，地上已见斑斑沙底，却不见湿痕。天边渐渐飘出几缕烟迹，并不动，却在加深，疑惑半晌，才发现，那是刚刚化雪的山脊。

地上的凹凸已成了一种令人惊骇的铺陈，只可能有一种理解：那全是远年的坟堆。

这里离县城已经很远，不大会成为城里人的丧葬之地。这些坟堆被风雪所蚀，因年岁而坍，枯瘦萧条，显然从未有人祭扫。它们为什么会有那么多，排列得又是那么密呢？只可能有一种理解：这里是古战场。

我在望不到边际的坟堆中茫然前行，心中浮现出艾略特的《荒原》。这里正是中华历史的荒原：如雨的马蹄，如雷的呐喊，如注的热血。中原慈母的白发，江南春闺的遥望，湖湘稚儿的夜哭。故乡柳荫下的诀别，将军圆睁的怒目，猎猎于朔风中的军旗。随着一阵烟尘，又一阵烟尘，都飘散远去。我相信，死者临亡时都是面向朔北敌阵的；我相信，他们又很想在最后一刻回过头来，给熟悉的土地投注一个目光。于是，他们扭曲地倒下了，化作沙堆一座。

这繁星般的沙堆，不知有没有换来史官们的半行墨迹？史官们把卷帙一片片翻过，于是，这块土地也有了一层层的沉埋。堆积如山的二十五史，写在这个荒原上的篇页还算是比较光彩的，因为这儿毕竟是历代王国的边远地带，长久担负着保卫华夏疆域的使命。所以，这些沙堆还站立得较为自在，这些篇页也还能哗哗作响。就像干寒单调的土地一样，出现在西北边陲的历史命题也比较单纯。在中原内地就不同了，山重水复、花草掩荫，岁月的迷宫会让最清醒的头脑涨得发昏，晨钟暮鼓的音响总是那样的诡秘和乖戾。那儿，没有这么大大咧咧铺张开的沙堆，一切都在重重美景中发闷，无数不知为何而死的怨魂，只能悲愤懊丧地深潜地底。不像这儿，能够袒露出一帙风干的青史，让我用二十世纪的脚步去匆匆抚摩。

远处已有树影。急步赶去，树下有水流，沙地也有了高低坡斜。登上一个坡，猛一抬头，看见不远的山峰上有荒落的土墩一座，我凭直觉确信，这便是阳关了。

树愈来愈多，开始有房舍出现。这是对的，重要关隘所在，屯扎兵马之地，不能没有这一些。转几个弯，再直上一道沙坡，爬到土墩底下，四处寻找，近旁正有一碑，上刻"阳关古址"四字。

这是一个俯瞰四野的制高点。西北风浩荡万里，直扑而来，踉跄几步，方才站住。脚是站住了，却分明听到自己牙齿打战的声音，鼻子一定是立即冻红了的。呵一口热气到手掌，捂住双耳用力蹦跳几下，才定下心来睁眼。这儿的雪没有化，当然不会化。所谓古址，已经没有什么故迹，只有近处的烽火台还在，这就是刚才在下面看到的土墩。土墩已坍了大半，可以看见一层层泥沙，一层层苇草，苇草飘扬出来，在千年之后的寒风中抖动。眼下是西北的群山，都积着雪，层层叠叠，直伸天际。任何站立在这儿的人，都会感觉到自己是站在大海边的礁石上，那些山，全是冰海冻浪。

王维实在是温厚到了极点。对于这么一个阳关，他的笔底仍然不露凌厉惊骇之色，而只是缠绵淡雅地写道："劝君更尽一杯酒，西出阳关无故人。"他瞟了一眼渭城客舍窗外青青的柳色，看了看友人已打点好的行囊，微笑着举起了酒壶。再来一杯吧，阳关之外，就找不到可以这样对饮畅谈的老朋友了。这杯酒，友人一定是毫不推却，一饮而尽的。

这便是唐人风范。他们多半不会洒泪悲叹，执袂劝阻。他们的目光放得很远，他们的人生道路铺展得很广。告别是经常的，步履是放达的。这种风范，在李白、高适、岑参那里，焕发得越加豪迈。在南北各地的古代造像中，唐人造像一看便可识认，形体那么健美，目光那么平静，神采那么自信。在欧洲看蒙娜丽莎的微笑，你立即就能感受，这种恬然的自信只属于那些真正从中世纪的梦魇中苏醒、对前途挺有把握的艺术家们。唐人造像中的微笑，只会更沉着、更安详。在欧洲，这些艺术家们翻天覆地地闹腾了好一阵子，固执地要把微笑输送进历史的魂魄。谁都能计算，他们的事情发生在唐代之后多少年。而唐代，却没有把它的属于艺术家的自信延续久远。阳关的风雪，竟越见凄迷。

王维诗画皆称一绝，莱辛等西方哲人反复讨论过的诗与画的界线，在他是可以随脚出入的。但是，长安的宫殿，只为艺术家们开了一个狭小的边门，允许他们以卑怯侍从的身份躬身而入，去制造一点娱乐。历史老人凛然肃然，扭过头去，颤巍巍地重又迈向三皇五帝的宗谱。这里，不需要艺术闹出太大的局面，不需要对美有太深的寄托。

于是，九州的画风随之黯然。阳关，再也难于享用温醇的诗句。西出阳关的文人还是有的，只是大多成了谪官逐臣。

即便是土墩、是石城，也受不住这么多叹息的吹拂，阳关坍弛了，坍弛在一个民族的精神疆域中。它终成废墟，终成荒原。身后，沙坟如潮，身前，寒峰如浪。谁也不能想象，这儿，一千多年之前，曾经验证过人生的壮美，艺术情怀的弘广。

这儿应该有几声胡笳和羌笛的，音色极美，与自然浑和，夺人心魄。

可惜它们后来都成了兵士们心头的哀音。既然一个民族都不忍听闻，它们也就消失在朔风之中。

回去罢，时间已经不早。怕还要下雪。

佳作点评

《阳关雪》是《文化苦旅》中引人注目之作，历史沧桑感、民族自豪感与思辨性循环往复，充溢其间。

本文已经不是探幽访胜，不是咏物抒怀，而是借阳关这一历史遗迹来叙事，让石头说话，让沉默的建筑说话，以体现中华民族在星汉灿烂的文明史上的巨大贡献。作者奋然钻进雪野，由此追忆古代文人墨客曾经在此经历过的生命体验。作者心目中的阳关，已经超越了阳关本身，从而进入了人生、社会和历史地理更为壮阔的视域，由此生发出与古人置身于同一个空间一同前行的心灵冲撞。余秋雨在文中的喟然之叹很是沉重："即便是土墩、是石城，也受不住这么多叹息的吹拂，阳关坍弛了，坍弛在一个民族的精神疆域中。"阳关的坍塌，不仅是城墙与堡垒，也许是民族精神的某种征兆。

海边幻想

□ [美国] 惠特曼

童年的我有过幻想、有过希望,想写点什么,也许是一首诗吧。写海岸——那使人产生联想的一条线,那接合点、那汇合处,固态与液态紧紧相联之处——那奇妙而潜伏着的某种东西。

去汉普顿和蒙托克(是在一座灯塔旁边,目所能及,一眼望去,四周一无所有,只有大海的动荡)那次,我记得我的愿望不是写特别的抒情诗、史诗、文学等方面,事实上,给我写作欲望的竟是海岸。

它给我一种看不见的影响,一种作用广泛的尺度。除了海和岸之外,我也不觉地按这同样的标准对待其他的自然力量——避免追求用诗去写它们。它太伟大,不宜按一定的格式去处理——如果我能间接地表现我同它们相遇而且相融了,即便只有一次也已足够,就非常心满意足了——我和它们是真正地互相吸收了,互相了解了。

多年来,我的眼前常出现一种梦想,也可以说是一种图景。尽管这是想象,但我确实相信这梦想已大部分进入了我的实际生活——当然也进入了我的作品,使我的作品成形,给了我的作品以色彩。

那不是别的,正是这一片无垠的白黄白黄的沙地。它坚硬、平坦、宽阔，永不停息地向它滚滚涌来的是气势雄伟的大海，它缓缓冲击，哗啦作响，溅起泡沫，像低音鼓吟声阵阵。这情景，这画面，多年来一直在我眼前浮现，也时常在梦醒时听见、看见它。

佳作点评

作为美国十九世纪最为著名的诗人，惠特曼对"五四"时期的中国新诗产生了难以估量的影响。但他的散文往往为人所忽略，其实他的散文蕴含的人生、宗教哲思更多。有评论家称，惠特曼的散文比诗歌更胜一筹，它清晰、理智、易懂，颇具可读性。他的诗歌好像是用于高声部，而散文恰是他沉吟时分的低回。惠特曼对海的熟悉宛如自己的掌纹。他的《海流集》均是海的意象。需要注意的是，散文里惠特曼眼中的大海，不再是波澜壮阔、碧波万顷，而是海岸，是沙滩，是海水在岸边吞吐白沫的结合线。他选择的这一海陆"结合部"显然富有深意。他是把大自然奉为文学的尺度，自然的丰盛、壮美、永恒，都构成了他写作的海床：海岸"给我一种看不见的影响，一种作用广泛的尺度"。俯身天地向自然学习，不仅是对天道的追求，更是一种心灵功课。也许，海岸才是惠特曼的精神大本营。

乡 村

□ [俄国] 屠格涅夫

六月里最后的一天。周围是俄罗斯千里幅员——心爱的家乡。

整个天空一片蔚蓝。天上只有一朵云彩,似乎是在飘动,似乎是在消散。没有风,天气暖和……空气里仿佛弥漫着鲜牛奶似的东西!

云雀在鸣啭,大脖子鸽群咕咕地叫着,燕子无声地飞翔,马儿打着响鼻、嚼着草,狗儿没有吠叫,温驯地摇尾站着。

空气里蒸腾着一种烟味,还有草香,并且混杂一点儿松焦油的皮革的气味。大麻已经长得很茂盛,散发出它那浓郁的、好闻的气味。

一条坡度和缓的深谷。山谷两侧各栽植数行柳树,它们的树冠连成一片,下面的树干已经龟裂。一条小溪在山谷中流淌。透过清澈的涟漪,溪底的碎石子仿佛在颤动。远处,天地相交的地方,依稀可见一条大河的碧波。

沿着山谷,一侧是整齐的小粮库、紧闭门户的小仓房;另一侧散落着五六家薄板屋顶的松木农舍。家家屋顶上,竖着一根装上椋鸟巢的长竿子;家家门檐上,饰着一匹铁铸的扬鬃奔马。粗糙不平的窗玻璃,辉映出彩虹的颜色。护窗板上,涂画着插有花束的陶罐。家家农舍前,端端正正摆着一条结实的长凳。猫儿警惕地竖起透明的耳朵,在土台上蜷缩成一团。高高的栅栏后面，清凉的前室里一片幽暗。

孩子们长着卷发的小脑袋，从每一堆干草后面钻出来。母鸡晃动着鸡冠，在干草里寻觅种种小虫。白唇的小狗，在乱草堆里翻滚。

留着淡褐色卷发的小伙子们，穿着下摆束上腰带的干净衬衣，登着沉重的镶边皮靴，胸脯靠在卸掉了牲口的牛车上，彼此兴致勃勃地谈天、逗笑。

圆脸的少妇从窗子里探出身来。不知是由于听到了小伙子们说的话，还是因为看到了干草堆上孩子们的嬉闹，她笑了。

另一个少妇伸出粗壮的胳膊，从井里提上一只湿淋淋的水桶……水桶在绳子下抖动着、摇晃着，滴下一滴滴闪光的水珠。

我面前站着一个年老的农妇，她穿着新的方格布裙子，蹬着新鞋子。

在她黝黑、精瘦的脖子上，绕着三圈空心的大串珠。花白头上系着一条带小红点儿的黄头巾。头巾一直遮到已失去神采的眼睛上面。

但老人的眼睛有礼貌地笑着，布满皱纹的脸上也堆着笑意。也许，老妇已有60多岁了……就在现在也可以看得出来：当年她可是个美人呵！

她张开晒黑的右手五指，托着一个罐，上面蒙着许多玻璃珠子似的水汽；左手掌心里，老妇拿给我一大块还冒着热气的面包。她说："为了健康，吃吧，远方来的客人！"

雄鸡忽然啼鸣起来，忙碌地拍打着翅膀；拴在圈里的小牛犊和它呼应着，不慌不忙地发出哞哞的叫声。

"瞧这片燕麦！"传来我马车夫的声音。

啊，俄罗斯自由之乡的满足，安逸，富饶！啊，宁静和美好！

我不由得想道：现在我们干吗还要皇城（这里指君士坦丁堡，即今土耳其的伊斯坦布尔。城内圣索菲亚大教堂原为拜占庭帝国东正教的宫廷教堂。1453年土耳其人入主后改为伊斯兰教清真寺）里圣索菲亚大教堂圆顶上的十字架？还有我们这些城里人孜孜以求的一切？

1878年2月

佳作点评

《乡村》作于1878年，那时屠格涅夫已是垂垂老矣。尽管身心俱疲，远离祖国，但仍写出了一些格调明快、洋溢爱国之情的篇章。《乡村》是充满对俄罗斯土地、对淳朴农民深沉之爱的散文。无论是在思想上还是技法上，都闪耀着俄罗斯森林深处的篝火之光，明快而感人。托尔斯泰说："屠格涅夫是一位这样的风景大师，在他之后没有人再敢触及风景描写这个题目。他只要三两笔一挥，一幅自然风景便跃然纸上。"他采撷的乡村意象平凡不过，在描绘之中，一种梦幻一般的场景悠然而起，"空气里仿佛弥漫着鲜牛奶似的东西！"正是在这样的语境里，那种让他魂牵梦绕的感动，就在土地与村民之间萦绕。

麻 雀

□ ［俄国］屠格涅夫

我打猎回来，走在花园的林阴路上。狗在我面前奔跑。忽然它缩小了脚步，开始悄悄地走，好像嗅到了前面的野物。

我顺着林荫路望去，看见一只小麻雀，嘴角嫩黄，头顶上有些茸毛。它从窝里跌下来（风在猛烈摇着路边的白桦树），一动不动地坐着，无望地张开两只刚刚长出来的小翅膀。

我的狗正慢慢地向它走近，突然间，是近旁的一棵树上，一只黑胸脯的老麻雀像块石头一样一飞而下，落在狗鼻子尖的前面——全身羽毛竖起，完全变了形状，绝望又可怜地尖叫着，一连两次扑向那牙齿锐利的、张大的狗嘴。

这是冲下来救护的，它用身体掩护着自己的幼儿……然而它那整个小小的身体在恐惧中颤抖着，小小的叫声变得蛮勇而嘶哑，它兀立着不动，它在自我牺牲！

一只狗在它看来该是多么庞大的怪物啊！尽管如此，它不能安栖在高高的、毫无危险的枝头……一种力量，比它的意志更强大的力量，把它从那上边催促下来。

我的特列索停住了，后退了……显然，连它也认识到了这种力量。

我急忙唤住惊惶的狗——肃然起敬地走开。

是的，请别发笑，我对那只小小的、英雄般的鸟儿，对它的爱的冲动肃然起敬。

爱，我想，比死的恐惧更强大。只是靠了它，只是靠了爱，生命才得以维持、得以发展啊。

佳作点评

本文是散文诗，也可视为哲理小品。

麻雀和猎狗相比，猎狗可是庞大的怪物！可是，老麻雀不能安然站在没有危险的树枝上，它要用自己的身躯掩护小麻雀，它想拯救自己的幼儿，这就是母爱的力量，也是大自然赋予的大力！正如老舍所说："一个母亲必定是一位英雄。"何况，伟大的母爱并不限于人类。由此作家道出了千古不灭的真理："爱，我想，比死的恐惧更强大。只是靠了它，只是靠了爱，生命才得以维持、得以发展啊。"

屠格涅夫唤回猎狗离开，表达了作者心中的理想境界：尊重每一个个体，人与动物和谐相处；善良从来是人与自然之间的主语。

生活在大自然的怀抱里

□[法国]卢梭

我每天都早起,为的是能在自家的花园里看日出;如果这是一个晴天,我最殷切的期望是不要有信件或来访扰乱这一天的清宁。上午的时间我会用来处理各种杂事。每件事都是我乐意完成的,因为这都不是非立即处理不可的急事。我狼吞虎咽吃饭,为的是躲避那些不受欢迎的来访者,并且使自己有一个属于自己的下午。即使最炎热的日子,在中午一点钟前我就顶着烈日带着小狗芳夏特出发了。我加紧了步伐担心刚出门便被不速之客拦住去路。可是,一旦绕过一个拐角,我觉得自己得救了,就激动而愉快地松了口气,自言自语说:"我可以自己拥有这个下午了!"接着,我迈着平静的步伐,到树林中去寻觅一个荒野的角落,一个人迹不至因而没有任何奴役和统治印记的荒野的角落,一个只有我才能找到的幽静的角落,那儿不会有令人厌恶的第三者跑来横隔在大自然和我之间。那儿,我可以随意饱览大自然为我展开的华丽图景。金色的燃料木、紫红的欧石南非常繁茂,挤入我的眼帘,滑向我的脑中,使我欣悦;我头上树木的宏伟、我四周灌木的纤丽、我脚下花草的惊人的纷繁使我眼花缭乱,不知道应该观赏还是赞叹;这么多美好的东西竟相吸引我的注意力,使我在它们面前留步，从而助长我懒惰和爱空想的习惯，使我常常想："世界上最辉煌的所罗门和它们之中任何一个相比，也会自愧不如。"

我开始为这片美好的土地构想。我按自己的意愿在那儿立即安排了居民，我把舆论、偏见和所有虚假的感情远远驱走，使那些配享受如此佳境的人迁进这大自然的乐园。我将把他们组成一个亲切的社会，而我自己却不敢加入这个美妙的社会。我按照自己的喜好建造一个黄金的世纪，并用那些我经历过的给我留下甜美记忆的情景和我的心灵还在憧憬的情境充实这美好的生活。我多么神往着这样一个社会的建成，如此甜美、如此纯洁、如此远离人类的快乐。每每我如此的幻想，我的眼泪就夺眶而出！啊！这个时刻，如果有关巴黎、我的世纪、我这个作家的卑微的虚荣心的念头来扰乱我的遐想，我就会怀着无比的厌恶将它们甩掉，使我能够专心陶醉于这些充溢我心灵的美妙的感情！然而，在遐想中，我承认，当我沉醉于自己的幻想中时，我会突然的想哭。甚至即使我所有的梦想变成现实，我也不会感到满足：到时我会有新的梦想、新的期望、新的憧憬。我感到自己的身心有种莫名的空虚，有一种虽然我无法阐明但我感到需要的对某种其他快乐的向往。然而，这种向往也是一种快乐，因为我从中找到了心酸的浪漫——而这都是我不愿意舍弃的东西。

我尽可能地将自己的思想从低升高，转向自然界所有的生命，转向事物普遍的体系，转向主宰一切的不可思议的上帝。我神志不清地迷失于大千世界里，停止思维，停止冥想，停止哲学的推理；我怀着快感，感到肩负着宇宙的重压。许许多多伟大观念呈现于脑里，我喜欢任由我的想象在空间驰骋；我禁锢在生命的疆界内的心灵感到这儿过分狭窄，我在天地间不能呼吸，我希望投身到一个无限的世界中去。我相信，如果我能够洞悉大自然所有的奥秘，我也许不会体会这种令人惊异的心醉神迷，而处在一种没有那么甜美的状态里；我的心灵所沉醉的这种出神入化的佳境使我在亢奋激动中有时高声呼唤："啊，我的老天！啊，我的老天!"但除此之外,我讲不出任何话来。

佳作点评

  人至老境,会对周遭事物产生一种类似"初恋"一般的神奇感觉。本文也不例外,作者热爱自然、崇尚个性、蔑视世俗观念,但为生活所迫又经历了种种不幸与屈辱。作者回到了自然的怀抱,展示了归复平静的乌托邦之思。他刻意忘却尘世的纷繁、虚伪、伪善,又因为念念不忘,反而让我们发现他不容易摆脱红尘对他的羁绊。因而本文充满了一种强烈感情和一种迷人的感伤。

  追求与寻觅混沌之始,浑天运行,周而复始,然后享受其中的乐趣,享受整个过程中心灵震荡平息的状态,身心因为迷失而得到了平息,即便停止思维、停止冥想也在所不惜。卢梭所说的也许就是这种感觉吧。

冬天之美

□ [法国] 乔治·桑

乡村的冬天是我的最爱。我无法理解富翁们的情趣，他们在一年当中最不适于举行舞会、讲究穿着和奢侈挥霍的季节，将巴黎当作狂欢的场所。

大自然在冬天邀请我们到火炉边去享受天伦之乐，而且只有在这个季节才能在乡村享受到罕见的明朗的阳光。在我国的大都市里，臭气熏天和冻结的烂泥几乎永无干燥之日，看见就令人恶心。在乡下，一片阳光或者刮几小时风就使空气变得清新，使地面干爽。可怜的城市工人对此十分了解，他们滞留在这个垃圾场里，一点办法也没有。我们的富翁们所过的人为的、荒谬的生活，违背大自然的安排，结果毫无生气。英国人比较明智，他们在冬天去乡下的别墅享受生活。

在巴黎，人们想象大自然有六个月毫无生机，可是小麦从秋天就开始发芽，而冬天惨淡的阳光——大家惯于这样描写它——是一年之中最灿烂、最辉煌的。当它拨开云雾，在严冬傍晚披上闪烁发光的紫红色长袍坠落时，那令人炫目的光芒却是无法比拟的。即使在我们这个将严寒不恰当地称为温带的国家里，自然界的万物也永远不会除掉盛装和失去盎然的生机：广阔的麦田铺上了鲜艳的地毯，而天际低矮的太阳在上面投下了绿宝石的光辉。地面披上了美丽的彩衣。华丽的长春藤涂上了大理石鲜红和金色的斑纹。报春花、紫罗兰和孟加拉玫瑰躲在雪层下面微笑。由于地势的起伏，由于偶然的机缘，还有其他几种花儿躲过严寒幸存下来。而这种意外的欢愉是出乎意料的，也是情理之中的，虽然百灵鸟不见踪影，但有多少喧闹而美丽的鸟儿路过这儿，在河边栖息和休憩！当地面的白雪像美丽的钻石在阳光下闪闪发光，或者当挂在树梢的冰凌组成神奇的连拱和无法描绘的水晶的花彩时，还有什么东西能与白雪相媲美呢？在乡村的漫漫长夜里，大家亲切地聚集一堂，甚至时间似乎也听从我们的调遣。由于人们能够沉静下来思索，精神生活变得异常丰富。这样的夜晚，最大的乐事不就是同家人围炉而坐吗？

佳作点评

乔治·桑是女性解放的倡导者，她激情充沛，穿男装抽烟斗，生活不羁，同时拥有四个情人。这样的人物对乡村产生如此深刻的亲和力，只能说人性具有其多面性。

乔治·桑出生、成长都在农村，这种血缘关系使她对乡村的情感难以泯灭。"巴黎之冬"与"乡村之冬"构成了巨大反差，展示冬天乡村的风韵之余，也显露出作者对农民命运的关注。乔治·桑的抒情天赋在文中体现无遗，大自然的绚丽，使农村的田园风情充满了浪漫主义气息。她暗示了人情美才是乡村冬天之美的灵魂，是冬天之美的根性所在，因而更具人文情怀。

遗忘之河

□ [法国] 普鲁斯特

米什莱对死的理解独树一帜，这也许是因为他经历过一场轰轰烈烈的爱情游戏吧，他认为："死神会美化她要打击的那些人，夸张他们的美德，然而一般来说，伤害他们的恰恰就是活着的生命。死，这个虔诚而又无可非议的证人告诉我们，从真、善的角度来看，每个人身上的善通常多于恶。"

在我们心中那个让我们遭受各种苦难的人早已死去，她对我们来说实在是"无关紧要"。我们为死者哭泣，我们仍然热爱她们，久久地为她们无法抵御、使她们虽死犹生的魅力所吸引，为此我们经常来到她们的坟前。相反，使我们体验到一切，饱尝痛苦和快乐滋味的那个人再也不能控制我们。在我们心里，她死得更加彻底。我们把她当作这个世界上唯一珍贵的东西，我们诅咒她，蔑视她，又无法评价她，她的容貌特征刚刚清楚地展现在我们记忆的眼前，却又因为凝视太久而消失殆尽。对于深深影响着我们心灵的那个人的评价是没有规则的，时而她的远见卓识折磨着我们盲目的心灵，时而她的盲目又结束了这残忍的分歧，像这样的评价应该解决这最后的飘移。由于这些景色只有在山顶才能够欣赏，于是在该饶恕的高度便出现了那个货真价实的她，她成了我们的生活本身，从此之后她在我们心中死得更加彻底。我们只知道抱怨她带走了爱，却不明白她对我们有一种真正的友谊。记忆没有美化她，爱情使她备受伤害。对于那个想得到一切的人来说，得到一点似乎只是一种荒唐的残酷。假如他得到了一切，这一切也远远不能满足。

现在我们才知道，我们的绝望、嘲讽、无止无休的暴虐没有让她失去勇气，实在是她的慷慨所致。她始终温情脉脉。如今援引的几句话在我们看来带有一种宽容的准确而且充满魅力，她的这几句话我们好像无法理解，只因为那话里没有爱的意义。相反，我们却带着那么多不公正的私心苛刻地谈论她！难道她付出的还不够多吗？如果这阵爱情有高潮一去不复返，那么，我们在散步的时候，也会捡到一些奇异迷人的贝壳，把它们贴近耳边，昔日的喧嚣将再现，冲淡了痛苦，增添了甜美。于是，我们动情地想到她，我们的痛苦在于我们爱她胜于她爱我们。

她的躯体已经死去，她的精神还留在我们心中。正义要求我们纠正对她的看法。她借助于正义这种无所不能的美德让她的精神在我们心中复活，显现在由于我们的缘故而离她十分遥远的这个最后评价面前，她仍旧平静祥和，眼里却泪光闪闪。

佳作点评

作为享誉世界的特立独行的"回忆录作家"，普鲁斯特的时间观十分卓异。时间意识，即一个人意识到时间在身上的存在，普鲁斯特的这种意识异常发达。忘却使他失去了很多，他在回忆的廊道里战胜时间也就是战胜遗忘，找回逝去年华，重觅幸福。

一个人的失去，但他的影响持续而且深入地在继续。因为普鲁斯特同意作家米什莱的观点，"每个人身上的善通常多于恶"，基于此，它是被正义感所扶持的准则，回忆不但可以在遗忘之河里打捞贝壳，还可以让流逝的河水逆流而上，成为时间当中的一个现实性事件。"让往事重现"并非奢求，它可以在作家的精神世界里复活，这就是普鲁斯特的"回忆术"，由此改变了他心目中的生与死。

维纳斯像

□［法国］梅里美

你见过维纳斯像吗？她的确是美丽得不可思议。她的上半身裸露，古代人塑造的所有伟大天神就是这个样子的：右手放到胸前，掌心向里，拇指、中指和食指伸直，无名指和小指稍稍弯曲。另一只手接近腰部，挽住遮盖着下身的衣衫。这尊雕像的姿势和猜拳者的姿势略同，我不明白为什么人家管这种猜拳者叫热马尼居斯。也许这尊雕像中的女神本来就在玩猜拳游戏吧。

不论如何，没有什么雕像敢与这尊维纳斯的躯体相提并论的。她的轮廓柔和、诱人，无与伦比；她的衣衫时髦、高贵，世界上找不出第二件来。我原来以为是东罗马帝国时代的作品，其实是我看到了雕像最盛时期的一件杰作。最使我惊异的是形体非常细致真实，简直使人以为是按照真人模拟的，但是大自然却又找不出同她一模一样的模特儿。

她的头发向额上集拢，也许当初曾镀过黄金。

同几乎所有的希腊雕像一样，她的头小巧玲珑，微微向前倾。至于她那美丽的面容以及她独特的表情，也许是我所无法描写的，它的类型也同我能想起的任何古代雕像的脸型不同。它的美不是静止和严肃的美，像希腊雕刻家们有意要使所有的线条都带上一种庄重的静止一样。这个雕像恰恰相反，我惊异地发觉雕刻家显然有意地在雕像的脸上刻画出一种凶恶的狡诈。所有线条都稍稍蹙皱，眼睛略斜，嘴角微翘，鼻翼稍稍鼓起。这个美丽得令人难以置信的脸庞，却流露出轻蔑、嘲讽和残暴。说实话，当我仔细而努力地注视这尊令人赞叹的雕像时，我非常具有想和她交谈的欲望。可她毕竟没有生命，所以，我不由得有些心酸。

佳作点评

梅里美写有小说《伊尔的美神》（又名《伊尔的维纳斯像》）。小说里，考古学家发掘出了一尊他见过的最美的美神铜像，这位女神表情愤怒狰狞。考古学家儿子新婚时，新娘说有个高大的女人上楼来，抱住新郎使其窒息而死……读到这里，我们可以想象梅里美心目中的石雕或铜雕女神，已经具备"木乃伊归来"的精神气韵了。

梅里美心目中的维纳斯开始还是属于正宗的，比较循规蹈矩，不可方物，但作家总是渴望这雕像仅仅是美女走神时分的一瞬，她卡在那里，或者被法术定了身，等候着知己来予以大力营救。而在梅里美眼里，他竟然感觉到美神拥有"一种凶恶的狡诈"，这样的感觉对一般人而言可能出格了，但对于作家而言却是灵犀之感，他渴望女神复活，但复活的女神，会不会是"抱住新郎使其窒息而死"的那个？也许，他渴望她抱住的是自己吧。

猎狼记

□ [法国] 大仲马

有三四个猎人，每人背着一支双筒猎枪，驾驭着一辆三套马车，奔驰在原野上。

三套马车是一种由三匹马拉的车辆。这一名称的来源不是由于车的外形，而是由于把三匹马套在车上的缘故。

在这三匹马中间，当中的一匹马总是小步快跑，右面和左面的两匹马总是奔驰前进。

中间那匹马快跑时，低垂着头，因而称之为吃雪马，在它左右的两个同伴只有一根缰绳，这两匹马的躯体中部被分别缚在左右两边的辕上。当这两匹马奔驰时，一匹马的头偏斜在左面，另一匹马的头偏斜在右面，人们称这两匹马为猛烈的马。

三匹马拉着这辆马车奔跑时，这辆车波动得宛如一叶置身于惊涛骇浪中的小舟。

打猎人用绳子把一头年轻力壮的猪系在车尾。为了安全牢固起见，打猎人用一根链子把它系在车尾。

无论是绳子或链子都必须有十公尺左右的长度。

在起程时，猎人们把这头年轻力壮的猪放在车上带走，它是舒舒服服的。到了森林的入口处，猎人们打算开始打猎了。于是猎人们在那儿把这头猪从车上放到地上，系在车尾。驭者挥动缰绳，三匹马就起步了。中间这匹马小步快跑，左右的两匹马奔驰前进。

猪跟在车后奔跑感到不大习惯，便抱怨叫屈。一会儿，它的叫屈声变成了哀叫声。

听到猪的哀叫声后，第一只狼出现了，它追逐着那头猪。接着两只狼出现了，接着三只狼出现了，接着十只狼出现了，接着五十只狼出现了。这时就出现了群狼逐猪的残酷景象。

所有的狼都争夺这只年轻力壮的猪，为了接近这只猪互相打架。它们都向猪冲来，有的狼用爪抓猪一下，有的狼咬猪一口。

这只可怜的猪绝望地惨叫着。这种惨叫使森林最深僻遥远处的狼都被唤醒了。

周围三里以内所有的狼都跑来了。这三套马车被一大群狼追赶着。

每当这种时候，就非常需要一个勇敢、能干的驾车人。这三匹马对于狼本来就有本能的恐怖心，现在被这群狼追赶时，它们变得疯狂了。中间那匹小步跑的马，现在奔驰前进了。左边和右边的两匹马，原来是奔驰前进的，现在却惊慌狂奔了。

向狼开火时，猎人们是随意开枪，不需要瞄准。这时，那一只猪在狂叫，三匹马在嘶鸣，一群狼在嗥叫。此外，还有连续的枪声。三匹马、猎人们、猪和狼群共同表现的那种急剧猛烈的行动，简直像一阵旋风。四周雪片纷纷，空中寒风阵阵。枪弹飞射，闪闪发光。枪声大作，有如霹雳。

不管三匹马是怎样狂乱暴躁，只要驭者能控制住它们，那就是胜利大吉，满载而归。

但是，假如驭者没有高超的驾车技术，没有超乎常人的胆量，慌乱中让那三套马车撞上障碍物，或者那三套马车翻了车，那就一切都完蛋了！

明天、后天，或一星期之后，车子的残片碎块、猎枪的枪管、马的骸骨，以及打猎人和驭者的粗大骨头，都会被人们找到。

佳作点评

大仲马是法国19世纪积极浪漫主义作家，自学成才，一生写的各种著作达300卷之多。本文记述了猎人赶三套车猎狼的细节，场面惊险、血腥，有点儿目不忍睹。

不遗余力的描写是大仲马的写作风格，宛如摄影师精心选择的一组嗜血镜头，正是这些清晰的呈现才让我们目睹了杀狼的惊心动魄。同样是描写马的奔跑，作者就选取了两个不同的画面。猎狼之前，中间的那匹"吃雪马"低垂着头，总是小步快跑；左右的两匹"猛烈的马"，总是奔驰前进。猎狼时，中间的马奔驰前进，左右两边的马惊慌狂奔。这些都是前奏。最为紧张的画面是猎杀狼，作者使用了一连串短句："一只猪在狂叫，三匹马在嘶鸣，一群狼在嗥叫"……残酷的枪弹暗示狼的命运。结尾是两种结局的设想：满载而归的猎人真的是"胜利大吉"吗？翻车后变为残片碎块，又是猎人所希望的吗？还有没有狼识破奸计而猎人一无所获的结果呢？狼是很聪明的动物，不会这样愚蠢吧？

伦 敦

□［德国］海涅

太阳落山的时候，小汽船正载着我们逆流而上，我们对上游两岸的风光发表了各自不同的见解。

夕阳的余晖映照着格林威治的一所医院，这所医院是一座宫殿般壮丽的建筑物。它的两幢房子看来真像两只翅膀，这两只翅膀是中空的，透过它，我们可以看到一座森林似的绿山和一座豪宅。这时河上的船只愈来愈纷乱了，当我看到这些大船那么灵巧地互相间避着的时候，不禁异常惊异。每当船只相遇而过，就有些真挚、亲切的脸孔相互致意，这些面孔很陌生，而且以后也不会熟识。大家的船挨得那么近，甚至可以伸出手去同时向对方欢迎和跟对方握别。当你看见那么许多胀得满满的帆的时候，你的心便会跳动起来；尤其是听到岸上的舞曲和划拳的叫声时，你的心简直要跳出来。但是在黄昏的白色的薄雾中，景物的轮廓逐渐消失了，只有无数支矗立着的又长又秃的桅杆依然在望。

我看到了世界上最令人惊异和最使人注意的一种情景。看到这种情景后，我更感到惊异了，在我的记忆里，不断出现那些密如林立的房屋和在那儿挤来挤去的人流，在他们那些笑脸上你只能感到热情、真诚，显示着他们对爱情、饥饿和憎恨等等激动的感情，这就是伦敦。

在伦敦的另一头，也就是人们说的西区，上流社会和有闲阶级的世界，那种单调性更加显著了；不过这儿的街道确是又长又宽，所有的房屋都大得像王宫一样，只是装饰没有丝毫特色。此外，我们也可以在这儿看到伦敦比较富有的寓所，在第一层楼上都点缀着一个带铁栅子的阳台，在底层也有一个黑色的栅栏，用来防护低下去的地下室的住所。一些大广场为这个区提供了休闲娱乐的场所，许多像上面描述过的一样的房屋围成了一个四方形，在这个四方形的中央，有一个用铁栅栏围起来的花园，花园里站着一个立像。在这里根本没有一间稍微逊色一点点的建筑。这儿处处都显示着富有和高尚的气象，然而在偏僻的小街道和阴暗、潮湿的胡同里，却拥挤地住着那些衣衫褴褛和终年以泪拭面的穷苦人。

如果游人只满足于看这些豪华的房屋和宽阔的街道，当然不会了解伦敦的黑暗悲惨的一面。只偶尔在什么地方的一个阴暗的小胡同口，你才会发现那儿默默地站着一个衣衫褴褛的女人，用她那干瘪的乳房奶着一个婴儿，用她的眼光向人求乞。如果这双眼睛还算明亮的话，说不定你会投去目光，而且因为从这双眼睛里看见了那种莫大的不幸而感到震惊。一般的乞丐都是些老年人，大多数是黑人。他们站在街头上给行人打扫一条小道——这在肮脏的伦敦是有必要的，目的不过是索要一个铜板。那些跟邪恶和犯罪勾连在一起的穷人只有在晚上才从他们的隐蔽所里爬出来。这些穷人的一切不幸要是和处处夸耀自己的、骄横的富人对比得愈尖锐，那么他们就愈怕见太阳；若不是肚子闹意见，他们绝不会在中午露面于街头。他们瞪着不能说话但却是在说着话的眼睛站在那儿，乞求地望着那个富有的商人，他现在正匆匆忙忙地在他们的面前走过，金币互相撞击声从口袋里传出来；他们或者望着那个终日无所事事的贵族老爷，他像一个喂得饱饱的上帝，骑着高头大马走过来，并不时向他脚底下的人投下一个贵族气派的漠不关心的眼光，似乎他们都是些微不足道的蚂蚁，充其量也不过是一群低级的创造物。这些人的喜怒哀乐跟他的感觉一概无关，不错，因为这些英国贵族，好像是一种比较高级的什么东西一样，高高地浮游在那些紧贴着地皮的贱民之上。他们只视英国为他们的家，小小的馆栈，视意大利为他们的花园，视巴黎为他们的社交沙龙，甚至视整个世界为他们的私有财产。他们毫无忧虑，毫无拘束地浮来浮去，黄金就是他们的一道护身符，能够以魔法来满足他们的最疯狂的欲望。

可怜的穷苦人啊！当你感到饥饿而又不得不面对着别人领受那富有讥讽意味的过多的享乐时，这该是多么痛心啊！如果有人漫不经心地向你的怀里扔下一块发硬的面包皮，你会泪流不止，至于浸泡了整个面包皮，然后你吃下它，觉得是多么的苦啊。你是用你自个儿的眼泪在毒杀自己。这样说来，如果你要跟邪恶和犯罪勾结在一起，你确实是有理由的。你们这些为社会所摈弃的犯罪者比起那些冷静的、无可非议的道德家说来，心里往往有着更多的人性，因为在那些道德家的变白了的心里，那些损人利己的勾当是和仁慈善良一同消失的。

◢ **佳作点评**

1827 年海涅曾到英国旅行，他洞悉了当时欧洲资本主义最为发达的英国充满阶级矛盾。透过繁华的大都市，他看到满目褴褛的大众生活。《伦敦》就是这一观察的记录。作家采用了强烈的对比描绘手法，因为细腻而发人深省。他指出，在大多数人挨饿的同时，却有少数人沉湎在宴乐中，他们就是贵族和大资产阶级，这让我们自然联想起"朱门酒肉臭，路有冻死骨"的诗句。眼泪浸透的面包，这一场景刻画深刻而强力，这不过"是用你自个儿的眼泪在毒杀自己"。这些强势集团给弱势群体制造了深重灾难，道貌岸然者才是剥削者和压迫者。海涅怒不可遏，痛骂他们是"趾高气扬的盗贼"。作品结束时，海涅预言了爆发革命的必然性。本文与其说是诗人之思，不如说是思想者的檄文。

大城市

□ [德国] 齐美尔

大城市与小城市在精神生活上各具特色。具体地说,后者的精神生活是建立在情感和直觉的关系之上的。直觉的关系扎根于无意识的情感土壤之中,因此很容易在它习惯的平和环境中正常生长。相反,理智之所在却是我们的有意识的心灵表层,这里是我们的内心力量最有调节适应能力的层次,用不着整理和翻松就可以接受现象的变化和对立,只有保守的情感才可能会通过整理和翻松来让自己与现象调和顺理。

当大城市的人感到外界的压力和危险信息时,他们——当然是许许多多个性不同的人——就会建立防卫机构来对付这种压力和危险。他们不是用情感来对付这些外界环境的潮流和矛盾,而是用理智、意识的加强使他们获得精神特权的理智。因此,对那些现象的反应都被隐藏到最不敏感的、与人的心灵深处相距甚远的心理中去了。

这种理性可以被认为是主观生活对付大城市压力的防卫工具。它的表现丰富多彩,大城市向来就是货币经济的中心,因为经济交流的多样化和集中化,交流的媒介显得举足轻重,而农村的经济交流贫乏,所以不可能具有这种重要的意义。但是货币经济与理性的关系密不可分,对于货币经济和理性来说，对人和事物的处理的纯客观性是共同的，至于如何处理、怎样处理往往以坚决的不妥协性结合在一起。

崇尚理性的人对任何奇形异类均持无所谓的态度，因为一切奇形异类所产生的关系和反应是逻辑所不能解释的，正如现象的个性不会出现于货币原则中一样，因为货币所关心的只是现象的共同问题，只是将所有质量和品质与价值多少加以平均衡量的交换价值。

人与人之间的情感关系建立在人的个性基础上，而人与人之间的支付问题上的理智关系，则是跟本身无关紧要的，只是根据其可以客观衡量的劳动有利益关系的问题上的理智关系，大城市中的人与卖主和买主、与他们的仆人和可以进行社会义务交换的人之间的理智关系，则具有局限性，在局限范围内对个性的不可避免的认识同样也不可避免地产生了富有情感色彩的关系，培养并发生了客观地对付出与回报的和谐关系。

佳作点评

现代城市生活最深刻的问题，正如德国社会学家格奥尔格·齐美尔在其成为经典的《大城市与精神生活》里指出的，个人如何在遭受各种社会束缚、背负历史传统和生活方式的重压的同时，维护其存在的独立性和独特性。齐美尔认为，历史的发展趋势是走向大城市，现代化的结构就是大城市化。城市是货币经济的基地，没有大城市的兴起，货币经济也就无法发展到最高的形式。但大城市并不是那些"拒绝在社会、技术体制中沉沦"之人的理想居所。而这样的现实问题，齐美尔虚拟地希望人的个性与理智"培养并发生了客观地对付出与回报的和谐关系"，这谈何容易！

杂木林

□［日本］德富芦花

东京西郊，直到多摩河一带，有一些丘陵和山谷。谷底有几条道路。登这座丘陵，曲曲折折地上去。山谷有的地方开辟成水田，有小河流过，河上偶尔可以看到水车。丘陵多被拓成了旱地，到处残留着一块块杂木林。我爱这些杂木林。

树木中，栎、榛、栗、枦居多。大树稀少，多半是从砍伐的木墩上簇生的幼树。树下的草地收拾得干干净净。赤松、黑松等名贵树木，高高而立，翠盖挺秀，遮掩着碧空。

下霜时节，收获萝卜。一林黄叶锦，不羡枫林红。

木叶尽脱，寒林千万枝，簇簇刺寒空。好景致！日落烟满地，空中的林梢变成淡紫色，月大如盆，尤为好景致！

春来了，淡褐、淡绿、淡红、淡紫、嫩黄等柔和之色消尽了。树木长出了新芽。正是樱花独自狂傲争春的时节。

绿叶扶疏时期，请到这林中看一看吧。片片树叶搪着日影。绿玉、碧玉在头上织成翠盖。自己的脸也变得碧青了，倘若假寐片刻，那梦也许是绿的。

秋蘑长出的时节，林子周围的胡枝子和芒草抽穗了。女郎花和萱草遍生于树林之中。大自然在这里建造了一座百草园。有月好，无月亦好。风清露冷之夜，就在这林子边上走一走吧。听一听松虫、铃虫、纺织娘等的鸣叫。百虫唧唧，如秋雨洒遍大地。要是亲手编一只收养秋虫的笼子倒也有趣得很。

佳作点评

《杂木林》是日本著名散文家德富芦花的名篇。与日本古代散文传统一样，收敛、干净、韵味无穷，没有大开大阖的感情起伏，造就了德富芦花散文的感性魅力。作家的笔对准的是东京西郊的多摩河一带的一个山谷的杂木林，然后描写这片杂木林在不同季节里的景色，语言干净、朴素，但却蕴涵着日本情调，诗画合一，让读者立即产生阵阵奇妙的清凉之感。

"午前春阴，午后春雨，暖和悠闲，而且宁静。"这是德富芦花在《自然与人生》中说的一句话，基本可以概括他的美学趣致。《杂木林》此篇里，"百虫唧唧，如秋雨洒遍大地"一句，真有大美！

大　河

□［日本］德富芦花

子在川上曰："逝者如斯夫，不舍昼夜。"

人们面对河川的感情，确乎尽为这两句话所道破。诗人千百言，终不及夫子这句口头语。

海确乎宽大，静寂时如慈母的胸怀；一旦震怒，令人想起上帝的怒气。然而，"大江日夜流"的气势及意味，在海里却是见不着的。

不妨站在一条大河的岸边，看一看那泱泱的河水，无声无息，静静地，无限流淌的情景吧。"逝者如斯夫"，想想那从亿万年之前一直到亿万年之后，源源不绝、永远奔流的河水吧。啊，白帆眼见着驶来了……从面前过去了……走远了……望不见了。所谓的罗马大帝国不是这样流过的吗？啊，竹叶漂来了，倏忽一闪，早已望不见了。亚历山大、拿破仑尽皆如此。他们今何在哉？奔腾流淌着的唯有这河水。

我想，站在大河之畔要比站在大海之滨更能感受到"永远"二字的涵义。

佳作点评

德富芦花的高明之处，显然是洞悉了长江大河与时间的关系；而大海呢，大则大也，但不像河流，它没有流淌的方向。人一旦置身大海，也容易丧失自我。所以，大海是空间的一个象征。作为时光的赋形之物，江河不但来自鸿蒙，也通达未来，江河是时间的具象，滔滔流水就是时间从永恒之河里流过。由此推之人生，天下瞬息万变，生命都是匆匆过客，如大河之帆、漂浮的落叶，倏忽即逝。伫立在大河之畔的德富芦花，由此联想到人类历史长河的景象：罗马大帝国、亚历山大、拿破仑翁，尽皆如此。而不舍昼夜，浩淼淌着的唯有这大河之水。此文境界极高，可作箴言看待。

孟加拉风光

——西莱达

□［印度］泰戈尔

一只又一只的船到达这个码头。过了一年的作客生涯，他们从遥远的工作地点回家来过节日。他们的箱子、篮子和包袱里装满了礼物。我注意到有一个人，他在船靠岸的时候，换上一件整齐的衣服，在布衣上面套上一件中国丝绸的外衣，整理好他颈上的仔细围好的领巾，高撑着伞，走向村里去。

潺潺的波浪流经稻地。芒果和枣椰的树梢耸入天空，树外的天边是毛绒绒的云彩。棕榈的叶梢在微风中摇曳。沙岸上的芦苇正要开花。这一切都是悦目爽心的画面。

刚回到家的人的心情，在企望着他的家人的热切的期待。这秋日的天空，这个世界，这温煦的晓风，以及树梢、枝头和河上的微波普遍地颤动，一起用说不出来的哀乐来感动这个从船窗里向外凝望的青年人。

从路旁窗子里所接受到的一瞥的世界，带来了新的愿望，或者毋宁说是旧的愿望改了新的形式。

前天，当我坐在船窗前面的时候，一只小小的渔船漂过，渔夫唱着一支歌——调子并不太好听。但这使我想起许多年前我小时候的一个夜晚。我们在巴特马河的船上。有一夜我在两点钟的时候醒来，在我推上船窗伸出头去的时候，我看见平静无波的河水在月下发光，一个年轻人独自划着一只渔舟，唱着走过。呵，唱得那么柔美——这样柔美的歌声我从来也没有听见过。

一个愿望突然来到我心上。我想回到我听见歌声的这一天，让我再来一次活生生的尝试。这一次我不让它空虚地没有满足地过去，我要用一首诗人的诗歌，在涨潮的浪花上到处浮游；对世人歌唱，去安抚他们的心；用我自己的眼睛去看，在世界的什么地方有什么东西；让世人认识我，也让我认识他们；像热切吹扬的和风一样，在生命和青春里涌过全世界；然后回到一个圆满充实的晚年，以诗人的生活方式把它度过。

这算是一个很崇高的理想吗？为使世界受到好处，理想无疑地还要崇高些；但是像我这么一个人，从来也没有过这样的抱负。我不能下定决心，在自制的饥荒之下，去牺牲这生命里珍贵的礼物，用绝食和默想和不断的争论，来使世界和人心失望。我认为，像个人似的活着、死去、爱着、信任着这世界，也就够了，我不能把它当作是创世者的一个骗局，或是魔王的一个圈套。我是不会拼命地想飘到天使般的虚空里去的。

佳作点评

从1891年起，泰戈尔住在位于帕德玛河边的西莱达经管父亲的地产。他热爱西莱达，这里使他的创作激情喷发而出，他的文思宛如帕德玛河的流水倾泻而下。孟加拉乡村风光、整个恒河流域就是他作品中最频繁重复的形象，因而《孟加拉风光》代表着泰戈尔早期散文的最高成就。在这篇短短的文章里，泰戈尔前半部分对帕德玛河两岸风光的描绘，相比起他的另外作品来，并没有显出特异之处，因为他的心思不在景物描绘上，他急于要把自己从这片沃土上生发的思想表达出来。他提出的崇高理想，简单却非常不容易实现。但他笔锋一转，委婉地谈到了印度普遍存在的绝食问题，一些人还渴望以此为斗争的武器。对此泰戈尔十分清醒："我认为，像个人似的活着、死去、爱着、信任着这世界，也就够了……"

对 岸

□［印度］泰戈尔

我下定决心有朝一日我定要到河流对岸。

那儿的船只排成一行，系在竹竿上。

人们早晨扛着自己的犁登上船渡过河，去耕耘他们的遥远的田地；

牧人们驱赶着欢腾的牛群游到对面河边的牧场上去；

傍晚的时候，他们从对岸又返回这里，留下豺狼在长满野草的岛上号叫。

妈妈，如果您同意，我长大后要做个摆渡的船夫。

听人说，在那高高的河岸背后，藏着许多奇怪的池塘；

雨后的池塘上浮满了群群野鸭；而环绕池边密密地长着芦苇的地方，水鸟在那儿下蛋；

舞弄着尾巴的沙锥鸟，把它们细小的足印踩在洁净的软泥上；

夕阳西下，月光应长着白花的长长茂草的邀请在草浪上浮游。

妈妈，如果您同意，我长大后要做个摆渡的船夫。

我整日要往返于河的两岸，村子里所有在河中洗澡的少男少女都会惊奇地瞧着我。

当太阳用最火热的激情拥抱我的时候，我要跑到您身边来，说："妈妈，我肚子饿了！"

当白昼完结、阴影在树下哆嗦，我就在暮色中回来。

我决不像爸爸那样离开你到城里去工作。

妈妈，如果您同意，我长大后要做个摆渡的船夫。

佳作点评

泰戈尔对制式教育的呆板较为反感，他向往无拘无束、自由自在。"对岸"的那一切虽然平常普通，然而在孩子的眼中仍是那么的具有吸引力，因为那是一个充满自由、没有束缚、令人舒心而又愉快的所在。即使有黄昏后豺狼的"哀鸣"，也不能阻止"我"对自由的渴望和追求。《对岸》一文有一句话一叹三咏："妈妈，如果您同意，我长大后要做个摆渡的船夫。"这突出地表现出了泰戈尔诗歌的回旋特征，热爱大自然、眷恋故土。"对岸"有充满生机的大自然，有自在无羁的理想空间；然而"此地"却有自己依恋的妈妈，有知心的伙伴，有热恋的故土，所以两岸都难以割舍，而"要做个摆渡的船夫"。其实，对岸又何尝不是灵魂的"彼岸"？

洞

□［奥地利］卡夫卡

洞，永远有高邻为伴。洞不可能单独出现，这一点使我深感遗憾。假如到处都有东西的话，洞也就不会存在，那也就不会有哲学，更加不会有洞所产生的宗教。没有洞，一些穴居动物将灭绝，人也同样：当物质世界威胁到两者的生命时，洞就是他们最后的救护站。由此看来，洞是永恒存在的有益体。

"洞"这个字眼，会令人产生各种联想：有些人会想起枪眼，有些人会想起扣眼，还有些人会想起许多其他东西。

洞是社会存在的其不可缺少的基石，而社会本身也是一个洞。工人们住在阴暗的洞里，总要勒紧皮带，如果他们表示不满，就会被撵出门外，关进牢房。最后，当他们参观完许多个洞穴似的牢房之后，嗓子眼里就只剩下最后一口气了。出生在贫民窟里是件倒霉的事，不是吗？难道我说错了吗？要是出生在几个洞较远的地方，他们至少能够丰衣足食。

洞最具特色的地方就是边缘。边缘是物质世界的边防哨卡。虚无则不存在边哨：组成洞的边缘的分子朝洞里望去，是会感到头晕的，那么，组成洞的分子会不会感到踏实呢？对此没有确切的字眼，因为我们的语言是由物质的人发明的，而虚无的人则不用这种语言，他们另有交流的方式。

洞是静态的，处在旅途中的洞是没有的，几乎没有。

那些无法想象的现象中最为奇特的现象，就是两个相连的洞奇迹般地融合在一起。如果将两个洞之间的分界墙拆除，那么右边的边缘是属于左边的那个洞，还是左边的边缘属于右边的那个洞，还是各自属于各自的洞，或者双方都属于对方呢？这种担心我时常会有。

如果洞被填满了，洞将何去何从呢？它是向左边的物质挤去呢？还是向另一个洞跑去，以诉说自己的不幸？哪儿存在被堵上的洞呢？没有人知道这一点，原因在于我们的知识在这个问题上还有一个漏洞。

佳作点评

卡夫卡的名字，就是"穴鸟"的意思。"洞穴"在卡夫卡笔下具有隐蔽、保护、有益同时又有愚昧、残缺的隐喻。用卡夫卡的话来讲就是，人们修建了一个又一个洞穴来保护自己，却永远走不出洞穴。体现了小人物们在第一次世界大战后失去安全感、生活与生命得不到保障的恐惧心态。卡夫卡更多的还是在写自己。

《洞穴》里有一只鼹鼠，挖建了一个深口以保护自己，又害怕自己挖到别人的洞穴去，还担心洞太大，敌人已经闯入它的营地，而它尚不知情。这样一个为了自卫而挖的地洞，反而造成了心中的恐惧。它不敢在洞外逗留太久，把一切经过洞口的包括善良温和的小动物当成敌人，不相信任何人，没有知心朋友，失去与所有动物的联系，孤独地承受地洞带来的压力……更多的时候，观念就是洞穴。

归来的温馨

□ [智利] 聂鲁达

我的院内树木繁茂，幽深宁静。阔别归来，住所的角角落落都吸引我躲进去尽情享受久别归来的温馨。花园里长起神奇的灌木丛，散发出我从未领受过的芬芳。在离家之前，曾在花园深处种下一株小小的杨树，原来是那么细弱，那么不起眼，现在竟长成了大树。它直插云天，表皮上有了智慧的皱纹，梢头的新叶不停地颤动着。

最后进入我视野的是栗树。当我走近时，它们光裸干枯的、高耸纷繁的枝条，显出莫测高深和充满敌意的神态，而在它们躯干周围正萌动着无孔不入的智利的春天。我每日都去看望它们，因为它们需要我去巡礼。在清晨的寒冷中，我伫立在没有叶子的枝条下，凝视着。直到有一天，一个羞怯的绿芽从树梢高处远远地探出头来看我，随后出来了更多的绿芽。就这样，我归来的消息传遍了那棵大栗树所有躲藏着的满怀疑虑的树叶；现在，它们骄傲地向我致意，然而却已经习惯了我的归来。

鸟儿仍然站在枝头重复着昨日的啼鸣，仿佛树叶下什么变化也未曾发生。

书房里弥漫着冬天和残冬的浓烈气息。在我的住所中，书房最深刻地反映了我离家的迹象。封存的书籍有一股亡魂的气味，直冲鼻子和心灵深处。这是因为遗忘——业已湮灭的记忆——所产生的气味。

透过书房那古老的窗子，可以直视安第斯山顶上白色和蓝色的天空。在我的背后，我感到春天的芬芳正在与这些书籍散发的阵阵的亡魂气息进行搏斗。很显然，书籍不愿摆脱长期被人抛弃的状态。春天身披新装，带着残冬的香气，正在进入各个房间。

在我远游的这段时间，书籍给弄得散乱不堪。这倒不是说书籍短缺了，而是它们的位置给挪动了。在一卷问世纪古版的严肃的培根著作旁边，我看到意大利作家萨尔加里的《尤卡坦旗舰》；尽管如此，它们的相处倒还是颇为和睦的。然而，当我拿起一册拜伦的诗集的时候，书皮却像信天翁的黑翅膀那样掉落下来。我费力地把书脊和书皮缝上。当然，在做这事之前，我又饱览了那冷漠的浪漫主义。

我住所里最沉默的居民莫过于海螺。从前海螺连年在大海里度过，养成了极深的沉默。如今，近几年的时光又给它增添了岁月和尘埃。可是，它那珍珠般冷冷的闪光，它那哥特式的同心椭圆形，或是它那张开的壳瓣，都使那远处的海岸和事件让我终生难忘。这种闪着红光的珍贵海螺叫Rosteilaria，是古巴具有深海的魔术师之称的软体动物学家卡洛斯·德·拉·托雷，有一次把它当作海底勋章赠给我的。现在，这些加利福尼亚海里的黑"橄榄"，以及同一处来的带红刺的和带黑珍珠的牡蛎，都已经有点儿褪色，而且盖满尘埃了。从前，我们差一点儿就死在有这么多宝藏的加利福尼亚海上。

书房里又添了一些新居民，就是这些来自法国的松木箱，封存了很久的大木箱里装满书籍和物品。箱子板上有地中海的气味，打开盖子时发出嘎吱嘎吱的歌声，随即箱内出现金光，露出维克多·雨果著作的红色书皮，旧版的《悲惨世界》，于是，我把这形形色色令人心碎的生命安顿在我家的几堵墙壁之内。

除此之外，从这口灵枢般的大木箱里出来一张妇女的可亲的脸，木头做的高耸的乳房，一双浸透音乐和盐水的手。我给她取名叫"天堂里的玛丽娅"，因为她带来了失踪船只的秘密。当我在巴黎一家旧货店里发现她的时候，她因为被人抛弃而面目全非，混在一堆废弃的金属器具里，埋在肮脏阴郁的破布堆下面。现在，她被放置在高处，再次焕发着活泼、鲜艳的神采，光彩照人。每天清晨，她的双颊又将挂满神秘的露珠，或是水手的泪水。

窗外的玫瑰花在匆匆开放。我从前很反感玫瑰，因为她太高傲了。可是，眼看着她们赤身裸体地顶着严冬冒出来。当她在坚韧多刺的枝条间露出雪白的胸脯，或是露出紫红的火团的时候，我心中渐渐充满柔情，赞叹她们骏马一样的体魄，赞叹她们发出意味着挑战的浪涛般神秘的芳香与光彩；而这是她们在黑色土地里尽情汲取之后，在露天地里表露的爱，犹如责任心创造奇迹一样。而现在，玫瑰带着动人的严肃神情挺立在每个角落，我非常钦佩这种严肃，因为她们摆脱了奢侈与轻浮，各自尽力发出自己的一份光。

可是，风从四面八方吹来，迫使花朵轻微起伏、颤动，飘散阵阵沁人心脾的芳香。青年时代的记忆涌来，已经忘却的美好名字和美好时光，那轻轻抚摸过的纤手、高傲的琥珀色双眸以及随着时光流逝已不再梳理的发辫，一起涌上心头，令我忘记身处何方。

这是残冬的芳香，这是春天的第一个吻。

佳作点评

真正的作家、艺术家的造诣，与他热爱自然的热度成正比。置身自然，诗人聂鲁达的希望被花草点燃，成为了他爱的火炬。

本文是聂鲁达结束流亡生活返回家园之后所写的一篇佳作，历经劫难后,既有诗人对人与自然的祈祷,又有"归来"的荣光。文章从六个方面描述"归来的温馨",为创造温馨的意境打下了深厚铺垫。他离家后书籍的命运最惨。书房"亡魂"的气味直冲"鼻子和心灵深处"。这景象最令诗人心痛,他联想到离家的遭遇——因触犯"新闻检查法"而获罪……诗人回来后将书籍重新整理好,又可以尽情享受自己的书房了。这样的喜悦,高于花草为心灵的慰藉。

杭州的八月 ·[中国]郁达夫

泰山日出 ·[中国]徐志摩

山居杂缀 ·[中国]戴望舒

公园 ·[中国]朱自清

空中楼阁 ·[中国]朱湘

蓬莱风景线 ·[中国]庐隐

……

对一朵花的微笑

大自然蕴藏着尚未被我们所利用的丰富的能量,没有比大自然和人们的意志与智慧所创造的现实更大更全的大学了。

——高尔基

杭州的八月

□ [中国] 郁达夫

杭州的废历八月,也是一个极热闹的月份。自七月半起,就有桂花栗子上市了,一入八月,栗子更多,而满觉陇南高峰翁家山一带的桂花,更开得香气醉人。八月之名桂月,要身入到满觉陇去过一次后,才领会得到这名字的相称。

除了这八月里的桂花,和中国一般的八月半的中秋佳节之外,在杭州还有一个八月十八的钱塘江的潮汛。

钱塘的秋潮,老早就有名了,传说就以为是吴王夫差杀伍子胥沉之于江,子胥不平,鬼在作怪之故。《论衡》里有一段文章,驳斥这事,说得很有理由:"儒书言,'吴王夫差杀伍子胥,煮之于镬,盛于囊,投之于江,子胥恚恨,临水为涛,溺杀人。'夫言吴王杀伍子胥,投之于江,实也,言其恨恚,临水为涛者,虚也。且卫菹子路,而汉烹彭越,子胥勇猛,不过子路彭越,然二子不能发怒于鼎镬之中。子胥亦然,自先入鼎镬,后乃入江,在镬之时其神岂怯而勇于江水哉?何其怒气前后不相副也?"可是《论衡》的理由虽则充足,但传说的力量,究竟十分伟大,至今不但是钱塘江头,就是庐州城内泂河岸边,以及江苏福建等滨海傍湖之处,仍旧还看得见塑着白马素车的伍大夫庙。

钱塘江的潮，在古代一定比现时还要来得大。这从高僧传唐灵隐寺释宝达，诵咒咒之，江潮方不至激射潮上诸山的一点，以及南宋高宗看潮，只在江干候潮门外搭高台的一点看来，就可以明白。现在则非要东去海宁，或五堡八堡，才看得见银海潮头一线来了。这事情从阮元的《揅经室集·浙江图考》里，也可以看得到一些理由，而江身沙涨，总之是潮不远上的一个最大原因。

还有梁开平四年，钱武肃王为筑捍海塘，而命强弩数百射涛头，也只在候潮通江门外。至今海宁江边一带的铁牛镇涛，显然是师武肃王的遗意，后人造作的东西。（我记得铁牛铸成的年份，是在清顺治年间，牛身上印在那里的文字，还隐约辨得出来。）

沧桑的变革，实在厉害得很，可是杭州的住民，直到现在，在靠这一次秋潮而发点小财，做些买卖的，为数却还不少哩！

佳作点评

废历指阴历（亦称夏历）。一九一二年中华民国临时政府通令各省废除阴历，改用阳历。但郁达夫在此采用"废历"一词，显然有"腹诽"和访古寻幽的意思。"满觉陇"亦称满陇、满家弄，位于杭州西湖以南，是南高峰南麓的一条山谷，赏桂花以满觉陇最盛。江南烟雨迷蒙，萦绕在郁达夫的梦里，是由现实通达梦境的扁舟，是让灵魂微醉的桂花香……所有的一切也许还不能成为杭州人文景观的标志，就是还缺乏这个城市飞荡扬厉的一面——钱塘潮。

从《论衡》到南宋高宗在江干候潮门外搭高台看潮，从钱武肃王命强弩射涛到阮元的《揅经室集·浙江图考》，郁达夫不但分析了传说与真实的关系，而且更相信传说的伟大与不朽。由此得出钱塘潮减弱的几个原因，在他看来，沧桑的变革实在比潮水来得还要迅猛。

泰山日出

□［中国］徐志摩

我们在泰山顶上看出太阳。在航过海的人，看太阳从地平线下爬上来，本不是奇事；而且我个人是曾饱饫过江海与印度洋无比的日彩的。但在高山顶上看日出，尤其在泰山顶上，我们无餍的好奇心，当然盼望一种特异的境界，与平原或海上不同的。果然，我们初起时，天还暗沉沉的，西方是一片的铁青，东方些微有些白意，宇宙只是——如用旧词形容——一体莽莽苍苍。但这是我一面感觉劲烈的晓寒，一面睡眠不曾十分醒豁时约略的印象。等到留心回览时，我不由得大声的狂叫——因为眼前只是一个见所未见的境界。原来昨夜整夜暴风的工程，却砌成一座普遍的云海。除了日观峰与我们所在的玉皇顶以外，东西南北只是平铺着弥漫的云气。在朝旭未露前，宛似无量数厚毳长绒的绵羊，交颈接背的眠着，卷耳与弯角都依稀辨认得出。那时候在这茫茫的云海中，我独自站在雾霭溟濛的小岛上，发生了奇异的幻想——

我躯体无限的长大，脚下的山峦比例我的身量，只是一块拳石；这巨人披着散发，长发在风里像一面黑色的大旗，飒飒的在飘荡。这巨人竖立在大地的顶尖上，仰面向着东方，平拓着一双长臂，在盼望，在迎接，在催促，在默默的叫唤；在崇拜，在祈祷，在流泪——在流久慕未见而将见悲喜交互的热泪……

这泪不是空流的，这默祷不是不生显应的。

巨人的手，指向着东方——

东方有的，在展露的，是什么？

东方有的是瑰丽荣华的色彩，东方有的是伟大普照的光明——出现了，到了，在这里了……

玫瑰汁，葡萄浆，紫荆液，玛瑙精，霜枫叶——大量的染工，在层累的云底工作，无数蜿蜒的鱼龙，爬进了苍白色的云堆。

一方的异彩，揭去了满天的睡意，唤醒了四隅的明霞——光明的神驹，在热奋地驰骋。

云海也活了；眼熟了兽形的涛澜，又回复了伟大的呼啸，昂头摇尾的向着我们朝露染青馒形的小岛冲洗，激起了四岸的水沫浪花，震荡着这生命的浮礁，似在报告光明与欢欣之临在……

再看东方——海句力士已经扫荡了他的阻碍，雀屏似的金霞，从无垠的肩上产生，展开在大地的边沿。起……起……用力，用力，纯焰的圆颅，一探再探地跃出了地平，翻登了云背，临照在天空……

歌唱呀，赞美呀，这是东方之复活，这是光明的胜利……

散发祷祝的巨人，他的身彩横亘在无边的云海上，已经渐渐的消翳在普遍的欢欣里；现在他雄浑的颂美的歌声，也已在霞彩变幻中，普彻了四方八隅……

听呀，这普彻的欢声；看呀，这普照的光明！

‖佳作点评‖

本文是一九二四年泰戈尔访华前夕，徐志摩应郑振铎之请，为《小说月报》的"泰戈尔号"所写。此文为徐志摩关于泰山日出时的回忆，也是其盼望泰戈尔来华的颂词。

徐志摩才华横溢，即便是命题作文，也是独出机杼。诗笔紧扣泰山日出的奇观，却又每笔都蕴含对泰戈尔的高声赞美。特别是前面长风散发的祷祝巨人的描写，以及临结尾时写这巨人消翳在普遍的欢欣里，叫人产生许多意在纸外的想象。"东方有的是瑰丽荣华的色彩，东方有的是伟大普照的光明——出现了，到了，在这里了……"这样的句子很美，激烈的诗情与平直的散文在此形成有趣的反差，但是不是有些过于拔高了"东方诗哲"的伟大呢？

山居杂缀

□ [中国] 戴望舒

山　风

窗外，隔着夜的帡幪，迷茫的山岚大概已把整个峰峦笼罩住了吧。冷冷的风从山上吹下来，带着潮湿，带着太阳的气味，或是带着几点从山涧中飞溅出来的水，来叩我的玻璃窗了。

敬礼啊，山风！我敞开门窗欢迎你，我敞开衣襟欢迎你。

抚过云的边缘，抚过崖边的小花，抚过有野兽躺过的岩石，抚过缄默的泥土，抚过歌唱的泉流，你现在来轻轻地抚我了。说啊，山风，你是否从我胸头感到了云的飘忽，花的寂寥，岩石的坚实，泥土的沉郁，泉流的活泼？你会不会说，这是一个奇异的生物！

雨

雨停止了，檐溜还是叮叮地响着，给梦拍着柔和的拍子，好像在江南的一只乌篷船中一样。"春水碧如天，画船听雨眠"，韦庄的词句又浮到脑中来了。奇迹也许突然发生了吧，也许我已被魔法移到苕溪或是西湖的小船中了吧……

然而突然，香港的倾盆大雨又降下来了。

树

路上的列树已斩伐尽了，疏疏朗朗地残留着可怜的树根。路显得宽阔了一点，短了一点，天和人的距离似乎更接近了。太阳直射到头顶上，雨淋到身上……是的，我们需要阳光，但是我们也需要阴荫啊！早晨鸟雀的啁啾声没有了，傍晚舒徐的散步没有了。空虚的路，寂寞的路！

离门前不远的地方，本来有棵合欢树，去年秋天，我也还采过那长长的荚果给我的女儿玩。它曾经婷婷地站立在那里，高高地张开它的青翠的华盖一般的叶子，寄托了我们的梦想，又给我们以清阴。而现在，我们却只能在虚空之中，在浮着云片的青空的背景上，徒然地描着它的青翠之姿了。像这样夏天的早晨，它的鲜绿的叶子和火红照眼的花，会给我们怎样的一种清新之感啊！它的浓阴之中藏着雏鸟的小小的啼声，会给我们怎样的一种喜悦啊！想想吧，它的消失对于我是怎样地可悲啊。

抱着幼小的孩子，我又走到那棵合欢树的树根边来了。锯痕已由淡黄变成黝黑了，然而年轮却还是清清楚楚的，并没有给苔藓或是芝菌侵蚀去。我无聊地数着这一圈圈的年轮；四十二圈！正是我的年龄。它和我度过了同样的岁月，这可怜的合欢树！

树啊，谁更不幸一点，是你呢，还是我？

失去的园子

跋涉的挂虑使我失去了眼界的辽阔和余暇的寄托。我的意思是说，自从我怕走漫漫的长途而移居到这中区的最高一条街以来，我便不再能天天望见大海，不再拥有一个小圃了。屋子后面是高楼，前面是更高的山，门临街路，一点隙地也没有。从此，我便对山面壁而居，而最使我怅惘的，特别是旧居中的那一片小小的园子，那一片由我亲手拓荒，耕耘，施肥，播种，灌溉，收获过的贫瘠的土地。那园子临着海，四周是苍翠的松树，每当耕倦了，抛下锄头，坐到松树下面去，迎着从远处渔帆上吹来的风，望着辽阔的海，就已经使人心醉了。何况它又按着季节，给我们以意外丰富的收获呢。

可是搬到这里以后，一切都改变了，载在火车上和书籍一同搬来的耕具：锄头，铁钯，铲子，尖锄，除草钯，移植铲，灌溉壶等等，都冷落地被抛弃在天台上，而且生了锈。这些可怜的东西！它们应该像我一样地寂寞吧。

好像是本能地，我不时想着："现在是种蕃茄的时候了"，或是"现在玉蜀黍可以收获了"，或是"要是我能从家乡弄到一点蚕豆种就好了"！我把这种思想告诉了妻，于是她就提议说："我们要不要像邻居那样，叫人挑泥到天台上去，在那里开一个园地？"可是我立刻反对，因为天台是那么小，而且阳光也那么少，给四面的高楼遮住了。于是这计划打消了，而旧园的梦想却仍旧继续着。

大概看到我常常为这种思想困恼着吧，妻在偷偷的活动着。于是，有一天，她高高兴兴地来对我说："你可以有一个真正的园子了。你不看见我们对邻有一片空地吗？他们人少，种不了许多地，我已和他们商量好，划一部分地给我们种，水也很方便。现在，你说什么时候开始吧。"

她一定以为会给我一个意外的喜悦的，可是我却含糊地应着，心里想："那不是我的园地，我要我自己的园地。"可是为了不要使妻太难堪，我期期地回答她："你不是劝我不要太疲劳吗？你的话是对的，我需要休息。我们把这种地的计划打消了吧。"

佳作点评

戴望舒的诗风清丽而简约,他鄙薄汉语里那种西方诗歌"函授学生"们的"炫奇的装饰癖",亦不迷信"文字的魔术"。他的情是伴随清雅的古韵缓缓流出的,从容而多姿,这一特点在他的散文中也可见一斑。他说:"不必一定拿新的事物来做题材,旧的事物中也能找到新的诗情。"他在这一组小品里,展示了他精湛的文字素描功夫,而且真情如雨露蕴育其间,表明了对自己虚度光阴的痛苦和无奈之情,堪称佳品。因为戴望舒在香港九年时间里最好的一段就是在风景精美的半山"林泉居"度过的。但奇妙的是最后一则《失去的园子》,写法与前面几则不大吻合,妻子找来的园地毕竟是人家的,他怀念原来的园地也就是思念原来的生活,远不是区区园地的问题。这不但体现了一种佛门的"着意"观念,更用一种萧索感来消解它。

公 园

□［中国］朱自清

英国是个尊重自由的国家，从伦敦海德公园（Hyde park）可以看出。学政治的人一定知道这个名字；近年日报的海外电讯里也偶然有这个公园出现。每逢星期日下午，各党各派的人都到这儿来宣传他们的道理。公说公有理，婆说婆有理，井水不犯河水。从耶稣教到共产党，差不多样样有。每一处说话的总是一个人。他站在桌子上，椅子上，或是别的什么上，反正在听众当中露出那张嘴脸就成；这些桌椅等等可得他们自己预备，公园里的长椅子是只让人歇着的。听的人或多或少。有一回一个讲耶稣教的，没一个人听，却还打起精神在讲；他盼望来来去去的游人里也许有一两个三四个五六个……爱听他的，只要有人驻一下脚，他的口舌就算不白费了。

见过一回共产党示威，演说的东也是，西也是；有的站在大车上，颇有点巍巍然。按说那种马拉的大车平常不让进园，这回大约办了个特许。其中有个女的约莫四十上下，嗓子最大，说的也最长；说的是伦敦土话，凡是开口音，总将嘴张到不能再大的地步，一面用胳膊助势。说到后来，嗓子沙了，还是一字不苟的喊下去。天快黑了，他们整队出园喊着口号，标语旗帜也是五光十色的。队伍两旁，又高又大的马巡缓缓跟着，不说话。出的是北门，外面便是热闹的牛津街。

北门这里一片空旷的沙地，最宜于露天演说家，来的最多。也许就在共产党队伍走后吧，这里有人说到中日的事；那时刚过"一二八"不久，他颇为我们抱不平。他又赞美甘地；却与贾波林相提并论，说贾波林也是为平民打抱不平的。这一比将听众引得笑起来了；不止一个人和他辩论，一位老太太甚至嘀咕着掉头而去。这个演说的即使不是共产党，大约也不是"高等"英人吧。公园里也闹过一回大事：一八六六年国会改革的暴动（劳工争选举权），周围铁栏杆毁了半里多路长，警察受伤了二百五十名。

公园周围满是铁栏杆，车门九个，游人出入的门无数，占地二千二百多亩，绕园九里，是伦敦公园中最大的，来的人也最多。园南北都是闹市，园中心却静静的。灌木丛里各色各样野鸟，清脆的繁碎的语声，夏天绿草地上，洁白的绵羊的身影，教人像下了乡，忘记在世界大城里。那草地一片迷蒙的绿，一片芊绵的绿，像水，像烟，像梦；难得的，冬天也这样。西南角上蜿蜒着一条蛇水，算来也占地三百亩，养着好些水鸟，如苍鹭之类。可以摇船，游泳；并有救生会，让下水的人放心大胆。这条水便是雪莱的情人西河女士（arriet West brook）自沉的地方，那是一百二十年前的事了。

南门内有拜伦立像，是五十年前希腊政府捐款造的；又有座古英雄阿契来斯像，是惠灵顿公爵本乡人造了来纪念他的，用的是十二尊法国炮的铜，到如今却有一百多年了。还有英国现负盛名的雕塑家爱勃司坦（Epstein）的壁雕，是纪念自然学家赫德生的。一个似乎要飞的人，张着臂，仰着头，散着发，有原始的朴拙犷悍之气，表现的是自然精神的化身；左右四只鸟在飞，大小旁正都不相同，也有股野劲儿。这件雕刻的价值，引起过许多讨论。南门内到蛇水边一带游人最盛。夏季每天上午有铜乐队演奏；在栏外听算白饶，进栏得花点票钱，但有椅子坐。游人自然步行的多，也有跑车的，骑马的；骑马的另有一条"马"路。

这园子本来是鹿苑，在里面行猎；一六三五年英王查理斯第一才将它开放，作赛马和竞走之用。后来变成决斗场。一八五一年第一次万国博览会开在这里，用玻璃和铁搭盖的会场；闭会后拆了盖在别处，专作展览的处所，便是那有名的水晶宫了。池水本没有，只有六个池子；是十八世纪初叶才打通的。

海德公园东南差不多毗连着的，是圣詹姆士公园（St. James's Park），约有五百六七十亩。本是沮洳的草地，英王亨利第八抽了水，砌了围墙，改成鹿苑。查理斯第二扩充园址，铺了路，改为游玩的地方；以后一百年里，便成了伦敦最时髦的散步场。十九世纪初才改造为现在的公园样子。有湖，有悬桥；湖里鹈鹕最多，倚在桥栏上看它们水里玩儿，可以消遣日子。周围是白金罕宫，西寺，国会，各部官署，都是最忙碌的所在；倚在桥栏上的人却能偷闲赏鉴那西寺和国会的戈昔式尖顶的轮廓，也算福气了。

海德公园东北有摄政公园，原也是鹿苑；十九世纪初"摄政王"（后为英王乔治第四）才修成现在样子。也有湖，摇的船最好；座位下有小轮子，可以进退自如，滚来滚去顶好玩儿的。野鸽子野鸟很多，松鼠也不少。松鼠原是动物园那边放过来的，只几对罢了；现在却繁殖起来了。常见些老头儿带着食物到园里来喂麻雀，鸽子，松鼠。这些小东西和人混熟了，大大方方到人手里来吃食；看去怪亲热的。别的公园里也有这种人。这似乎比提鸟笼有意思些。

动物园在摄政园东北犄角上，属于动物学会，也有了百多年的历史。搜集最完备，有动物四千，其中哺乳类八百，鸟类二千四百。去逛的据说每年超过二百万人。不用问孩子们去的一定不少；他们对于动物比成人亲近得多，关切得多。只看见教科书上或字典上的彩色动物图，就够捉摸的，不用提实在的东西了。就是成人，可不也愿意开开眼，看看没看过的，山里来的，海里来的，异域来的，珍禽，奇兽，怪鱼？要没有动物园，或许一辈子和这些东西都见不着面呢。再说像狮子老虎，哪能随便见面！除非打猎或看马戏班。但打猎遇着这些，正是拼死活的时候，哪里来得及玩味它们的生活状态？马戏班里的呢，也只表演些扭捏的玩艺儿，时候又短，又隔得老远的；哪有动物园里的自然得看？这还只说的好奇的人；艺术家更可仔细观察研究，成功新创作，如画和雕塑，十九世纪以来，用动物为题材的便不少。近些年电影里的动物趣味，想来也是这么培养出来的；不过那却非动物园所可限了。

伦敦人对动物园的趣味很大，有的报馆专派有动物园的访员，给园中动物作起居注，并报告新来到的东西；他们的通信有些地方就像童话一样。去动物园的人最乐意看喂食的时候，也便是动物和人最亲近的时候。喂食有时得用外交手腕，譬如鱼池吧，若随手将食撒下去，让大家来抢，游得快的，厉害的，不用说占了便宜，剩下的便该活活饿死了。这当然不公道，那一视同仁的管理人一定不愿意的。他得想法子，比方说，分批来喂，那些快的，厉害的，吃完了，便用网将它们拦在一边，再照料别的。各种动物喂食都有一定钟点，著名的裴罗克《伦敦指南》便有一节专记这个。孩子们最乐意的还有骑象，骑骆驼（骆驼在伦敦也算异域珍奇）。再有，游客若能和管理各动物的工人攀谈攀谈，他们会亲切地讲这个那个动物的故事给你听，像传记的片段一般；那时你再去看他说的那些东西，便更有意思了。

园里最好玩儿的事，黑猩猩茶会，白熊洗澡。茶会夏天每日下午五点半举行，有茶，有牛油面包。它们会用两只前足，学人的样子。有时"生手"加入，却往往只用一只前足，牛油也是它来，面包也是它来；这种虽是天然，看的人倒好笑了。白熊就是北极熊，从冰天雪地里来，却最喜欢夏天；越热越高兴，赤日炎炎的中午，它们能整个儿躺在太阳里。也爱下水洗澡，身上老是雪白。它们待在熊台上，有深沟为界；台旁有池，洗澡便在池里。

池的一边，隔着一层玻璃可以看它们载浮载沉的姿势。但是一冷到华氏表五十度下，就不肯下水，身上的白雪也便慢慢让尘土封上了。

非洲南部的企鹅也是人们特别乐意看的。它有一岁半婴孩这么大，不会飞，会下水，黑翅膀，灰色胸脯子挺得高高的，昂首缓步，旁若无人。它的特别处就在于直立着。比鹅大不多少，比鸵鸟、鹤，小得多，可是一直立就有人气，便当另眼相看了。自然，别的鸟也有直立着的，可是太小了，说不上。企鹅又拙得好，现代装饰图案有用它的。只是不耐冷，一到冬天，便没精打采的了。

鱼房鸟房也特别值得看。鱼房分淡水房海水房热带房（也是淡水）。屋内黑洞洞的，壁上嵌着一排镜框似的玻璃，横长方。每框里一种鱼，在水里游来游去，都用电灯光照着，像画。鸟房有两处，热带房里颜色声音最丰富，最新鲜；有种上截脆蓝下截褐红的小鸟，不住地飞上飞下，不住地咕咕呱呱，怪可怜见的。

这个动物园各部分空气光线都不错，又有冷室温室，给动物很周到的设计。只是才二百亩地，实在施展不开，小东西还罢了，像狮子老虎老是关在屋里，未免委屈英雄，就是白熊等物虽有特备的台子，还是局促得很；这与鸟笼子也就差得有限了。固然，让这些动物完全自由，那就无所谓动物园；可是若能给它们较大的自由，让它们活得比较自然些，看的人岂不更得看些。所以一九二七年上，动物学会又在伦敦西北惠勃司奈得（WhiPsnade, Bedfordshire）地方成立了一所动物园，有三千多亩；据说，那些庞然大物自如多了，游人看起来也痛快多了。

以上几个园子都在市内，都在泰晤士河北。河南偏西有个大大有名的邱园（Kew Gar Dens），却在市外了。邱园正名"王家植物园"，世界最重要、最美丽的植物园之一；大一千七百五十亩，栽培的植物在二万四千种以上。这园子现在归农部所管，原也是王室的产业，一八四一年捐给国家；从此起手研究经济植物学和园艺学，便渐渐著名了。他们编印大英帝国植物志。

又移种有用的新植物于帝国境内——如西印度群岛的波罗蜜，印度的金鸡纳霜，都是他们介绍进去的。园中博物院四所；第二所经济植物学博物院设于一八四八，是欧洲最早的一个。

但是外行人只能赏识花木风景而已。水仙花最多，四月尾有所谓"水仙花礼拜日"，游人盛极。温室里奇异的花也不少。园里有什么好花正开着，门口通告牌上逐日都列着表。暖气室最大，分三部：喜马拉耶室养着石楠和山茶，中国石楠也有，小些；中部正面安排着些大凤尾树和棕榈树；凤尾树真大，得仰起脖子看，伸开两胳膊还不够它宽的。周围绕着些时花与灌木之类。另一部是墨西哥室，似乎没有什么特别的东西。

东南角上一座塔，可不能上；十层，一百五十五尺，造于十八世纪中，那正是中国文化流行欧洲的时候，也许是中国的影响吧。据说还有座小小的孔子庙，但找了半天，没找着。不远儿倒有座彩绘的日本牌坊，所谓"敕使门"的，那却造了不过二十年。从塔下到一个人工的湖有一条柏树甬道，也有森森之意；可惜树太细瘦，比起我们中山公园，真是小巫见大巫了。所谓"竹园"更可怜，又不多，又不大，也不秀，还赶不上西山大悲庵那些。

▎佳作点评▎

作家赵景深曾经说，朱自清的文章，"不大谈哲理，只是谈一点家常琐事，虽是像淡香疏影似的不过几笔，却常能把那真诚的灵魂捧出来给读者看"。就是因为这样，朱自清的散文才蕴含着感动的力量。朱自清的《伦敦杂记》是他在伦敦生活了大半年的感受，他对伦敦多方面的观察和描写，其深入和细致程度要高于跑马观花的《欧游杂记》。

他眼中的英国海德公园，不但是供人休息、谈情说爱的场所，更是民主的道场。而描绘演说者那句"颇有点巍巍然"的状写，精彩绝伦，无法翻译。这也深刻揭示了所谓自由，绝非一时半会就能实现。"自由"是有历史有斗争有演变的。文章里朱自清议论极少，他是把海德公园的历史细细梳理出来，让不自由的人去反思。朱自清梳理的海德公园演变历史，其实未尝不是皇家权力让渡民间生活的历史，也是私人空间向公共空间过渡的历史。

空中楼阁

□ ［中国］朱湘

你说不定要问：空中怎么建造得起楼阁来呢？连流星那么小雪片那么轻的东西都要从空中坠落下来，落花一般的坠落下来，更何况楼阁？我也不知怎样的，然而空中实在是有楼阁。玉皇大帝的灵霄宝殿、王母的瑶池同蟠桃园、老君的炼丹房以及三十三天中一切的洞天仙府，真是数不尽说不完的。它们之中，只须有一座从半空倒下来，我们地上这班凡人，就会没命了。幸而相安无事，至今还不曾发生过什么危险。虽然古时有过共工用头（这头一定比小说内所讲的铜头铁臂的铜头还要结实）碰断天柱的事体发生，不过侥幸女娲补的快，还不曾闹出什么大岔子，只是在雨后澄霁的时光，偶尔还看见那弧形的五彩裂纹依然存在着。现在是没有共工那种人了，我们尽可放心的睡眠，不必杞人忧天罢！

共工真是一个傻子，不顾别人的性命，还有可说；他却连自己的性命都不顾了。也很难讲，谁敢说他不是觉着人间的房屋太低陋龌龊了，要打通一条上天的路，领着他的一班手下的人，学齐天大圣那样的去大闹一次天宫，把玉皇大帝赶下宝座，他自己却与一班手下人霸占起一切的空中楼阁呢。女娲一定是为了凡间的姊妹大起恐慌，因为那班急色的男子，最喜欢想仙女的心思。他们遇到一个美貌的女子，总是称赞她像天仙。万一共工同他的将士，真正上了天，他们还不个个都作起刘晨、阮肇来，将家中一班怨女，都抛撒在人间守活寡吗？

并且天上的宫殿，都是拿蔚蓝的玉石铺地，黄金的暮云筑墙，灯是圆大的朝阳，烛是辉煌的彗星，也难怪共工想登天了。在那边园囿之中，有白的梅花鹿，遨游月宫的白兔，耸着耳朵坐在钵前，用一对前掌握着玉杵捣霜，还有填桥的喜鹊鼓噪，衔书的青鸟飞翔，萧史跨着的凤凰在空中巧啭着它那比箫还悠扬婉转的歌声。银白的天河在平原中无声的流过，岸旁茂生着梨花一般白的碧桃，累累垂有长生之果的蟠桃，引刘阮入天台的绛桃。别的树木更是多不胜举。菌形的灵芝黑得如同一柄墨玉的如意。郊野之中，也有许多的虫豸，蚀月的蟾蛛呵，啼声像鬼哭的九头鸟呵，天狼呵，天狗呵，牛郎的牛呵，老君的牛呵，还有那张果老骑的驴子，它都比凡人尊贵，能够住在天上。

咳！在古代不说作人了！就是作鸡狗都有福气。那时的人修行得道，连家中的鸡狗，都是跟着飞升的。你瞧那公鸡，它斜了眼睛，尽向天上望，它一定是在羡慕它的那些白日飞升的祖宗呢。空中的楼阁，海上的蜃楼，深山的洞府，世外的桃源，完了，都完了，生在现代的人，既没有琴高的鲤，太白的鲸鱼，骑着去访海外的仙山；也没有黄帝的龙，后羿的金鸟，跨了去游空中的楼阁。

佳作点评

朱湘被鲁迅称为"中国的济慈"。他的散文比他的诗更好，但他的散文里又因为充满诗人卓异的眼光和奇思妙想而跃然于同辈作家之上。

现实的空中楼阁固然虚无，但巍然矗立在中国文化氤氲里的楼台宝塔却美轮美奂。这氤氲里同样具有争夺楼阁宝座的斗争。朱湘既然是惰性文化的反叛者，他必然会歌颂那些敢于"强项犯上"的异端，可惜异端一旦坐上这权力的宝座，也是三妻四妾了。由于现实的苦闷和无出路，他对这虚无的所在不惜以"神游太虚"之力来金蝉脱壳，但他又必须回到现实养精蓄锐，以便再次扬帆出海。可以说一个人向往"空中的楼阁，海上的蜃楼，深山的洞府，世外的桃源"与他遭受的现实压迫力成正比。一个人上天无路，入地无门，鸡犬也会跟着遭殃。

蓬莱风景线

□ [中国] 庐隐

日本的风景，久为世界各国所注目，有东方公园的美誉；再加上我爱美景如生命，所以推己及人，便先把"蓬莱"的美景写出以供同好。

（一）西京　西京风景清幽，环山绕水，共有四座青山——吉田山，睿山，大文字山，圆山。四山中睿山最高，我们登睿山之巅，可窥西京全市，而最称胜绝的是清水寺，琵琶湖。

清水寺在音羽山之巅，山上满植翠柏苍松；在万绿丛中，杂间几枝藤花，嫩紫之色，映日成彩，微风过处，松涛澎湃，花影袅娜。我独倚大悲阁的碧栏，近挹清香，远收绿黛，超然有世外感。庙宇之前，有滴漏，为香客顶礼时洗手之用。漏流甚急，其声潺潺，好像急雨沿屋檐而下。

琵琶湖是西京第一名胜。沿江共有八景。我们在五月七日的那一天泛棹湖中，时正微雨，阴云四合，满湖笼烟漫雾，一片苍茫，另有一种幽趣。后来雨稍住，雾稍散，青山隐约可辨。远望诸峰，白云冉冉，因风变化，奇形怪状，两眼为之迷离。

后来船到石山寺，我们便舍舟登岸，向寺直奔。此寺也在高山之巅，仿佛中国西湖之灵隐寺。中多独干老木，高齐庙阁。院中满植芭蕉，被急雨敲击，清碎如弄珠玉。

傍晚雨止雾收，斜阳残照，从白云隙中射出，照在湖面上，幻成紫的粉红的嫩黄的种种色彩。我们坐在船上，如观图画，不久斜阳沉入湖心，湖上立刻幂上一层黄幂，青山白云，都隐入黑幂中，但数点渔火独兀含情向人呢。

（二）日光　日光乃日本景致最好的地方，日本人有名俗话说："不到日光不算见物。"日光的身价可想而知了。

日光共有十六景，其中杉并木，中禅寺湖，雾降泷，里见泷，中禅寺湖大尻桥几个地方更自然，更秀丽；不过最使我不能忘怀的还要算是华严三千尺的大瀑布了。

当日游华严，往还走了六十里路，辛苦是最辛苦，而有了这种深刻的印象，也就算值得。在华严泷的背后，还有一个白云泷，我们到了白云泷，看见急水如云，从半山中奔腾而下，已经叹为奇观；及至到了华严泷，只见三千尺的云梯，从上巅下垂，云梯之下，都是飞烟软雾，哪有一点看出是水。这种奇妙的大观，怎能不引诱人们忘记人间之乐呢？

（三）宫岛　宫岛乃日本三景之一，所谓三景，是松岛（在北部）、天之桥及宫岛。我们于黄昏时泛舟海上，碧水渺渺，波光耀霞，斜阳余晖，映浪成花；沿海青山层叠，白云氤氲。在海上游荡些时，又登岸奔红叶谷。这时微风吹来，阵阵清香，夹路松杉峥嵘。渡过一小红桥，就看见红叶如锦，喷火红焰，真是妙境；便是武陵人到桃源，恐怕还要叹不及此呢！

"蓬岛"称绝的三景，我只到了一处，未免是个憾事；不过在日本住了一个多月，游了八九个地方，无论到哪处，都没有感到飞沙扬尘满目苍凉的况味；就是坐在火车上，也是目不断青山的倩影，耳不绝松涛的幽韵，更有碧绿的麦陇，如荼的杜鹃，点缀田野，快目爽心，直使我赞不绝口。

其实中国的江南川北，也何尝没有好风景，何值得我如是沉醉；但是"蓬莱"另有"蓬莱"之景，其潇洒风流，纤巧灵秀，不可与中国流丽中含端庄的西子湖同日而语。所以我虽赞许蓬莱之美，亦不敢抹煞西子湖之胜；燕瘦环肥，各有可以使人沉醉之处呢！

佳作点评

在白话文运动之初，庐隐是与冰心、石评梅齐名的才女。她已经远远超越了那时奢靡华丽的文风，创造出了独树一帜的文体。

1930年8月，庐隐辞去北师大附中的教职，与她的"小爱人"（谢冰莹语）到日本度蜜月。此文是介绍日本风景的作品，由于处在蜜月期，那种点到为止的匆忙感在此文里清晰可见。毕竟一个人对风光的感悟，往往与他付出的体力与艰辛具有不可割舍的关系，"当日游华严，往还走了六十里路，辛苦是最辛苦，而有了这种深刻的印象，也就算值得"。可惜这样的体会语焉不详。但此文可贵之处在于结尾，她突然转身，宕开一笔："其实中国的江南川北，也何尝没有好风景，何值得我如是沉醉；但是'蓬莱'另有'蓬莱'之景……"有道是"人比风景更美丽"，不是蜜月期中人，如何揣测这样的风景呢？

夜的奇迹

□ [中国] 庐隐

宇宙僵卧在夜的暗影之下，我悄悄地逃到这黝黑的林丛——群星无言，孤月沉默，只有山隙中的流泉潺潺溅溅的悲鸣，仿佛孤独的夜莺在哀泣。

山巅古寺危立在白云间，刺心的钟磐，断续的穿过寒林，我如受弹伤的猛虎，奋力的跃起，由山麓窜到山巅。我追寻完整的生命，我追寻自由的灵魂，但是夜的暗影，如厚幔般围裹住，一切都显示着不可挽救的悲哀。吁！我何爱惜这被苦难剥蚀将尽的尸骸？我发狂似的奔回林丛，脱去身上血迹斑斑的征衣，我向群星忏悔，我向悲涛哭诉！

这时流云停止了前进，群星忘记了闪烁，山泉也住了呜咽，一切一切都沉入死寂！

我绕过丛林，不期来到碧海之滨，呵！神秘的宇宙，在这里我发现了夜的奇迹。

黝黑的夜幔轻轻的拉开，群星吐着清幽的亮光，孤月也踯躅于云间，白色的海浪吻着翡翠的岛屿，五色缤纷的花丛中隐约见美丽的仙女在歌舞。她们显示着生命的活跃与神妙。

我惊奇，我迷惘，夜的暗影下，何来如此的奇迹！

我怔立海滨，注视那岛屿上的美景，忽然从海里涌起一股凶浪，将岛屿全个淹没，一切一切又都沉入死寂！

我依然回到黝黑的林丛——群星无言，孤月沉默，只有山隙中的流泉潺潺溅溅的悲鸣，仿佛孤独的夜莺在哀泣。

吁！宇宙布满了罗网，任我百般挣扎，努力的追寻，而完整的生命只如昙花一现，最后依然消逝于恶浪，埋葬于尘海之心。自由的灵魂，永远是夜的奇迹！——在色相的人间，只有污秽与残骸，吁！我何爱惜这被苦难剥蚀将尽的尸骸——总有一天，我将焚毁于我自己郁怒的灵焰，抛这不值一钱的脓血之躯，因此而释放我可怜的灵魂！

这时我将摘下北斗，抛向阴霾满布的尘海。

我将永远歌颂这夜的奇迹！

佳作点评

1931年，庐隐与北京大学于庚虞教授合编《华严半月刊》，并在该刊发表中篇小说《归雁》、散文《夜的奇迹》等作品，表达了寻找新路、向往新生的急迫之情。

此文与其说是实写，不如说是作家心目中黑暗的隐喻。黑暗与黑夜本来具有不同的属性，但在庐隐笔下，这样的分别没有了，全然是合一的。激情冲决，宛如猛虎长啸山林，其飞荡的气韵在庐隐作品里较为罕见。文字的绵密与铿锵，完全可以诵读。其渴望灵魂得到解脱、自由的心态溢于言表："这时我将摘下北斗，抛向阴霾满布的尘海。我将永远歌颂这夜的奇迹！"奇迹就是神启，这样的神启一个人一生中很难有两次。冰心也说过："黑暗不是阴霾，我恨阴霾，我却爱黑暗。"但是，黑夜从来就是从大地升起来的，黎明才是降临的，这样的细节她没有发现。

旅行杂记

□ [中国] 朱自清

这次中华教育改进社在南京开第三届年会，我也想观观光；故"不远千里"的从浙江赶到上海，决于七月二日附赴会诸公的车尾而行。

一 殷勤的招待

七月二日正是浙江与上海的社员乘车赴会的日子。在上海这样大车站里，多了几十个改进社社员，原也不一定能够显出甚么异样；但我却觉得确乎是不同了，"一时之盛"的光景，在车站的一角上，是显然可见的。这是在茶点室的左边；那里丛着一群人，正在向两位特派的招待员接洽。壁上贴着一张黄色的磅纸，写着龙蛇飞舞的字："二等四元，三等二元。"两位招待员开始执行职务了；这时已是六点四十分，离开车还有二十分钟了。招待员所应做的第一大事，自然是买车票。买车票是大家都会的，买半票却非由他们二位来"优待"一下不可。"优待"可真不是容易的事！他们实行"优待"的时候，要向每个人取名片，票价，——还得找钱。他们往还于茶点室和售票处之间，少说些，足有二十次！他们手里是拿着一叠名片和钞票洋钱；眼睛总是张望着前面，仿佛遗失了什么，急急寻觅一样；面部筋肉平板地紧张着；手和足的运动都像不是他们自己的。好容易费了二虎之力，居然买了几张票，凭着名片分发了。每次分发时，各位候补人都一拥而上。等到得不着票子，便不免有了三三两两的怨声了。那两位招待员买票事大，却也顾不得这些。可是钟走得真快，不觉七点还欠五分了。这时票子还有许多人没买着，大家都着急；而招待员竟不出来！有的人急忙寻着他们，情愿取回了钱，自买全票；有的向他们顿足舞手地责备着。他们却只是忙着照名片退钱，一言不发。——真好性儿！于是大家三步并作两步，自己去买票子；这一挤非同小可！我除照付票价外，还出了一身大汗，才弄到一张三等车票。这时候对两位招待员的怨声真载道了："这样的饭桶！""真饭桶！""早做什么事的？""六点钟就来了，还是自己买票，冤不冤！"我猜想这时候两位招待员的耳朵该有些儿热了。其实我倒能原谅他们，无论招待的成绩如何，他们的眼睛和腿总算忙得可以了，这也总算是殷勤了；他们也可以对得起改进社了，改进社也可以对得起他们的社员了。——上车后，车就开了；有人问，"两个饭桶来了没有？""没有吧！"车是开了。

二 "躬逢其盛"

七月二日的晚上，花了约莫一点钟的时间，才在大会注册组买了一张旁听的标识。这个标识很不漂亮，但颇有实用。七月三日早晨的年会开幕大典，我得躬逢其盛，全靠着它呢。

七月三日的早晨，大雨倾盆而下。这次大典在中正街公共讲演厅举行。该厅离我所住的地方有六七里路远；但我终于冒了狂风暴雨，乘了黄包车赴会。在这一点上，我的热心决不下于社员诸君的。

到了会场门首，早已停着许多汽车，马车；我知道这确乎是大典了。走进会场,坐定细看,一切都很从容,似乎离开会的时间还远得很呢!——虽然规定的时间已经到了。楼上正中是女宾席,似乎很是寥寥;两旁都是军警席——正和楼下的两旁一样。一个黑色的警察,间着一个灰色的兵士,静默的立着。他们大概不是来听讲的,因为既没有赛磁的社员徽章,又没有和我一样的旁听标识,而且也没有真正的"席"——座位。(我所谓"军警席",是就实际而言,当时场中并无此项名义,合行声明。)听说督军省长都要"驾临"该场;他们原是保卫"两长"来的,他们原是监视我们来的,好一个武装的会场!

那时"两长"未到,盛会还未开场;我们忽然要做学生了!一位教员风的女士走上台来,像一道光闪在听众的眼前;她请大家练习《尽力中华》歌。大家茫然的立起,跟着她唱。但"出其不意,攻其不备",有些人不敢高唱,有些人竟唱不出。所以唱完的时候,她温和地笑着向大家说:"这回太低了,等等再唱一回。"她轻轻的鞠了躬,走了。等了一等,她果然又来了。说完"一——二——三——四"之后,《尽力中华》的歌声果然很响地起来了。她将左手插在腰间,右手上下的挥着,表示节拍;挥手的时候,腰部以上也随着微微的向左右倾侧,显出极为柔软的曲线;她的头略略偏右仰着,嘴唇轻轻的动着,嘴唇以上,尽是微笑。唱完时,她仍笑着说:"好些了,等等再唱。"再唱的时候,她拍着两手,发出清脆的响,其余和前回一样。唱完,她立刻又"一——二——三——四"的要大家唱。大家似乎很惊愕,似乎她真看得大家和学生一样了;但是半秒钟的惊愕与不耐以后,终于又唱起来了——自然有一部分人,因疲倦而休息。于是大家的临时的学生时代告终。不一会儿,场中忽然纷扰,大家的视线都集中在东北角上;这是齐督军,韩省长来了,开会的时间真到了!

空空的讲坛上,这时竟济济一台了。正中有三张椅子,两旁各有一排椅子。正中的三人是齐燮元,韩国钧,另有一个西装少年;后来他演说,才知是"高督办"——就是讳"恩洪"的了——的代表。这三人端坐在台的正中，使我联想到大雄宝殿上的三尊佛像；他们虽坦然的坐着，我却无端的为他们"惶恐"着。——于是开会了，照着秩序单进行。详细的情形，有各报记述可看，毋庸在下再来饶舌。现在单表齐燮元、韩国钧和东南大学校长郭秉文博士的高论。齐燮元究竟是督军兼巡阅使，他的声音是加倍的宏亮；那时场中也特别肃静——齐燮元究竟与众不同呀！他咬字眼儿真咬得清白；他的话是"字本位"，是一个字一个字吐出来的。字与字间的时距，我不能指明，只觉比普通人说话延长罢了；最令我惊异而且焦躁的，是有几句说完之后。那时我总以为第二句应该开始了，岂知一等不来，二等不至，三等不到；他是在唱歌呢，这儿碰着全休止符了！等到三等等完，四拍拍毕，第二句的第一个字才姗姗的来了。这其间至少有一分钟；要用主观的计时法，简直可说足有五分钟！说来说去，究竟他说的是什么呢？我恭恭敬敬的答道：半篇八股！他用拆字法将"中华教育改进社"一题拆为四段：先做"教育"二字，是为第一股；次做"教育改进"，是为第二股；"中华教育改进"是第三股；加上"社"字，是第四股。层层递进，如他由督军而升巡阅使一样。齐燮元本是廪贡生，这类文章本是他的拿手戏；只因时代维新，不免也要改良一番，才好应世；八股只剩了四股，大约便是为此了。最教我不忘记的，是他说完后的那一鞠躬。那一鞠躬真是与众不同，鞠下去时，上半身全与讲桌平行，我们只看见他一头的黑发；他然后慢慢的立起退下。这其间费了普通人三个一鞠躬的时间，是的的确确的。接着便是韩国钧了。他有一篇改进社开会词，是开会前已分发了的。里面曾有一节，论及现在学风的不良，颇有痛心疾首之慨。我很想听听他的高见。但他却不曾照本宣扬，他这时另有一番说话。他也经过了许多时间；但不知是我的精神不济，还是另有原因，我毫没有领会他的意思。只有煞尾的时候，他提高了喉咙，我也竖起了耳朵，这才听见他的警句了。他说："现在政治上南北是不统一的。今天到会诸君，却南北都有，同以研究教育为职志，毫无畛域之见。可见统一是要靠文化的，不能靠武力！"这最后一句话确是漂亮，赢得如雷的掌声和许多轻微的赞叹。他便在掌声里退下。这时我们所注意的，是在他肘腋之旁的齐燮元；可惜我眼睛不佳，不能看到他面部的变化，因而他的心情也不能详说：这是很遗憾的。于是——是我行文的"于是"，不是事实的"于是"，请注意——来了郭秉文博士。他说，我只记得他说："青年的思想应稳健，正确。"旁边有一位告诉我说："这是齐燮元的话。"但我却发现了，这也是韩国钧的话，便是开会辞里所说的。究竟是谁的话呢？或者是"英雄所见，大略相同"么？这却要请问郭博士自己了。但我不能明白：什么思想才算正确和稳健呢？郭博士的演说里不曾下注脚，我也只好终于莫测高深了。

还有一事，不可不记。在那些点缀会场的警察中，有一个瘦长的，始终笔直的站着，几乎未曾移过一步，真像石像一般，有着可怕的静默。我最佩服他那昂着的头和垂着的手；那天真苦了他们三位了！另有一个警官，也颇可观。他那肥硕的身体，凸出的肚皮，老是背着的双手，和那微微仰起的下巴，高高翘着的仁丹胡子，以及胸前累累挂着的徽章——那天场中，这后两件是他所独有的——都显出他的身份和骄傲。他在楼下左旁往来的徘徊着，似乎在督率着他的部下。我不能忘记他。

三 第三人称

七月廿日，正式开会。社员全体大会外，便是许多分组会议。我们知道全体大会不过是那么回事，值得注意的是后者。我因为也悚然的做了国文教师，便决然无疑地投到国语教学组旁听。不幸听了一次，便生了病，不能再去。那一次所议的是"采用他，她，牠案"（大意如此，原文忘记了）；足足议了两个半钟头，才算不解决地解决了。这次讨论，总算详细已极，无微不至；在讨论时，很有几位英雄，舌本翻澜，妙绪环涌，使得我茅塞顿开，摇头佩服。这不可以不记。

其实我第一先应该佩服提案的人！在现在大家已经"采用""他，她，牠"的时候，他才从容不迫地提出了这件议案，真可算得老成持重，"不敢为天下先"，确遵老子遗训的了。在我们礼仪之邦，无论何处，时间先生总是要先请一步的；所以这件议案不因为他的从容而被忽视，反因为他的从容而被尊崇，这就是所谓"让德"。且看当日之情形，谁不兴高而采烈？便可见该议案的号召之力了。本来呢，"新文学"里的第三人称代名词也太纷歧了！既"她""伊"之互用，又"牠""它"之不同，更有"牠""彼"之流，蹿跳其间；于是乎乌烟瘴气，一塌糊涂！提案人虽只为辨"性"起见，但指定的三字，皆属于"也"字系统，俨然有正名之意。将来"也"字系统若竟成为正统，那开创之功一定要归于提案人的。提案人有如彼的力量，如此的见解，怎不教人佩服？

讨论的中心点是在女人，就是在"她"字。"人"让他站着，"牛"也让它站着；所饶不过的是"女"人，就是"她"字旁边立着的那"女"人！于是辩论开始了。一位教师说，"据我的'经验'，女学生总不喜欢'她'字——男人的'他'，只标一个'人'字旁，女子的'她'，却特别标一个'女'字旁，表明是个女人；这是她们所不平的！我发出的讲义，上面的'他'字，她们常常要将'人'字旁改成'男'字旁，可以见她们报复的意思了。"大家听了，都微微笑着，像很有味似的。另一位却起来驳道，"我也在女学堂教书，却没有这种情形！"海格尔的定律不错，调和派来了，他说："这本来有两派：用文言的欢喜用'伊'字，如周作人先生便是；用白话的欢喜用'她'字，'伊'字用的少些；其实两个字都是一样的。""用文言的欢喜用'伊'字"这句话却有意思！文言里间或有"伊"字看见，这是真理；但若说那些"伊"都是女人，那却不免委屈了许多男人！周作人先生提倡用"伊"字也是实，但只是用在白话里；我可保证，他决不曾有什么"用文言"的话！而且若是主张"伊"字用于文言，那和主张人有两只手一样，何必周先生来提倡呢？于是又冤枉了周先生！——调和终于无效，一位女教师立起来了。大家都倾耳以待，因为这是她们的切身问题，必有一番精当之论！她说话快极了，我听到的警句只是："历来加'女'字旁的字都是不好的字；'她'字是用不得的！"一位"他"立刻驳道："'好'字岂不是'女'字旁么？"大家都大笑了，在这大笑之中。忽有苍老的声音："我看'他'字譬如我们普通人坐三等车；'她'字加了'女'字旁，是请她们坐二等车，有什么不好呢？"这回真哄堂了，有几个人笑得眼睛亮晶晶的，眼泪几乎要出来；真是所谓"笑中有泪"了。后来的情形可有些模糊，大约便在谈笑中收了场；于是乎一幕喜剧告成。

"二等车"，"三等车"这一个比喻，真是新鲜，足为修辞学开一崭新的局面，使我有永远的趣味。从前贾宝玉说男人的骨头是泥做的，女人的骨头是水做的，至今传为佳话；现在我们的辩士又发明了这个"二三等车"的比喻，真是媲美前修，启迪来学了。但这个"二三等之别"究竟也有例外；我离开南京那一晚，明明在三等车上看见三个"她！"我想："她""她""她"何以不坐二等车呢？难道客气不成？——那位辩士的话应该是不错的！

1924年

▎佳作点评▎

此文写于一九二四年，朱自清先生抱着开阔眼界的目的，于这年的暑假前往南京参加中华教育改进社召开的第三届年会。可惜事与愿违，所谓的教育改进会不过是闹剧而已。

文中穿插了几项会议内容，闹剧活灵活现呈现出来，作者于叙说当中插入反语，嘲讽那些"大人物"，带有明显的讽刺色彩。还以速描的笔法，不露声色地勾勒了几幅人物像，比如将会议的主要议题部分加以重点渲染，如督军齐燮元、省长韩国钧、督办高恩洪犹如"大雄宝殿上的三座佛像"端坐在台子中央。他利用大量反语，将这些"教育改革家"的无聊、空虚、庸俗的模样，活脱脱地呈现出来，作者的极度失望也融进描绘之中。由此我们可以领略朱自清叙述技法的多面。

博物院

□［中国］朱自清

伦敦的博物院带画院，只拣大的说，足足有十个之多。在巴黎和柏林，并不"觉得"博物院有这么多似的。柏林的本来少些；巴黎的不但不少，还要多些，但除卢浮宫外，都不大。最要紧的，伦敦各院陈列得有条有理的，又疏朗，房屋又亮，得看；不像卢浮宫，东西那么挤，屋子那么黑，老教人喘不出气。可是，伦敦虽然得看，说起来也还是千头万绪；真只好拣大的说罢了。

先看西南角。维多利亚亚伯特院最为堂皇富丽。这是个美术博物院，所收藏的都是美术史材料，而装饰用的工艺品尤多，东方的西方的都有。漆器，磁器，家具，织物，服装，书籍装订，道地五光十色。这里颇有中国东西。漆器磁器玉器不用说，壁画佛像，罗汉木像，还有乾隆宝座也都见于该院的"东方百珍图录"里。图录里还有明朝李麟（原作 LiLing，疑系此人）画的《波罗球戏图》；波罗球骑着马打，是唐朝从西域传来的。中国现在似乎没存着这种画。院中卖石膏像，有些真大。

自然史院是从不列颠博物院分出来的。这里才真古色古香，也才真"巨大"。看了各种史前人的模型，只觉得远烟似的时代，无从凭吊，无从怀想——满够不上分儿。中生代大爬虫的骨架，昂然站在屋顶下，人还够不上它们一条腿那么长，不用提"项背"了。现代鲸鱼的标本虽然也够大的，但没腿，在陆居的我们眼中就差多了。这里有夜莺，自然是死的，那样子似乎也并不特别秀气；嗓子可真脆真圆，我在话匣片里听来着。

欧战院成立不过十来年。大战各方面，可以从这里略见一斑。这里有模型，有透视画（dioramas），有照相，有电影机，有枪炮等等。但最多的还是画。大战当年，英国情报部雇用一群少年画家，教他们搁下自己的工作，大规模的画战事画，以供宣传，并作为历史纪录。后来少年画家不够用，连老画家也用上了。那时情报部常常给这些画家开展览会，个人的或合伙的。欧战院的画便是那些展览作品的一部分。少年画家大约都是些立体派，和老画家的浪漫作风迥乎不同。这些画家都透视了战争，但他们所成就的却只是历史纪录，艺术是没有什么的。

现在该到西头来，看人所熟知的不列颠博物院了。考古学的收藏，名人文件，抄本和印本书籍，都数一数二；顾恺之《女史箴》卷子和敦煌卷子便在此院中。磁器也不少，中国的，土耳其的，欧洲各国的都有；中国的不用说，土耳其的青花，浑厚朴拙，比欧洲金的蓝的或刻镂的好。考古学方面，埃及王拉米塞斯第二（约公元前1250）巨大的花岗石像，几乎有自然史院大爬虫那么高，足为我们扬眉吐气；也有坐像。坐立像都僵直而四方，大有虽地动山摇不倒之势。这些像的石质尺寸和形状，表示统治者永久的超人的权力。还有贝叶的《死者的书》，用象形字和俗字两体写成。罗塞他石，用埃及两体字和希腊文刻着诏书一通（公元前195），一七九八年出土；从这块石头上，学者比对希腊文，才读通了埃及文字。

希腊巴特农庙（Parthenon）各件雕刻，是该院最足以自豪的。这个庙的雅典，奉祀女神雅典巴昔奴配利克里斯（Pericles）时代，教成千带万的艺术家，用最美的大理石，重建起来，总其事的是配氏的好友兼顾问，著名雕刻家费迪亚斯（Phidias）。那时物阜民丰，费了二十年工夫，到了公元前四三五年，才造成。庙是长方形，有门无窗；或单行或双行的石柱围绕着，像女神的马队一般。短的两头，柱上承着三角形的楣；这上面都雕着像。庙墙外上部，是著名的刻壁。庙在一六八七年让威尼斯人炸毁了一部分；一八〇一年，爱而近伯爵从雅典人手里将三角楣上的像，刻壁，和些别的买回英国，费了七万镑，约合百多万元；后来转卖给这博物院，却只要一半价钱。院中特设了一间爱而近室陈列那些艺术品，并参考巴黎国家图书馆所藏的巴昔农庙诸图，做成庙的模型，巍巍然立在石山上。

希腊雕像与埃及大不相同，绝无僵直和紧张的样子。那些艺术家比较自由，得以研究人体的比例；骨架，肌理，皮肉，他们都懂得清楚，而且有本事表现出来。又能抓住要点，使全体和谐不乱。无论坐像立像，都自然，庄严，造成希腊艺术的特色：清明而有力。当时运动竞技极发达；艺术家雕神像，常以得奖的人为"模特儿"，赤裸裸的身体里充满了活动与力量。可是究竟是神像，所以不能是如实的人像而只是理想的人像。这时代所缺少的是热情，幻想；那要等后世艺人去发展了。庙的东楣上运命女神三姊妹像，头已经失去了，可是那衣褶如水的轻妙，衣褶下身体的充盈，也从繁复的光影中显现，几乎不相信是石人。那刻壁浮雕着女神节贵家少女献衣的行列。少女们穿着长袍，庄严的衣褶，和命运女神的又不一样，手里各自拿着些东西；后面跟着成队的老人，妇女，雄赳赳的骑士，还有带祭品的人，齐向诸神而进。诸神清明彻骨，在等待着这一行人众。这刻壁上那么多人，却不繁杂，不零散，打成一片，布局时必然煞费苦心。而细看诸少女诸骑士，也各有精神，绝不一律；其间刀锋或深或浅，光影大异。少壮的骑士更像生龙活虎，千载如见。

院中所藏名人的文件太多了。像莎士比亚押房契，密尔顿出卖《失乐园》合同（这合同是书记代签，不出密氏亲笔），巴格来夫（Palgrave）《金库集》稿，格雷《挽歌》稿，哈代《苔丝》稿，达文齐，密凯安杰罗的手册，还有维多利亚后四岁时铅笔签字，都亲切有味。至于荷马史诗的贝叶，公元一世纪所写，在埃及发现的，以及九世纪时希伯来文《旧约圣经》残页，据说也许是世界上最古《圣经》钞本的，却真令人悠然遐想。还有，二世纪时，罗马舰队一官员，向兵丁买了一个七岁的东方小儿为奴，立了一张贝叶契，上端盖着泥印七颗；和英国大宪章的原本，很可比着看。院里藏的中古钞本也不少；那时欧洲僧侣非常闲，日以抄书为事；字用峨特体，多棱角，精工是不用说的。他们最考究字头和插画，必然细心勾勒着上鲜丽的颜色，蓝和金用得多些；颜色也选得精，至今不变。某抄本有岁历图，二幅，画十二月风俗，细致风华，极为少见。每幅下另有一栏，画种种游戏，人物短小，却也滑稽可喜。画目如下：正月，析薪；二月，炬舞；三月，种花，伐木；四月，情人园会；五月，荡舟；六月，比武；七月，行猎，刈麦；八月，获稻；九月，酿酒；十月，耕种；十一月，猎归；十二月，屠豕。钞本和印本书籍之多，世界上只有巴黎国家图书馆可与这博物院相比；此处印本共三百二十万余册。有穹窿顶的大阅览室，圆形，室中桌子的安排，好像车轮的辐，可坐四百八十五人；管理员高踞在彀中。

次看画院。国家画院在西中区闹市口，匹对着特拉伐加方场一百八十四英尺高的纳尔逊石柱子。院中的画不算很多，可是足以代表欧洲画史上的各派，他们自诩，在这一方面，世界上那儿也及不上这里。最完全的是意大利十五六世纪的作品，特别是佛罗伦司派，大约除了意大利本国，便得上这儿来了。画按派别排列，可也按着时代。但是要看英国美术，此地不成，得上南边儿泰特（Tate）画院去。那画院在泰晤士河边上；一九二八年水上了岸，给浸坏了特耐尔（Joseph Malord William Turner, 1775–1851）好多画，最可惜。特耐尔是十九世纪英国最大的风景画家，也是印象派的先锋。他是个劳苦的孩子，小时候住在菜市旁的陋巷里，常只在泰晤士河的码头和驳船上玩儿。他对于泰晤士河太熟了，所以后来爱画船，画水，画太阳光。再后来他费了二十多年工夫专研究光影和色彩，轮廓与内容差不多全不管；这便做了印象派的前驱了。他画过一幅《日出：湾头堡子》，那堡子淡得只见影儿，左手一行树，也只有树的意思罢了；可是，瞧，那金黄的朝阳的光，顺着树水似的流过去，你只觉着温暖，只觉着柔和，在你的身上，那光却又像一片海，满处都是的，可是闪闪烁烁，仪态万千，教你无从捉摸，有点儿着急。

特耐尔以前，坚士波罗（Gainsborough，1727-1788）是第一个人脱离荷兰影响，用英国景物作风景画的题材；又以画像著名。何嘉士（hogarth，1697-1764）画了一套《结婚式》，又生动又亲切，当时刻板流传，风行各处，现存在这画院中。美国大画家惠斯勒（Whistler）称他为英国仅有的大画家。雷诺尔兹（Reynolds，1723-1792）的画像，与坚士波罗并称。画像以性格与身份为主，第一当然要像。可是从看画者一面说，像主若是历史上的或当代的名人，他们的性格与身份，多少总知道些，看起来自然有味，也略能批评得失。若只是平凡的人，凭你怎样像，陈列到画院里，怕就少有去理会的。因此，画家为维持他们永久的生命计，有时候重视技巧，而将"像"放在第二着。雷诺尔兹与坚士波罗似乎就是这样的人。他们画的像，色调鲜明而飘渺。庄严的男相，华贵的女相，优美活泼的孩子相，都算登峰造极；可就是不大"像"。坚氏的女像总太瘦；雷氏的不至于那么瘦，但是像主往往退回他的画，说太不像。——国家画院旁有个国家画像院，专陈列英国历史上名人的像，文学家，艺术家，科学家，政治家，皇族，应有尽有，约共二千一百五十人。油画是大宗，排列依着时代。这儿也看见雷坚二氏的作品；但就全体而论，历史比艺术多的多。

泰特画院中还藏着诗人勃来克（William Blake，1757-1827）和罗塞蒂（DanteGabriel Rossetti，1828-1882）的画。前一位是浪漫诗人的先驱，号称神秘派。自幼儿想象多，都表现在诗与画里。他的图案非常宏伟；色彩也如火焰，如一飞冲天的翅膀。所画的人体并不切实，只用作表现姿态，表现动的符号而已。后一位是先拉斐尔派的主角，这一派是诗与画双管齐下的。他们不相信"为艺术的艺术"，而以知识为重。画要叙事，要教训，要接触民众的心，让他们相信美的新观念；画笔要细腻，颜色却不必调和。罗氏作品有着清明的调子，强厚的感情；只是理想虽高，气韵却不够生动似的。

当代英国名雕塑家爱勃斯坦（Jacob Epstein）也有几件东西陈列在这里。他是新派的浪漫雕塑家。这派人要在形体的部分中去找新的情感力量；那必是不寻常的部分，足以扩展他们自己情感或感觉的经验的。他们以为这是美，夸张的表现出来；可是俗人却觉得人不像人，物不像物，觉得丑，只认为滑稽画一类。爱氏雕石头，但是塑泥似乎更多：塑泥的表面，决不刮光，就让那么凸凸凹凹的堆着，要的是这股劲儿。塑完了再倒铜。——他也卖素描，形体色调也是那股浪漫劲儿。

以上只有不列颠博物院的历史可以追溯到十八世纪；别的都是十九世纪建立的，但欧战院除外。这些院的建立，固然靠国家的力量，却也靠私人的捐助——捐钱盖房子或捐自己的收藏的都有。各院或全不要门票，像不列颠博物院就是的；或一礼拜中两天要门票，票价也极低。他们印的图片及专册，廉价出售，数量惊人。又差不多都有定期的讲演，一面讲一面领着看；虽然讲的未必怎样精，听讲的也未必怎样多。这种种全为了教育民众，用意是值得我们佩服的。

佳作点评

《博物院》一文里，作者概述了德国、英国博物馆的发展，其中又以不列颠博物院为重点，朱自清用了一些笔墨描绘希腊巴特农神庙的雕刻，显见得是动心而神往。"运命女神三姊妹像，头已经失去了，可是那衣褶如水的轻妙，衣褶下身体的充盈，也从繁复的光影中显现。"这描绘是准确的。并且，这些博物馆都不收门票——可见，英国博物馆不收门票的历史已经悠久，这的确有利于国民的艺术教化。

朱自清也记载了国家美术馆的藏品，他尽量挑选经典名作，以自己而不是一般化的庸众眼光予以评判，比如他谈到有"画光线的画家"特耐尔（现在通译为透纳）的《日出：湾头堡子》时，文字极美，更关键在于是有自己的看法。

春风满洛城

——考古游记之二

□ [中国] 郑振铎

去年3月26日午夜,我从西安到了洛阳。这个城市也是很古老的,又是很年轻的。工厂林立在桃红柳绿的春天的田野里,还有更多的工厂在动土、在建筑。但古老的埋藏在地下的都市也都陆续地被翻掘出来。从周代的王城、汉代的东都,直到诗人白居易、历史学家司马光他们的遗迹,全都值得我们的向往和注意。这个古城的东郊,是白马寺的所在地,那是相传为汉明帝时代,白马驮经,从印度把佛教经典初次输入中国时建立起来的第一个佛教寺院。今天,山门的两座穹形门洞,其上嵌着不少块汉代的石刻(是取当地出土的汉代石刻而加以利用的,据说明朝人所为),其四围墙角,也多半使用汉砖、汉石砌成。可以说是世界上十分阔绰的一个寺院了。寺内古松苍翠,至少已有三五百年的寿命。大殿里的几尊古佛、菩萨的塑像,古雅美丽,当是元代或明初之物,甚至可能是辽、金的遗制。再往东走,乃是李密城,即金村遗址所在地,在那里曾出土了七十多块古空心墓砖,五十年前曾经震撼了一世耳目。那扑扑地向天惊飞的鸿雁,那且嗅且搜索地、威猛而稳慎地前进捕捉什么的猎狗,那执杖前行的老人,那手执竹简而趋的学者,那相遇而揖的两个行人,都将二千多年前的艺术家的现实主义的表现力,活泼泼地重现于我们的眼前。这全部墓砖,现在陈列于加拿大的博物院里,但我们是永远地不会忘记它们的。还有好些绝精绝美的战国时代的金银镶嵌(即金银错)的铜器,特别是那面人兽相搏的古铜镜,成为世界上任何博物院的骄傲。可惜,包括那面古镜在内,绝大多数都不在国内。

除了帝国主义者们长久地在洛阳掠夺出土古物之外,解放后的几年之内,才开始做着科学的考古发掘工作。这是一个"无牛眠之地"的几千年的古墓葬、古遗址的累积地。单是1953年到1955年,就发现了六千多座墓藏,其中有一千七百三十八座已经加以发掘。古遗址也已发现了两处。所得的古文物,从仰韶时期的彩陶、龙山时期的黑陶,到汉代的大量遗物,成为临时博物馆,周公庙里的辉煌的陈列品吸引了许多游人的注意与赞叹。

我走在大道上,春风吹拂着,太阳晒得很暖和,就看见工人们在使用洛阳铲钻探古墓。就在那大道上,发现了一个汉代的砖墓和一个较小的土墓,我都跳下去考察一番。在农民们打井挖渠的时候,也出现了不少古墓。在新开辟的金矿公路上,有一个大汉墓,中有壁画,还保存得不坏。我也去看过。在新鲜的春天的气息里,嗅得到古代的泥土的香味,但随地有古墓的事实却引起了从事建设工作的担心。有一个干部宿舍,把两个床陷落到地下的古洞去了,幸未伤人。新建的水塔,倾斜得很厉害。压路机掉落到七米多深的大墓里去。有此种种经验教训,建设部门才知道非清理好地下的古墓葬,便不能在地上进行建设,因之,也便加强了和考古部门、文化部门的合作,因此,便处处出现了洛阳铲的钻探队。这是完全必要的。不清理好地下的,便不能建设好地上的。这道理已经是建设部门所"家喻户晓"的了。但有不相信这道理,一意孤行鲁莽从事的,没有不出乱子。

最深刻的教训，就是那些地方工业系统的打包厂、砖瓦厂、纺纱厂等等。

在周公庙看到的好东西多极了，也精彩极了，往往是前所未见的。像一面出土于唐墓的嵌螺钢的平托镜，那镜背上的图画，精丽工致的程度，令人心动魄荡。可以说是一幅《夜宴图》。月在天空，树上有凤凰，有鹦鹉，树下有池，池上有一对鸳鸯，相逐而行。还有两位老者，席地而坐，一弹阮咸，一持杯欲饮，一双鬟侍立于后。这面古镜远比日本正仓院所藏的同类的唐代物为精美。

28日，到龙门去。这是值得在那里停留十月八月，或一年两年的时光，应该写出几本乃至几十本的专书来的一个伟大的古代艺术宝库。这里只能简单地说一下。龙门的佛像多被帝国主义者们盗去，但存在于各洞里的大小佛像，仍有二万尊以上。西山区以潜溪洞、新洞、宾阳三洞、双窑南北洞、万佛洞、老龙洞、莲花洞、破窟、奉先寺、药方洞及古阳洞为最著。宾阳洞被剜椽下去，盗运出国的两方著名的浮雕，即北魏时代的皇帝礼佛图和皇后礼佛阁，斧凿的遗痕犹在，令人见之，悲愤不已！那些保存下来的石雕刻，表现了从北魏到唐代的各时期的雕刻家们最精心雕琢出来的伟大的精美的艺术品，成为中国美术史上最辉煌的若干篇页。我站在若干大佛像、小佛像的前面，细细地欣赏着，只感到时间太短促了。有人在搭木架，以石膏传摹若干代表作下来。但愿有一个时候，在北京和其他地方也能看到这些最好的中国雕刻的石膏复制的代表作品。

经过一座横跨于伊水上的草桥（这草桥到了水大时就被冲断，东西山的交通也就中断了），到了东山区。以擂鼓台、四方千佛洞为最著。十多尊的罗汉像，神情活泼极了，在国内许多泥塑木雕的罗汉像里，这里所有的，是最古老的，也是最庄严美妙的。东山区的石洞，中多空无所有，破坏最甚。有几个石灰窑，在万佛沟里烧石灰。幸及早予以制止，免于全毁。

东山的高处是香山寺，现已改为某干部疗养院。徒然破坏了这个重要的名胜古迹，而绝对解决不了疗养院的房屋问题。且山高招风，交通时断，实也不适宜于做疗养地。在山上走了一段路,到了诗人白居易的墓地,墓顶还有纸钱在飘扬。清明才过,白氏子孙住在山下者,刚来上过坟(听说他们年年都上山上坟)。黄澄澄的将落的夕阳,照在黄澄澄的墓土上,站在那里,不禁涌起了一缕凄楚的情思。

  29日,去访问东汉时代的太学遗址。这座太学,在其最盛时代,曾经有六万多学生在那里上学。到今天为止,恐怕世界上还没有比它规模更宏伟的一座大学。但这遗址,知道的人却不多。我们渡洛河,过枣园,沿途打听,将近二小时,才到达朱圪瘩村。一路上时见地面有烟雾似的尘气上升,飞扫而过。有人说,这就是庄子所谓"野马也,尘埃也"的"野马"。一位李老者引导我们到遗址去。显著地可看出是一大片较高的地面,许多农民正在辛勤地打井。我问他们:"有发现石经的碎片么?"他们说:"近半年来已打不出了。"他们人人都知道《石经》,发现有一二个字的碎块就可以卖钱。过去男男女女,老老少少,在农闲的时候就去挖地寻"经"。民国十八年(1929)时,存黄氏墓地上出土过晋咸宁四年(278)的《皇帝重临辟雍碑》。李老者领我们到这块地上去看。他说,还有《石经》的碑座散在各村呢。我们在朱圪瘩村见到一座,在大郊村见到三座。这些碑座底宽二尺三寸四,长三尺六寸,厚一尺九分。有中缝,深三寸,宽五寸又二分之一。此当是汉三体《石经》的碑座,应予以保护保管。《辟雍碑》也在大郊村,侧卧于地。我找了村长来,要他好好地保护这座碑,并建筑一座草屋于碑上。

  下午,到倒塌掉的砖瓦厂去查勘。在这个砖瓦厂的范围里,周、汉、宋墓密布,一受大批的砖瓦的巨大重量的压力,即纷纷下陷,以致停工不用。大洞深陷的大周墓和弄塌的窑穴,互相交错着。见之触目惊心。这是"古"与"今"同受其祸的盲目地动土的活生生的大榜样。

  入邙山,登其峰,见处处白纸乱飞,皆是清明时节,子孙们来上坟的余迹,坟上套坟,不知有几许历代的名人杰士、美女才子,埋身于此。有大冢隆起于远处，有如一个大平台，乃是一座汉帝的陵墓。邙山西起潼关，东到郑州，南北阔达四十里，直到黄河边上。山上均是大大小小的古今墓葬。北邙山在洛阳之北，乃是百年来有名的出土陶俑和其他古器物的所在地，大部分精美的古代艺术品都已出国。发掘之惨，旷古未闻。解放后，此风才泯绝。

洛阳市的建设规划，即如何在这个古老的城市里进行新的大规模的建设，不破坏或少破坏古墓葬和古代遗址，并如何好好地保护它们，使在崭新的林立的工厂当中，保存着特殊的非保存不可的古墓葬和古代遗址的问题，正在研究讨论中。正像西安市一样，"新"和"老"、"古"和"今"，在洛阳市也一定会结合得十分好的。

龙门石窟，必须坚决地大力地加以保护。有三个大问题，必须尽快地予以解决。1. 龙门煤厂，在西山区石窟附近开采，必须立即制止。绝对地要防护龙门石窟的安全和完整。这事，市委会已经注意到，并筹划到了。2. 龙门石窟的洞前大车路，要予以改道。否则，各洞里常会有人在内住憩，很难防止其破坏或污损。这条改道的大车路，也已在计划中。河水常常要漫涨到这条大车路和下层的石洞里去，为害甚大，应该乘此修路的时机，于河边加筑石坝。3. 各洞窟之间，应该开凿道路互相通连。山上并要建筑石墙，以堵住山洪、雨水的流下；奉先寺尤需急速修整，以防大佛像的继续风裂。这些，都需要有关部门共同加紧进行的。东西山区仅靠草桥交通，也是很不方便的。已毁了的桥梁，应该早日修复。

1957 年 2 月

▎**佳作点评**▎

此文标题，可能来源于李白"谁家玉笛暗飞声，散入春风满洛城"的诗句，也可能是为了歌颂新中国新气象。文中典故、术语需要注意，比如"牛眠之地"之典，喻有风水的墓地，典出《晋书·周光传》。在那个时代，郑先生只能小"掉书袋"，以藏自己的倾向。

郑振铎先生和梁思成先生是我国文化遗产保护理论的奠基者，郑振铎先生提出"不清理好地下的，便不能建设好地上的"观点，他明确不同意洛阳拖拉机厂在东周王城遗址上建厂，都是体现了城市建设避开不可移动文化遗产以整体保护文化遗产的思想和理念。他的爱"古"之心昭然若揭，文辞恳切，为保护历史而不遗余力。

塔山公园

□ [中国] 郑振铎

由滴翠轩到了对面网球场，立在上头的山脊上，才可以看到塔山；远远的，远远的，见到一个亭子立在一个最高峰上，那就是所谓塔山公园了。到山的第三天的清早，我问大家道："到塔山去好吗？"

朝阳柔黄的满山照着，鸟声细碎的啁啾着，正是温凉适宜的时候，正是游山最好的时候。

大家都高兴去走走，但梦旦先生说，不一定要走到塔山，恐怕太远，也许要走不动。

缓缓的由林径中上了山；仿佛只有几步可以到顶上了，走到那处，上面却还有不少路，再走了一段，以为这次是到了，却还有不少路。如此的，"希望"在前引导着，我们终于到山脊。然后，缓缓的，沿山脊而走去。这山脊是全个避暑区域中最好的地方。两旁都是建造得式样不同的石屋或木屋，中间一条平坦的石路，随了山势而高起或低下。空地不少，却不像山下的一样，粗粗的种了几百株竹，它们却是以绿绿的细草铺盖在地上，这里那里的置了几块大石当作椅子，还有不少挺秀的美花奇草，杂植于平铺的绿草毡上。我们在那里，见到了优越的人为淘汰的结果。

一家一家的楼房构造不同，一家一家的园花庭草，亦布置得不同。在这山脊上走着，简直是参观了不少的名园。时时的，可于屋角的空隙见到远远的山峦，见到远远的白云与绿野。

走到这山脊的终点，又要爬高了，但梦旦先生有些疲倦了，便坐在一块界石上休息，没有再向前走的意思。

大家围着这个中途的界石而立着，有的坐在石阶上。静悄悄的还没有一个别的人，只有早起的乡民，满头是汗的挑了赶早市的东西经过这里，送牛奶面包的人也有几个经过。

大家极高兴的在那里谈天说地，浑忘了到塔山去的目的。太阳渐渐的高了，热了，心南看了手表道：

"已经9点多了。快回去吃早餐吧。"

大家都立了起来，拍拍背后的衣服，拍去坐在石上所沾着的尘土，而上了归途。

下午，我的工作完了，便向大家道："现在到塔山去不去呢？"

"好的。"蔡黄道，"只怕高先生不能走远道。"

高先生道："我不去，你们去好了。我要在房里微睡一下。"

于是我和心南、蔡黄同去了。

到塔山去的路是很平坦的。由山后的一条很宽的泥路走去，后面的一带风景全可看到。山石时时有人在丁丁的伐采，可见近来建造别墅的人一天天的多了，连山后也已有了几家住户。

塔山公园的区域，并不很广大，都是童山，杂植着极小极小的竹材，只有膝盖的一半高。还有不少杂草，大树木却一株也没有。将到亭时，山势很高峭，两面石碑，立在大门的左右，是叙这个公园的缘起，碑字已为风雨所侵而模糊不清，后面所署的年月，却是宣统二年（1910）。据说，近几年来，亭已全圮，最近才有一个什么督办，来山避暑，提倡重修。现在正在动工。到了亭上，果有不少工匠在那里工作，木料灰石，堆置得凌乱不堪。亭是很小的，四周的空地也不大，却放了四组的水门汀建造的椅桌，每组二椅一桌，以备游人野餐之用。亭的中央，突然的隆起了一块水门汀建的高丘，活像西湖西泠桥畔重建的小青墓。也许这也是当桌子用的，因为四周也是水门汀建的亭栏，可以给人坐。

再没有比这个亭更粗陋而不谐和的建筑物了，一点式样也没有，不知是什么东西，亭不像亭，塔不像塔，中不是中，西不是西，又不是中西的合璧，简直可以说是一无美感，一无知识者所设计的亭子。如果给工匠们自己随意去设计，也许比这样的式子更会好些。

所谓公园者，所谓亭子者不过如此！然而这是我们中国人在莫干山所建筑的唯一的公共场所。

亏得地势占得还不坏。立在亭畔，四面可眺望得很远。莫干山的诸峰，在此一一可以指点得出来，山下一畦一畦的田，如绿的绣毡一样，一层一层，由高而低，非常的有秩序。足下的岗峦，或起或伏，或趋或耸，历历可指，有如在看一幅地势实型图。

太阳已经渐渐的向西沉下，我们当风而立，略略的有些寒意。那边有乌云起了，山与田都为一层阴影所蔽，隐隐的似闻见一阵一阵的细密的雨声。

"雨也许要移到这边来了，我们走吧。"

这是第一次到塔山。

第二次去是在一个绝早的早晨，人是独自一个。

在山上，我们几乎天天看太阳由东方出来。倚在滴翠轩廊前的红栏杆上，向东望着，我们便可以看到一道强光四射的金线，四面都是斑斓的彩云托着，在那最远的东方。渐渐的，云渐融消了，血红血红的太阳露出了一角，而楼前便有了太阳光。不到一刻，而朝阳已全个的出现于地平线上了，比平常大，比平常红，却是柔和的，新鲜的，不刺目的。对着了这个朝阳而深深的呼吸着，真要觉得生命是在进展，真要觉得活力是已重生。满腔的朝气，满腔的希望，满腔的愉意，满腔的跃跃欲试的工作力！

怪不得晨鸟是要那样的对着朝阳婉转的歌唱着。

常常的在廊前这样的看日出。常常的移了椅子在阳光中,全个身子都浸没在它的新光中。

也许到塔山那个最高峰去看日出,更要好呢。泰山之观日出不是一个最动人的景色么?

一天,绝早,天色还黑着,我便起身,胡乱的洗漱了一下,立刻起程到塔山。天刚刚有些亮,可以看见路。半个行人也没有遇见。一路上急急的走着,屡次的回头看,看太阳已否升起。山后却是阴沉沉的。到了登上了塔山公园的长而多级的石阶时,才看见山头已有金黄色,东方是已经亮晶晶的了。

风呼呼的吹着,似乎要从背后把你推送上山去。愈走得高风愈大,真有些觉得冷栗,虽然是在 6 月,且穿上了夹衣。

飞快的飞快的上山,到了绝顶时,立刻转身向东望着,太阳却已经出来了,圆圆的红血的一个,与在廊前所见的一模一样,眼界并不见得因更高而有所不同。

在金黄的柔光中浸溶了许久许久才回去,到家还不过 8 时。

第三次,又到了塔山,是和心南先生全家去的,居然用到了水门汀的椅桌,举行了一次野餐会。离第一次到时,只有半个月,这里仿佛因工程已竣之故,到的人突多起来。空地上垃圾很不少,也无人去扫除。每个人下山时都带了不少只苍蝇在衣上帽上回去。沿路费了不少驱逐的工夫。

1926 年 9 月 30 日

▎佳作点评▎

郑振铎在《山中杂记》中,写瀑布的《山中的历史》、写蝉的《蝉与纺织姑娘》、写乌鸦的《苦鸦子》、描绘公园的《塔山公园》以及与妻子意外相遇的《不速之客》等篇，表现了他在莫干山避暑时的生活片断，反映出一些社会轮廓。

  塔山公园所在地长乐本是郑振铎的故乡，他所记述的前后三次登临公园的不同感受，第二次沐浴日出才是登山的高潮，但惜墨如金的作家将登山过程描写得历历如绘，而对日出的描写却是出人预料的简洁，而且还说，朝阳是"圆圆的红血的一个，与在廊前所见的一模一样，眼界并不见得因更高而有所不同"。这样的心情，显然是"中年心态"的真实反映。如同青原行思"看山"：参禅之初，看山是山，看水是水；禅有悟时，看山不是山，看水不是水；禅中彻悟，看山仍然是山，看水仍然是水。

孤崖一枝花

□［中国］林语堂

行山道上，看见崖上一枝红花，艳丽夺目，向路人迎笑。仔细一看，原来根生于石罅中，不禁叹异。想宇宙万类，应时生灭，然必尽其性。花树开花，乃花之性，率性之谓道，有人看见与否，皆与花无涉。故置花热闹场中花亦开，使生万山丛里花亦开，甚至使生于孤崖顶上，无人过问花亦开。香为兰之性，有蝴蝶过香亦传，无蝴蝶过香亦传，皆率其本性，有欲罢不能之势。拂其性禁之开花，则花死。有话要说必说之，乃人之本性，即使王庭庙庑，类已免开尊口，无话可说，仍会有人跑到山野去向天高啸一声。屈原明明要投汨罗，仍然要哀号太息。老子骑青牛且明明要过函谷关，避绝尘世，却仍要留下五千字孽障，岂真关尹子所能相强哉？古人著书立说，皆率性之作。经济文章，无补于世，也会不甘寂寞，去著小说。虽然古时著成小说，一则无名，二则无利，甚至有杀身之祸可以临头，然自有不说不快之势。中国文学可传者类皆此种隐名小说作品，并非一篇千金的墓志铭。这也是属于孤崖一枝花之类。故说话为文美术图画及一切表现亦人之本性。"猫叫春兮春叫猫"，而老僧不敢人前叫一声，是受人类文明之束缚，拂其本性，实际上老僧虽不叫春，仍会偷女人也。知此而后知要人不说话，不完全可能。花只有一点元气，在孤崖上也是要开的。

佳作点评

《孤崖一枝花》一文甚短，字数才五百出头，文短乃容其大，诚不虚言。

深得明清小品精髓的林语堂，以花喻人之外，他着力书写了古人不为名不为利甚至冒杀身之祸却也要著书立说的现象，因为皆是率性之为，有话要说而必说，这样才有了流传千年的精华。在制约之下发挥天性，即人的能动性，来推动社会的发展。文章结尾处，"花只有一点元气，在孤崖上也是要开的"可以视作孤篇的要旨。这种精神不但应该领会，而且要明白自由乃是促成这一切的最高动力。沉默如老僧，却也要"偷女人"。既然如此，率性而为，尽显本性才是自由之道。恰如兰花飘香，香与蝴蝶无关，皆率其本性。

筏 子

□ [中国] 袁鹰

黄河滚滚。即使这儿只是上游，还没有具有一泻千里的规模，但它那万马奔腾、浊浪排空的气概，完全足以使人胆惊心悸。

大水车在河边缓缓地转动着，从滔滔激流里吞下一木罐一木罐的黄水，倾注进木槽，流到渠道里去。这是兰州特有的大水车，也只有这种比二层楼房还高的大水车，才能同面前滚滚大河相称。

像突然感受到一股强磁力似的，岸上人的眼光被河心一个什么东西吸引住了。那是什么，正在汹涌的激流里鼓浪前进？从岸上远远望去，那么小，那么轻，浮在水面上，好像只要一个小小的浪头，就能把它整个儿吞噬了。

哪，请你再定睛瞧一瞧吧，那上面还有人哩。不只一个，还有一个……一，二，三，四，五，六，一共六个人！这六个人，就如在湍急的黄河上贴着水面漂浮。

这就是黄河上的羊皮筏子！

羊皮筏子，过去是听说过的。但是在亲眼看到它之前，想象里的形象，总好像是风平浪静时的小艇，绝没有想到是乘风破浪的轻骑。

十只到十二只羊的体积吧，总共能有多大呢？上面却有五位乘客和一位艄公，而且在五位乘客身边，还堆着两只装得满满的麻袋。

岸上看的人不免提心吊胆，皮筏子的乘客却从容地在谈笑，向岸上指点什么，那神情，就如同坐在大城市的公共汽车里浏览窗外的新建筑。而那位艄公，就比较沉着，他目不转睛地撑着篙，小心地注视着水势，大胆地破浪前行。

据坐过羊皮筏子的人说，第一次尝试，重要的就是小心和大胆。坐在吹满了气的羊皮上，紧贴着脚就是深不见底的黄水，如果没有足够的勇气，是连眼睛也不敢睁一睁的。但是，如果只凭冲劲，天不怕地不怕，就随便往羊皮筏上一蹲，那也会出大乱子。兰州的同志说，多坐坐羊皮筏子，可以锻炼意志、毅力和细心。可惜随着交通运输事业的发展，这种锻炼的机会已经不十分多了。眼前这只筏子，大约是雁滩公社的，你看它马不停蹄，顺流直下，像一支箭似的直射向雁滩。

然而，羊皮筏上的艄公，应该是更值得景仰和赞颂的。他站在那小小的筏子上，身后是几个乘客的安全，面前是险恶的黄河风浪。手里呢，只有那么一根不粗不细的篙子。就凭他的勇敢和智慧，镇静和机智，就凭他的经验和判断，使得这小小的筏子战胜了惊涛骇浪，化险为夷，在滚滚黄河上如履平地，成为黄河的主人。

你看，雁滩近了，近了，筏子在激流上奔跑得更加轻快，更加安详。

1961年9月，兰州

佳作点评

文章写于一九六一年，那正是"三年自然灾害"期间。不用说，作者也是"歌颂人民"的，与《荔枝蜜》在伯仲之间。赞美战胜自然的艄公——

"黄河的主人"（实际上他们是黄河的儿子）的勇敢与机智，以及黄河的雄浑与壮观，那应该是数千年来黄河赋予他们的铁血与冷静。所以，"人定胜天"这样的英雄主义念头在"黄河之水天上来，奔流到海不复回"的磅礴气势面前，倒也值得深思。

高原雪

□［中国］高洪波

北京连续一个月的大热，据老辈人说，这种大热在1947年那一年发生过，以后就再没碰到了——这么说来，半个世纪一次的酷暑，被我一不小心赶上了。

北京大热，大热到什么程度？火笼？蒸锅？还是湖北女作家池莉形容武汉那样：一群人浸在游泳池里听首长的报告！太夸张了，首长虽然爱做报告，但他面对一群赤裸裸的听众和浮在水面上一颗颗充满期待的头颅，那感觉肯定好不到哪去。为什么？——怎么鼓掌与欢呼？

池莉笔下的武汉，是五六十年代的武汉，还没有冷气和空调，"灵台无计逃神矢"，只好浸泡在水中以避酷暑。北京这次持续高温，有一个小小的细节：中午时分电视台的记者到某路口的交通岗，警察同志们挥汗如雨的指挥交通，记者把温度计拿出来，放在警察脚下一测，乖乖，水银柱"噌"地蹿上去，摄氏50多度！

人在这种高温下生活，您怎么能不浑身冒汗长痱子！然后念叨着一个字：烦。

正烦着的时候，电话铃响了，一听，是云南一位朋友的声音，忙打听昆明热不热？这位仁兄一笑，说我们这里很凉快，一早一晚还得穿毛衣。

你说气不气人！

为了安顿自己被高温烤炙得焦躁的心情，放下电话便琢磨让自己凉快的事，一下子想起了云南的雪，三月雪，这是一种意识流，超越时空的本能。

云南的雪，雪片不像北方那么大，有几分细碎，落在地上之后很快就融化成湿漉漉的雪水，从雪花到雪水的过程，十分地短暂，也许因为三月的云南地气已很温暖的缘故吧？

雪如果再起劲儿地落上几个时辰，地面的热气渐渐为雪花们的努力所遮掩，你会发现浅白从天空铺下来，先是染白了绿色的松树、黄色的土墙、黑色或红色的屋顶高傲的公鸡尾巴似的竹子们，也禁不住弯下了腰，翠绿的竹叶托住高天的白雪，格外有一种楚楚动人的风韵。在雪花的侵袭下，最冷静也最倔犟的恐怕要数仙人掌了，她们举着自己尖刺密布的巴掌，不客气地一一刺破雪花的身躯，也许这种相逢本来就是季节的错误，委屈的雪花自有她们的道理。

雪花继续飞舞，降落，随心所欲地栖息在自己可心的地方。当傍晚时分暮色被白雪们裹挟而至时，浅白的颜色渐渐变成银灰，再过一会儿，银灰色也消失了，一种朦朦胧胧乌乌涂涂的色调掩上来，远处的村落先亮起一星灯花，继而是一片灯火，夜色与雪色借助于迷离的灯光，显出了高原特有的一种神秘，而寒意与凛冽，也就在这时浮动在夜空，你踩着薄薄的一层积雪走向远方，每一个脚印，都提醒你这是一场罕见的雪，高原三月雪。

好像那场大雪也是五十年未遇的，昆明街头的银桦树，被大雪压迫得失去了挺拔与潇洒，以至于冻伤了许多。

这当然是二十多年前的往事，三月雪不同于冬雪，是老天爷恶作剧的一种表现，成心跟人们过不去。联想起北京七月间这场持续高温天气，下意识地，我想起人类在大自然面前的种种无奈，气温异常不过是小小不言的惩罚。

然而拿高原雪来抵御京都暑热，以求得心理上的平衡，却是我本人的专利，在写出"高原雪"的同时，屋外竟掠过一席凉风，甚至有几丝雨意，焦灼的心境，渐渐地复归于清凉。遥远的高原雪，还在落着吗？

佳作点评

高洪波无疑是文坛的多面手，他的散文集《飞翔在高原》给我们展示了作为诗人和散文家的军人生活，而回忆性视角的大量运用是形成高洪波散文诗意的一大因素。

所谓心静自然凉，心凉自然静，心凉自静然。古代诗人描写一位禅师在暑天参禅，他这样写道："人人避暑走如狂，独有禅师不出房；不是禅师无热恼，只因心静自然凉。"作家不是利用的"静"，而是利用回忆，回忆高原的雪，尤其是云南高原上雪片不大的雪，展示了自己"记忆高地"的不平凡岁月："遥远的高原雪，还在落着吗"蕴涵作者思念战友之情。而"我想起人类在大自然面前的种种无奈，气温异常不过是对人类小小不言的惩罚"，则更应该注意作家对环境恶化的思考。

日光浴

□［美国］惠特曼

　　1877年8月27日那是一个星期天，完全没有感到显著的乏力和痛苦。我一瘸一拐地走过这些乡村篱路，慢慢穿过田野。我独自一人在清新的空气中，和大自然相对——在这个空旷宽敞、寂无声息、神秘莫测、邈然幽远，然而却又摸之可以触及，听之又有放言阔论的大自然，那时候，宁静之气和滋育之物好像真正从天而降，精妙细微地渗到我身体之内。在这十全十美的一天，我自己和景地融而为一了。我在这条清澈的溪流上一瘸一拐地走着的时候，它在一个地方发出那柔和轻悠的汩汩之声，在另一个地方又一落千丈发出那粗糙沙哑的嗡嗡之声，一切都使我心旷神怡。来吧，你们这些愁眉苦脸的人，只要你们愿意，就来享受一下清流溪岸、山林田野一定会赐予的德泽吧。我浸润其中仅仅两个月，而它们就开始使我成为一个新人了：每天都与世隔绝——每天至少有两三个钟头的自由，洗洗澡，不讲话，不看书，一丝不挂，无拘无束，不拘礼节仪容。

　　尊敬的读者，是不是要我告诉你们，我的健康之所以大大恢复，归功于什么？两年以来我没有用过任何药物，只不过每天都坚持待在露天。去年夏天，我在一条溪流的一边儿，找到了一个小谷，那是一个挖过灰泥的采泥场，现在弃而不用，里面长满了灌木丛、大树、青草，一溜坡地，一丛柳树，还有一道清泉，恰从中间流过，一路上有两三个小小的瀑布。每一个炎热的日子，我都隐居在这里，今夏又照样来此。我在这儿才真正领会到那位老人所说那句话的真正意义。他说，他只有在孤身独处的时候，才觉得不那么孤独。在此以前，我从来没感到我和大自然这样贴近，大自然也从来没和我这样贴近。出于旧习惯，我的铅笔几乎是出于自动，时时记下当时当地的心态、景物、时间、色彩和轮廓。这一个上午是多么值得回忆呀！它是那样宁静、纯朴，那样超尘脱俗，纯出自然。

  每天早饭后一个钟头左右，我就前往上面说的那个小谷的幽深去处。在那里，我和一些画眉、猫鸟等等都完全是各得其乐。微微的西南风，正从树冠中吹过。这正是我从头到脚作亚当式空气浴和全身洗刷的恰当地点和恰当时间。因此我把衣服搭在附近的横栏上，头上戴着旧宽边草帽，脚上穿着轻松便鞋，然后我会在两个钟头的工夫里去尽情尽兴地享受一番！首先，我用硬而有弹性的鬃毛刷子把两臂、胸膛和两肋全部刷了一遍，直到它们都发出了猩红的颜色，再在长流不息的溪间清水之中，冲洗身体，过上那么几分钟逍遥自在的时光。然后，不时光着脚在旁边黑色的烂泥里走上几步，让两脚作一次滑溜溜的泥浴，又在水晶一般的清澈流水里轻轻地再涮它第二次、第三次，再用带香味的毛巾搓一搓，在太阳底下的青草地上慢慢腾腾、松松散散地来回溜达，偶尔也换个样儿歇一会儿，再用鬃毛刷子刷刷——有的时候，随身带上我那轻便椅子。从这儿挪到那儿，因为我在这儿活动的范围很广，几乎长达500米。我觉得很有把握，不会有生人闯进来，而且即使偶然有生人闯入，我也不会觉得有什么不好意思。

  当我在草地上慢慢走着的时候，太阳射出的光线足以照出随我行动的身影。周围每一样东西，不知怎么，都变得和我浑然一体了。大自然是赤裸裸的，我也是赤裸裸的。大自然似乎太疏懒，太多抚慰，太愉悦恬静，让人无法琢磨揣测，然而我却认为我们和大地、阳光、大气、树木等等之间永远不会失去的内在亲睦和谐，这并不只是通过眼睛和悟性就能认清，而他是要通过整个的肉身体验才能认清的。我决不用带子将它遮住。在大自然中，正常、恬静的赤身露体啊！城市里可怜的、病态的、淫秽的人类啊，如果能再一次真正认识你该有多好啊！那么，难道赤身露体真是不道德的吗？不是，从天生固有来说，不是。不道德的是你们的思想，你们的恐惧，你们的世故，你们的体面。我们的这种种衣服，不仅穿起来太麻烦，而且本身就不道德，难怪会让人满肚子不高兴了。诚然，也许他或者她对于在大自然中赤身露体那种自由随意、鼓舞兴奋的狂欢极乐，从来就不以为然，那么他或者她也就从来不会真正懂得，什么是纯洁——也不会真正懂得究竟信义或者艺术或者健康，真正是什么。

我把我的部分康复，大都归功于前两个夏季中有许多这样的时刻。也许有些善良的人认为那是一个人消磨时光和思考问题的一种轻浮无聊或者半带疯狂的方式。也许是那样吧。

佳作点评

拉尔夫·华尔多·爱默生的《谈美》认为："大自然除了能为人提供物质需求以外，还能满足一项更崇高的需求，亦即满足人的爱美心理。""构成全部世界的各种基本形式，例如天空、山岳、林木、牲畜等等，即使只论它们自身而不谈其他目的，都会给我们带来某种喜悦——某种由于它们的轮廓、色泽、运动与组合所产生出来的快乐。"这些观点在惠特曼的《日光浴》等文中就有所体现。文中对自然、草地、温度的感受描写令人心醉。他在静谧的山谷里，在淙淙作响的小溪边，脱掉一切羁绊做亚当式的日光浴。惠特曼渴望与大自然相亲，那是对大自然的大爱，是对生命力的尊重。他不惜冒着大逆不道的指责，忠实于他理解的天人合一之道。

在卢浮宫博物馆

□［法国］罗丹

在中世纪的建筑中，用雕像作支柱的形式很普通，而用雕像的侧影却很特殊，不是由缩进的胸部，而是由向前高举的臂肘支撑形成的。

为人类赎罪的圣母坐着，俯首看着她的儿子，是支柱形；钉在十字架上的基督，双腿弯着，俯视这些人，是支柱形；苦痛的圣母，弯身在儿子的尸首上，也是支柱形。

米开朗基罗，我再说一次，无非是最后和最伟大的哥特式艺术的雕塑家。

内心的反思，苦痛，厌恶人生，反抗物质的锁链——这些就是他的灵感的因素。

这些奴隶是由似乎极易断的细绳捆绑的，但是雕塑家要指出的，主要是精神上的束缚，因为这些形象是用象征手法来表现的被教皇朱理二世压迫的人，他所塑的每个囚徒，都表现了人类的灵魂，想冲破自己的躯壳，以期获得无限的自由。

您瞧右边的那个奴隶，相貌像贝多芬——米开朗基罗早已猜到了最沉痛的、伟大的音乐家的容貌。

然而，沉郁、悲痛却折磨着米开朗基罗的一生。

"为什么要追求更多的生活和欢乐呢？人间的欢乐愈是诱惑你们，愈是对我们有害。"这是他的一首美好的十四行诗里的一句。

在另一首诗中，米开朗基罗又说："一生下来便死去，是最幸福的人。"

他所作的雕像，都是被这种焦痛束缚着，似乎要扭断自己的身体。然而内心的无奈、压力那样大，似乎只好屈服。米开朗基罗到了老年，真想毁掉那些雕像——艺术再也不能满足他了；他需要"无限"。

他写道："绘画、雕塑再也不会迷惑我，使我不转向在十字架上张着两臂迎接我们的神圣的基督。"

《耶稣基督的仿效》这本书的伟大的神秘的作家说得好：

"最高的智慧是：抛弃尘世，趋向天国。抛弃俗念，再不依恋易逝的事物和阻碍人类走向无限之路的欢乐。"

记得在佛罗伦萨的圆顶教堂欣赏米开朗基罗的《圣母哀悼基督》的雕刻时，我被深深地打动了。这个杰作，平常是在黑暗中，此刻为银白的火光照耀着——一个唱诗班的孩子，长得很好看，走近和他身材一样高的火把，拿到嘴边，吹灭了，于是，这座神奇的雕像再也看不见了。而这个孩子，就像是熄灭生命的死亡之神。在我的心里珍贵地留着这个强烈的印象。……米开朗基罗最珍爱的主题，如人类灵魂的深奥，努力和苦痛的神圣，的确是庄严伟大。

但是，他蔑视人生的想法我不赞同。

世间的活动，缺点虽多，但仍是美好的。

为了在生活中努力发挥自己的作用，热爱人生吧！

至于我，我要不断训练自己观察自然时要冷静。我们应该走向宁静。基督教的神秘的焦痛，相当程度地还在我们身上存在着。

佳作点评

　　罗丹是欧洲雕塑史上继米开朗基罗之后最具世界性影响的雕塑大师，他是古典主义雕塑的最后一位大师，同时又为现代主义雕塑开启了新的道路。作为一代雕塑巨匠，罗丹以行家的眼光解析了他眼中的卢浮宫——当今世界上最大的美术博物馆。其实罗丹雕塑的主题一直在模仿米开朗基罗，模仿米开朗基罗的那种生命无法摆脱的永远挣扎的压力，但他注意到了自己与前辈的不同，他认为"艺术上最大的困境和最难的境地，就是要自然地、朴素地描绘和写作"。他一直在放大并强化这种不同。获得解放，获得灵魂的解放，就像大自然那样宁静，这就是他写此文的目的。

行前寄语

□〔俄国〕阿·托尔斯泰

在我启程回归祖国之际，我要对尚留在这里的亲人说几句话。因为我永远不会回来了。我是为了享乐而回去的吗？不是的！俄罗斯正面临着严峻的时刻。憎恨的巨浪反复冲击着它，同它敌对的世界正用橡皮棍子武装自己。

这个世界并没有发疯，相反，近五年来它变得明智了。现在就连戴角制镜框眼镜的青年投机商人也已经懂得，生活只有三个范围：1．美国，在那里，人们在深可没颈的金元堆里浮游着；2．欧洲，人们在热烈地梦想着金元；3．俄罗斯，一个粗野的、疯狂的国家，那里的人们一反正当的看法，断言"真的就是好的"。

事变总是在它们的力量薄弱的地方结束的。历史的规律像山崩一样可怕。因此，世代注定了要灭亡。

戴角制镜框眼镜的青年人不再听信谎言了。他们需要的是理想主义！席勒只有在火油灯下，只有在平均运行速度下——每小时十公里——才能给虚构出来的。金元——这就是生活的全部追求。它不仅包含着巨大的购买力，而且孕育着新的理想主义的曙光和浪漫主义的奇迹。戴金边眼镜的青年人坐在咖啡馆里,在小茶几上摊开一张窄长的金元纸币,审视着它,于是眼前出现了一个光辉夺目的幻象:世界之王,杰比·摩根。礼帽帽檐压到眉头,他登上纽约交易所的阶梯,两万只眼睛盯着他那张死气沉沉的长脸。雪茄衔在他左嘴角上。证券暴跌。在富丽堂皇的邻宅里,人们写下临终遗言,然后开枪自杀。工厂纷纷解雇工人。那些为发财或养老而积下一些钱的可怜的凡夫,披头散发地跑去把证券换掉。

第二天,杰比·摩根戴着压到眉头的礼帽又登上交易所的阶梯。他那张长脸仍然是死气沉沉。雪茄衔在右嘴角上……证券猛涨。在富丽堂皇的邻宅里,人们写下临终遗言,然后开枪自杀。市场上的所有食品都被囤积,工人们睁着疯狂的眼睛,盯着食品店里空空的橱窗,刚才换掉了证券的可怜的凡夫,眼看着钞票在手里变成一堆废纸。

假如好好端详一下这张窄长的绿色纸币的话,那么,透过它你看到的还不止这些奇迹。仔细地看去,还可以看到一群群感染到饥饿和绝望的热病的人,火灾,巍峨的建筑物的四下飞溅的玻璃,枪口冒烟,成团的电车电线,竖满了刺刀的卡车,红旗,黑旗……黑色,黑色笼罩着欧洲。

而在那里(在莫斯科),在三棱的纪念碑上写着:"不劳动者不得食。"那里的人们断言,真理在于公道,公道在于每个人都能行使生活的权利;生活的权利便是劳动。国家担负了实现这些原则的任务。这个志向体现在专政上面。国家政权的专政,作用于两个极端之间:战争和有如植物生活一般的静止。国家观念(集体)高于个人观念。集体是指质的概念,而非量的概念(亦即个人的集合)而言。个人是自由的,当他的意志不是用来破坏集体的时候。这便是处在革命的第五个年头,世界大战开始九年以后的俄罗斯。

在这一幅严峻的图画里仿佛含有矛盾。革命(俄罗斯革命)的目的就是把个人从政治、经济和社会等方面的束缚下彻底解放出来。而个人在俄罗斯,比在俄罗斯以外的别国更加服从于集体。情况就是这样。但是,在战斗的时候兵士所寻求的难道是自由吗？他寻求的是胜利。俄罗斯此刻正处在渴望胜利的时候。整个俄罗斯在行动，在突飞猛进，它的存在还具有历史意义的，生活还是流动的，水也没有静止。国家政权在组织着，建设着，任务是艰巨的：俄罗斯伸展在半个世界里。

在俄罗斯，个人正在通过确立和建设强大的国家而走向解放。在欧洲（1923年），个人是自由的，个人在交易所的阶梯上实现自己的自由，干着证券投机的买卖。且让优秀的孤独者们写下优秀的关于精神自由的书籍吧——而戴金边眼镜的青年人却迫使幻想者们吃着马铃薯皮，明天又迫使他们由于没有食物而呼吸新鲜空气，后天要他们搬运砖头去建造富丽堂皇的邪宅（在那里，青年人当然会开枪自杀，因为有一天他会猜不到杰比·摩根的雪茄衔在哪一边的嘴角上）。

这样，戴金边眼镜的青年人目前还在购买橡皮棍子："必须坚决地消灭革命。"俄罗斯现在所遭遇到的就是这样的东西，这类乎人的东西。斗争不是迅速的，不是容易的，这是一场旧世界的余孽同新世界的第一代之间的斗争。

我看到了揶揄的微笑。唉，别这样迫不及待地嘲笑吧。稍稍等一下吧，要不了一年的。事件进行得这样神速，就像我们在翻阅一本历史书似的。就在不久以前，人们谈论中的俄罗斯无非还是一个饥饿和恐怖的国家，而现在政府却准备输出两亿普特的余粮。原来分裂成几个部分的国家已经重新集拢起来。就在欧洲工人的力量用来维持自己不致饿死的最起码的权利的时候，俄罗斯工人的力量却正在进行复兴和巩固自己的国家的伟大事业。

在俄国革命中燃起了一抹新的曙光。用货币来代替人的颜面的骇人听闻的时代将要过去。我们总有一天会从这场噩梦里醒过来。海洋不能转瞬干涸，大地也不会在一昼夜失掉绿色的外衣。人类不可能一下子无可救药地灭亡。文化的一根枯枝掉落下来，而就在近旁，新的枝条却欣欣向荣。

以"人对人——像狼一样"为标志的旧文化堕落到了使用橡皮棍子的地步，它将挣扎，抵抗，但是这个灭亡的时代将是可怕的、无人性的，正像戴着恐怖的纸面具的类乎人的东西一样没有人性。我是回家过艰苦的生活去的。但是，胜利将属于那些具有真理与正义的热情的人，——属于俄罗斯，属于那些将同它一起行进的、相信新生活的曙光的人民和阶级。到那时候，我们将在自己的和平的住宅的门前看到安静的大地、和平的田野、波浪起伏的庄稼。鸟儿将歌唱和平、安宁和幸福，歌唱在度过了凶年的大地上的幸福的劳动。

佳作点评

第一次世界大战爆发后，阿·托尔斯泰以战地记者的身份来到前线，到过英国和法国，写出一系列有关战争的随笔、特写以及小说等，如特写《行前寄语》（1915）、小说《美丽的夫人》和剧本《燕子》《魔鬼》等，表明他的思想感情开始接近人民。巴乌斯托夫斯基赞誉阿·托尔斯泰为"观察敏锐的天才"，在此文里我们依然可以领略到他犀利、深刻、富有逼压式的速度感的文风，因为他讲过"在艺术语言中最重要的是动词，这是很明白的。因为全部生活都是运动"。基于此，他讨论了金钱与理想的关系，敢于把置于战火下的俄罗斯跟西方世界的价值观进行比对，敢于承认"国家观念（集体）高于个人观念……个人是自由的，当他的意志不是用来破坏集体的时候"。他对俄罗斯大地上劳动者的热爱，正体现了他对自由的捍卫。

听 泉

□［日本］东山魁夷

鸟儿飞过旷野。一批又一批，成群的鸟儿接连不断地飞了过去。

有时候四五只联翩飞翔，有时候排成一字长蛇阵。看，多么壮阔的鸟群啊！

鸟儿鸣叫着，它们和睦相处，互相激励；有时又彼此憎恶，格斗，伤残。有的鸟儿因疾病、疲惫或衰老而失掉队伍。

今天，鸟群又飞过旷野，它们时而飞过碧绿的田园，看到小河在太阳照耀下流泻；时而飞过丛林，窥见鲜红的果实在树荫下闪现。想从前，这样的地方有的是。可如今，到处都是望不到边的漠漠荒原。任凭大地改换了模样，鸟儿一刻也不停歇，昨天，今天，明天，它们继续打这里飞过。

不要认为鸟儿都是按照自己的意志飞翔的。它们为什么飞？它们飞向何方？谁都弄不清楚，就连那些领头的鸟儿也无从知晓。

为什么必须飞得这样快？为什么就不能慢一点儿呢？

鸟儿只觉得光阴在匆匆忙忙中逝去了。然而，它们不知道时间是无限的，永恒的，逝去的只是鸟儿自己。它们像着了迷似的那样剧烈，那样急速地振翅翱翔。它们没有想到，这会招来不幸，会使鸟儿更快地从这块土地上消失。

鸟儿依然呼喇喇拍着翅膀，更急速，更剧烈地飞过去……

森林中有一泓清澈的泉水，发出叮叮咚咚的响声，悄然流淌。这里有鸟群休息的地方，尽管是短暂的，但对于飞越荒原的鸟群说来，这小憩何等珍贵！地球上的一切生物，都是这样，一天过去了，又去迎接明天的新生。

鸟儿在清泉旁歇歇翅膀，养养精神，倾听泉水的絮语。泉水啊，你是否指点了鸟儿要去的方向？

泉水从地层深处涌出来，不间断地奔流着，从古到今，阅尽地面上一切生物的生死、荣枯。因此，泉水一定知道鸟儿应该飞去的方向。

鸟儿站在清澈的水边，让泉水映照着身影，它们想必看到了自己疲倦的模样。它们终于明白了鸟儿作为天之骄子的时代已经一去不复返了。

鸟儿想随处都能看到泉水，这是困难的。因为，它们只能尽快飞翔。

不过，它们似乎有所觉悟，这样连续飞翔下去，到头来，群鸟本身就会泯灭的，但愿鸟儿尽早懂得这个道理。

我也是群鸟中的一只，所有的人们都是在荒凉的不毛之地上飞翔不息的鸟儿。

人人心中都有一股泉水，日常的烦乱生活，遮蔽了它的声音。当你夜半突然醒来，你会从心灵的深处，听到幽然的鸣声，那正是潺潺的泉水啊！

回想走过的道路，多少次在这旷野上迷失了方向。每逢这个时候，当我听到心灵深处的鸣泉，我就重新找到了前进的标志。

泉水常常问我：你对别人，对自己，是诚实的吗？我总是深感内疚，答不出话来，只好默默低着头。

我从事绘画，是出自内心的祈望：我想诚实地生活。心灵的泉水告诫我：要谦虚，要朴素，要舍弃清高和偏执。

心灵的泉水教导我：只有舍弃自我，才能看见真实。

舍弃自我是困难的，甚至是不可能的，我想。然而，絮絮低语的泉水明明白白对我说：美，正在于此。

▎佳作点评▎

作为日本杰出的诗人、画家，东山魁夷的散文其实在日本与川端康成并称"双璧"，可见地位之高。东山魁夷的艺术品格通过文字传达得惟妙惟肖，真正达到了"诗为心声、画为心境"的审美境界。而东山的散文是与其画作融为一体的，成为了他的散文标志。本文完全是一幅美丽清新的"鸟儿听泉图"，作家开头就对鸟儿生存状况予以揭示：有时和睦相处，互相激励；有时又彼此憎恶、格斗，甚至伤残。读者会由此联想到战争和暴力成为推动社会前进的疯狂社会。这种以物寓意的写作方法和画家清新自然的写实风格融为一体，使文章形成了冲淡、含蓄中哲思跃升的审美特点。本文最后一句，让人顿悟"舍我之后，月白风清"的大境界。

榕树的语言

□［印度］泰戈尔

红土路从我的窗前通向远方。

路上辚辚地移动着载货的牛车，绍塔尔族姑娘头顶着一大捆稻草去赶集，傍晚归来，撒了一路银铃般的笑声。

而今我的思绪并不在人走的路上驰骋。

我一生中，为各种愁闷的、为各种目标奋斗的年月，已经埋入往昔。如今身体欠佳、心情淡泊。

大海依旧汹涌澎湃，但在安置地球卧榻的幽深的底层，暗流把一切搅得混浊不清。当波浪平息，忽隐忽现，表面与底层处于充分和谐的状态时，大海是平静的。

同样，我拼搏的心灵憩息时，我在心灵深处获得的是宇宙元初的乐土。

以前我沿路边匆匆走过，无暇注视路边的榕树，如今，我专程来到窗前，开始与他接触。

他凝视着我的脸，心中好像非常着急，仿佛在说："你知道我的心思吗？"

"我知道，知道你的一切。"我宽慰他，"你不必那么焦急。"

宁静恢复了片刻，等我再度打量他时，他显得越发焦灼，碧绿的叶片摇颤不止，灼灼闪光。

我试图让他安静下来，说："别着急，我永远是你的朋友、伙伴。千百年来，在泥土的游戏室里，我和你一样，一口一口地吮吸阳光，分享大地甘美的乳汁。"

我听见他中间陡然起风的声响。他开口说："你说得很有道理。"

在我心脏血液的流动中回荡的语音，在光影中无声地旋转的音籁，化为绿叶的沙沙声，传到我的耳畔。这声音是宇宙的官方语言。

它的意思是说：我在，我在，我们同在。

那是莫大的欢乐，在那欢乐中宇宙的原子、分子瑟瑟发抖。今天，我和榕树同属一国子民，互述衷肠。

他问我："你终于回来了！"

"是的，挚友，我回来了。"我即刻回答。

于是，我们有节奏地鼓掌，欢呼着"我在，我在，我们同在"。

佳作点评

泰戈尔写过多篇名为"榕树"的诗歌、散文诗和散文。榕树既是故乡的化身，又是妈妈的化身，有些地方则成为历经风霜的哲人。文中对榕树的描写，则使我们联想到置身菩提树下的佛陀形象。

泰戈尔的行文没有刻意求工，没有惨淡经营，自然得像榕树一样充满生机。拟人化的处理方法，尽管被现在的文学家讥为小儿科，但拟人恰是最直接进入内心的方式之一。合理、自然，层层递进，直追生命的终极与天道。正因为人与自然的息息相通，才有彼此感应，才有合理的拟人。此文是拟人技法的一个经典。

花坞 ·[中国]郁达夫

南行杂记 ·[中国]郁达夫

翡冷翠山居闲话 ·[中国]徐志摩

我们的太平洋 ·[中国]鲁彦

长安寺 ·[中国]萧红

瑞士 ·[中国]朱自清

……

我坐而眺望

自然永远灵光焕发,毫不差错,它是唯一的、永恒普遍的光辉,万物从它那儿得到力量、生命和美,她是艺术的源泉、目的和检验的标准。

——蒲 柏

花　坞

□ ［中国］郁达夫

"花坞"这一个名字，大约是到过杭州，或在杭州住上几年的人，没有一个不晓得的，尤其是游西溪的人，平常总要一到花坞。二三十年前，汽车不通，公路未筑，要去游一次，真不容易；所以明明知道花坞的幽深清绝，但脚力不健，非好游如好色的诗人，不大会去。现在可不同了，从湖滨向北向西的坐汽车去，不消半个钟头，就能到花坞口外。而花坞的住民，每到了春秋佳日的放假日期，也会成群结队，在花坞口的那座凉亭里鹄候，预备来做一个临时导游的角色，好轻轻快快地赚取游客的两毛小洋；现在的花坞，可真成了第二云栖，或第三九溪十八涧了。

花坞的好处，是在它的三面环山，一谷直下的地理位置，石人坞不及它的深，龙归坞没有它的秀。而竹木萧疏，清溪蜿绕，庵堂错落，尼媪翩翩，更是花坞独有的迷人风韵。将人来比花坞，就像浔阳商妇，老抱琵琶；将花来比花坞，更像碧桃开谢，未死春心；将菜来比花坞，只好说冬菇烧豆腐，汤清而味隽了。

我的第一次去花坞，是在松木场放马山背后养病的时候，记得是一天日和风定的清秋的下午，坐了黄包车，过古荡，过东岳，看了伴风居，访过风木庵（是钱塘丁氏的别业），感到了口渴，就问车夫，这附近可有清静的乞茶之处？他就把我拉到了花坞的中间。

伴风居虽则结构堂皇，可是里面却也坍败得可以；至于杨家牌楼附近的风木庵里，丁氏的手迹尚新，茅庵的木架也在，但不晓怎么，一走进去，就感到了一种扑人的霉灰冷气。当时大厅上停在那里的两口丁氏的棺材，想是这一种冷气的发源之处，但泥墙倾圮，蛛网绕梁，与壁上挂在那里的字画屏条一对比，极自然地令人生出了"俯仰之间，已成陈迹"的感想。因为刚刚在看了这两处衰落的别墅之后，所以一到花坞，就觉得清新安逸，像世外桃源的样子了。

自北高峰后，向北直下的这一条坞里，没有洋楼，也没有伟大的建筑，而从竹叶杂树中间透露出来的屋檐半角，女墙一围，看将过去却又显得异常的整洁，异常的清丽。英文字典里有 Gottage 的这一个名字；而形容这些茅屋田庄的安闲小洁的字眼，又有着许多像 Tiny, Dainty, Snug 的绝妙佳词，我虽则还没有到过英国的乡间，但到了花坞，看了这些小庵却不能自已地便想起了这种只在小说里读过的英文字母。我手指着那些在林间散点着的小小的茅庵，回头来就问车夫："我们可能进去？"车夫说："自然是可以的。"于是就在一曲溪旁，走上了山路高一段的地方，到了静掩在那里的，双黑板的墙门之外。

车夫使劲敲了几下，庵里的木鱼声停了，接着门里头就有一位女人的声音，问外面谁在敲门。车夫说明了来意，铁门闩一响，半边的门开了，出来迎接我们的，却是一位白发盈头，皱纹很少的老婆婆。

庵里面的洁净，一间一间小房间的布置的清华，以及庭前屋后树木的参差掩映，和厅上佛座下经卷的纵横，你若看了之后，仍不起皈依弃世之心的，我敢断定你就是没有感觉的木石。

那位带发修行的老比丘尼去为我们烧茶煮水的中间，我远远听见了几声从谷底传来的鹊噪的声音；大约天时向暮，乌鹊来归巢了，谷里的静，反因这几声的急躁,而加深了一层。

我们静坐着,喝干了两壶极清极酽的茶后,该回去了。迟疑了一会,我就拿出了一张纸币,当作花钱,那一位老比丘尼却笑起来了,并且婉慢地说:"先生!这可以不必;我们是清修的庵,茶水是不用钱买的。"

推让了半天,她不得已就将这一元纸币交给了车夫,说:"这给你做个外快罢!"

这老尼的风度,和这一次逛花坞的情趣,我在十余年后的现在,还在津津地感到回味。所以前一礼拜的星期日,和新来杭州住的几位朋友遇见之后,他们问我"上哪里去玩?"我就立时提出了花坞。他们是有一乘自备汽车的,经松木场,过古荡东岳而去花坞,只须二十分钟,就可以到。

十余年来的变革,在花坞也留下了痕迹。竹木的清幽,山溪的静妙,虽则还同太古时一样,但房屋加多了,地价当然也增高了几百倍;而最令人感到不快的,却是这花坞的住民变作了狡猾的商人。庵里的尼媪,和禅院的老僧,也不像从前的恬淡了,建筑物和器具之类,并且处处还受着了欧洲的下劣趣味的恶化。

同去的几位,因为没有见到十余年前花坞的处女时期,所以仍旧感觉得非常满意,以为九溪十八涧、云栖决没有这样的清幽深邃;但在我的内心,却想起了一位素朴天真、沉静幽娴的少女,忽被有钱有势的人奸了以后又被弃的状态。

佳作点评

游记并不以搜索奇闻、描绘人物见长,不过是把作者亲历的风物记叙下来,由于取舍显示水准,所以最需功力。游记又是一种敏感的文体,处处以一己的感官为依托,就难免以偏概全。郁达夫的游记自然、清丽而寄情山水,酷似一杯龙井,根根垂立,却有一股来自生命的清苦之味在悄悄萦绕。郁达夫去花坞的时候，正是与妻子王映霞闹离婚的阶段，是为了散心而漫步。

　　花坞三面环山，一谷直下，竹木扶疏，清溪蜿绕，庵堂错落，幽谷清绝，美不胜收。他突转笔锋，"十余年来的变革，在花坞也留下了痕迹"，"伴风居坍败"，"风木庵里泥墙倾圮，蛛网绕梁"，这里"地价增高了几百倍"。抚今忆昔，哀景伤情，愤言道：秀美的花坞犹如被有钱有势者先奸后弃的素朴天真、沉静幽娴的少女。联系作者的现实处境，显然是一石二鸟。如今尼庵、花坞都没有了，它只存留在郁达夫的文字里，恩仇美丑都隐没在往事烟云中。

南行杂记

□［中国］郁达夫

一

上船的第二日,海里起了风浪,饭也不能吃,僵卧在舱里,自家倒得了一个反省的机会。

这时候,大约船在舟山岛外的海洋里,窗外又凄凄的下雨了。半年来的变化,病状,绝望,和一个女人的不名誉的纠葛,母亲的不了解我的恶骂,在上海的几个月的游荡,一幕一幕的过去的痕迹,很杂乱地尽在眼前交错。

上船前的几天,虽则是心里很牢落,然而实际上仍是一件事情也没有干妥。闲下来在船舱里这么的一想,竟想起了许多琐杂的事情来:

"那一笔钱,不晓几时才拿得出来?"

"分配的方法,不晓有没有对 C 君说清?"

"一包火腿和茶叶,不知究竟要什么时候才能送到北京?"

"啊!一封信又忘了!忘了!"

像这样的乱想了一阵,不知不觉,又昏昏的睡去,一直到了午后的三点多钟。在半醒半觉的昏睡余波里沉浸了一回，听见同舱的K和W在说话，并且话题逼近到自家的身上来了：

"D不晓得怎么样？"K的问话。

"叫他一声吧！"W答。

"喂，D！醒了吧？"K又放大了声音，向我叫。

"乌乌……乌……醒了，什么时候了？"

"舱里空气不好，我们上'突克'去换一换空气罢！"

K的提议，大家赞成了，自家也忙忙的起了床。风停了，雨也已经休止，"突克"上散坐着几个船客。海面的天空，有许多灰色的黑云在那里低徊。一阵一阵的大风渣沫，还时时吹上面来。湿空气里，只听见那几位同船者的杂话声。因为是粤音，所以辨不出什么话来，而实际上我也没有听取人家的说话的意思和准备。

三人在铁栏杆上靠了一会儿，K和W在笑谈什么话，我只呆呆的凝视着黯淡的海和天，动也不愿意动，话也不愿意说。

正在这一个失神的当儿，背后忽儿听见了一种清脆的女人的声音。回头来一看，却是昨天上船的时候看见过一眼的那个广东姑娘。她大约只有十七八岁年纪，衣服的材料虽则十分朴素，然而剪裁的式样，却很时髦。她的微突的两只近视眼，狭长的脸子，曲而且小且薄的嘴唇，梳的一条垂及腰际的辫发，不高不大的身材，并不白洁的皮肤，以及一举一动的姿势，简直和北京的银弟一样。昨天早晨，在匆忙杂乱的中间，看见了一眼，已经觉得奇怪了，今天在这一个短距离里，又深深地视察了一番，更觉得她和银弟的中间，确有一道相通的气质。在两三年前，或者又要弄出许多把戏来搅扰这一位可怜的姑娘的心意，但当精力消疲的此刻，竟和大病的人看见了丰美的盛馔一样，心里只起了一种怨恨，并不想有什么动作。

她手里抱着一个周岁内外的小孩，这小孩尽在吵着，仿佛要她抱上什么地方去的样子。她想想没法，也只好走近了我们的近边，把海浪指给那小孩看。我很自然的和她说了两句话,把小孩的一只肥手捏了一回。小孩还是吵着不已,她又只好把他抱回舱里去。我因为感着了微寒,也不愿意在"突克"上久立,过了几分钟,也就匆匆的跑回了船室。

吃完了较早的晚饭,和大家谈了些杂天,电灯上火的时候,窗外又凄凄的起了风雨。大家睡熟了,我因为白天三四个钟头的甜睡,这时候竟合不拢眼来。拿出了一本小说来读,读不上几行,又觉得毫无趣味。丢了书,直躺在被里,想来想去想了半天,觉得在这一个时候对于自家的情味最投合的,还是因那个广东女子而惹起的银弟的回忆。

计算起来,在北京的三年乱杂的生活里,比较得有一点前后的脉络,比较得值得回忆的,还是和银弟的一段恶姻缘。

人生是什么?恋爱又是什么?年纪已经到了三十,相貌又奇丑,毅力也不足,名誉,金钱都说不上的这一个可怜的生物,有谁来和你讲恋爱?在这一种绝望的状态里,醉闷的中间,真想不到会遇着这一个一样飘零的银弟!

我曾经对什么人都声明过:"银弟并不美。也没有什么特别可爱的地方。"若硬要说出一点好处来,那只有她的娇小的年纪和她的尚不十分腐化的童心。

酒后的一次访问,竟种下了恶根,在前年的岁暮,前后两三个月里,弄得我心力耗尽,一直到此刻还没有恢复过来,全身只剩了一层瘦黄的薄皮包着的一副残骨。

这当然说不上是什么恋爱,然而和平常的人肉买卖,仿佛也有点分别。啊啊,你们若要笑我的蠢,笑我的无聊,也只好由你们笑,实际上银弟的身世是有点可同情的地方在那里。

她父亲是乡下的裁缝,没出息的裁缝,本来是苏州塘口的一个恶少年,因为姘识了她的娘,他们俩就逃到了上海,在浙江路的荣安里开设了一间裁缝摊。当然是一间裁缝摊,并不是铺子。在这苦中带乐的生涯里,银弟生下了地。过了几时，她父亲又在上海拐了一笔钱和一个女子，大小四人就又从上海逃到了北京。拐来的那个女子，后来当然只好去当娼妓，银弟的娘也因为男人的不德，饮上了酒，渐渐的变成了班子里的龟婆。罪恶贯盈，她父亲竟于一天严寒的晚上在雪窠里醉死了。她的娘以节蓄下来的四五百块恶钱，包了一个姑娘，勉强维持她的生活。像这样的日子，过了几年，银弟也长大了。在这中间，她的娘自然不能安分守寡，和一个年轻的琴师又结成了夫妇。循环报应，并不是天理，大约是人事当然的结果。前年春天，银弟也从"度嫁"的身份进了一步，去上捐当作了娼女。而我这前世作孽的冤鬼，也同她前后同时的浮荡在北京城里。

　　第一次去访问之后，她已经把我的名姓记住，第二天晚上十一点前后醉了回家，家里的老妈子就告诉我说："有一位姓董的，已经打了好几次电话来了。"我当初摸不着头脑，按了老妈子告诉我的号码就打了一个回电。及听到接电话的人说是蘼香馆，我才想起了前一晚的事情，所以并没有教他去叫银弟讲话，马上就把接话机挂上了。

　　记得这是前年九十月中的事情，此后天气一天寒似一天，国内的经济界也因为政局的不安一天衰落一天，胡同里车马的稀少，也是当然的结果。这中间我虽则经济并不宽裕，然而东挪西借，一直到年底止，为银弟开销的账目，总结起来，也有几百块钱的样子。在阔人很多的北京城里，这几百块钱，当然算不得什么一回事，可是由相貌不扬，衣饰不富，经验不足的银弟看来，我已经是她的恩客了。此外还有一件事情，说出来是谁也不相信的，使她更加把我当作了一个不是平常的客人看。

　　一天北风刮得很厉害，寒空里黑云飞满，仿佛就要下雪的日暮，我和几个朋友，在游艺园看完戏之后，上小有天去吃夜饭去。这时候房间和散座，都被人占去了，我们只得在门前小坐，候人家的空位。过了一忽，银弟和一个四十左右的绅士，从里面一间小房间里出来了。当她经过我面前的时候，一位和我去过她那里的朋友，很冒失的叫了她一声，她抬头一看，才注意到我的身上，窑子在游戏场同时遇见两个客人本来是常有的事情，但她仿佛是很难为情的丢下了那个客人来和我招呼。我一点也不变脸色，仍复是平平和和的对她说了几句话，叫她快些出去，免得那个客人要起疑心。她起初还以为我在吃醋，后来看出了我的真心，才很快活的走了。

好容易等到了一间空屋，又因为和银弟讲了几句话的结果，被人家先占了去，我们等了二十几分钟，才得了一间空座进去坐了。吃菜吃到第二碗，伙计在外边嚷，说有电话，要请一位姓×的先生说话。我起初还不很注意，后来听伙计叫的的确是和我一样的姓，心里想或者是家里打来的，因为他们知道我在游艺园，而小有天又是我常去吃晚饭的地方。猫猫虎虎到电话口去一听，就听出了银弟的声音。她要我马上去她那里，她说刚才那个客人本来要请她听戏，但她拒绝了。我本来是不想去的，但吃完晚饭，出游艺园的时候，时间还早，朋友们不愿意就此分散，大家你一句我一句，就决定要我上银弟那里去问她的罪。

在她房里坐了一个多钟头，接着又打了四圈牌，吃完了酒，想马上回家，而银弟和同去的朋友，都要我在那里留宿。他们出去之后，并且把房门带上，在外面上了锁。

那时候已经是一点多钟了，妓院里特有的那一种艳乱的杂音，早已停歇，窗外的风声，倒反而加起劲来。银弟拉我到火炉旁边去坐下，问我何以不愿意在她那里宿。我只是对她笑笑，吸着烟，不和她说话。她呆了一会，就把头搁在我的肩上，哭了起来。妓女的眼泪，本来是不值钱的，尤其是那时候我和她的交情并不深，自从头一次访问之后，拢总还不过去了三四次，所以我看了她这一种样子，心里倒觉得很不快活，以为她在那里用手段。哭了半天，我只好抱她上床，和她横靠在叠好的被条上面。她止住眼泪之后，又沉默了好久，才慢慢地举起头来说：

"耐格人啊，真姆拨良心！……"

又停了几分钟，感伤的话，一齐的发出来了：

"平常日甲末，耐总勿肯来，来仔末，总说两句鬼话啦，就跑脱哉。打电话末，总教老妈子回复，说'勿拉屋里！'真朝碰着仔，要耐来拉给搭，耐回想跑回起，叫人家格面子阿过得起？……数数看，像娥给当人，实在勿配做耐格朋友……"

说到了这里，她又重新哭了起来，我的心也被她哭软了。拿出手帕来替她擦干了眼泪，我不由自主的吻了她好半天。换了衣服，洗了身，和她在被里睡好，桌上的摆钟，正敲了四下。这时候她的余哀未去，我也很起了一种悲感，所以两人虽抱在一起，心里却并没有失掉互相尊敬的心思。第二天一直睡到午前的十点钟起来，两人间也不曾有一点猥亵的行为。起床之后，洗完脸，要去叫早点心的时候，她问我吃荤的呢还是吃素的，我对她笑了一笑，她才跑过来捏了我一把，轻轻的骂我说：

"耐拉取笑娥呢，回是勒拉取笑耐自家？"

我也轻轻的回答她说：

"我益格沫事，已经割脱着！"

这一晚的事情，说出来大家总不肯相信，但从此之后，她对我的感情，的确是剧变了。因此我也更加觉得她的可怜，所以自那时候起到年底止的两三个月中间，我竟为她付了几百块钱的账。当她不净的时候，也接连在她那里留了好几夜宿。

去年正月，因为一位朋友要我去帮他的忙，不得不在兵荒燎乱之际，离开北京，西车站的她的一场大哭，又给了我一个很深的印象。

躺在船舱里的棉被上，把银弟和我中间的一场一场的悲喜剧，回想起来之后，神经愈觉得兴奋，愈是睡不着了。不得已只好起来，拿了烟罐火柴，想上食堂去吸烟去。跳下了床，开门出来，在门外的通路上，却巧又遇见了那位很像银弟的广东姑娘。我因为正在回忆之后，突然见了她的形象，照耀在电灯光里，心里忽而起了一种奇妙的感觉，竟瞪了两眼，呆呆的站住了。她看了我的奇怪的样子，也好像很诧异似的站住了脚。这时候幸亏同船者都已睡尽，没有人看见，而我也于一分钟之内，回复了意识，便不慌不忙的走过她的身边，对她问了一声："还没有睡么？"就上食堂去吸烟去。

二

从上海出发之后第四天的早晨，听说是已经过了汕头，也许今天晚上可以进虎门的。船客的脸上，都现出一种希望的表情来，天也放晴，"突克"上的人声也嘈杂起来了。

这一次的航海，总算还好，风浪不十分大，路上也没有遇着强盗，而今天所走的地方，已经是安全地带了。在"突克"的左旁，一位广东的老商人，一边拿了望远镜在望海边的岛屿，一边很努力的用了普通话对我说了一段话。

太阳忽隐忽现，海风还是微微的拂上面来，我们究竟向南走了几千里路，原是谁也说不清楚，可是纬度的变迁的证明，从我们的换了夹衣之后，还觉得闷热的事实上找得出来，所以我也不知不觉的对那老商人说：

"老先生，我们已经接触了南国的风光了！"

吃了早午饭，又在"突克"上和那老商人站立了一回，看看远处的岛屿海岸，也没有什么不同的变化，我就回到了舱里去享受午睡。大约是几天来运动不足，消化不良的缘故，头一搁上枕，就作了许多乱梦。梦见了去年在北京德国病院里死的一位朋友，梦见了两月前头，在故乡和我要好的那个女人，又梦见了几回哥哥和我吵闹的情形，最后又梦见我自家在一家酒店门口发怔，因为这酒家柜上，一盘一盘陈列着在卖的尽是煮熟了的人头和人的上半身。

午后三点多钟，睡醒之后，又上"突克"去看了一次，四面的景色，还是和午前一样，问问同伴，说要明天午后，才得到广州，幸而这时候那广东姑娘出来了,和她不即不离的说了几句极普通的话,觉得旅愁又减少了一点。这一晚和前几晚一样,看了几页小说,吸了几支烟,想了些前后错杂的事情,就不知不觉的睡着了。

船到虎门外,等领港的到来,慢慢的驶进珠江,是在开船后第五天的午后三点多钟,天空黯淡,细雨丝丝在下,四面的小岛,远近的渔村,水边的绿树,使一般船客都中心不定地跑来跑去在"突克"和舱室的中间行走,南方的风物,煞是离奇,煞是可爱!

若在北方,这时候只是一片黄沙瘠土,空林里总认不出一串青枝绿叶来,而这南乡的二月,水边山上,苍翠欲滴的树叶,不消再说,江岸附近的水田里,仿佛是已经在忙分秧稻的样子。珠江江口,汊港又多,小岛更伙,望南望北,看得出来的,不是嫩绿浓荫的高树,便是方圆整洁的农园。树荫下有依水傍山的瓦屋,园场里排列着荔枝龙眼的长行,中间且有粗枝大干、红似相思的木棉花树,这是梦境呢还是实际?我在船头上竟看得发呆了。

"美啊!这不是和日本长崎口外的风景一样么?"同舱的K叫着说。

"美啊!这简直是江南五月的清和景!"同舱的W也受了感动。

"可惜今天的天气不好,把这一幅好景致染上了忧郁的色彩。"我也附和他们说。

船慢慢的进了珠江,两岸的水乡人家的春联和门楣上的横额,都看得清清楚楚。前面老远,在空濛的烟雨里,有两座小小的宝塔看见了。

"那是广州城!"

"那是黄埔!"

像这样的惊喜的叫唤,时时可以听见,而细雨还是不止,天色竟阴阴的晚了。

吃过晚饭,再走出舱来的时候,四面已经是夜景了。远近的湾港里,时有几盏明灭的渔灯看得出来,岸上人家的墙壁,还依稀可以辨认。广州城的灯火，看得很清，可是问问船员，说到白鹅潭还有二十多里。立在黄昏的细雨里，尽把脖子伸长，向黑暗中瞭望，也没有什么意思，又想回到食堂里去吸烟，但W和K却不愿意离开"突克"。

不知经过了几久，轮船的轮机声停止了。"突克"上充满了压人的寂静，几个喜欢说话的人，也受了这寂静的威胁，不敢作声，忽而船停住了，跑来跑去有几个水手呼唤的声音。轮船下舢板中的男女的声音，也听得出来了，四面的灯火人家，也增加了数目。舱里的茶房，不知道什么时候出来的，这时候也站在我们的身旁，对我们说：

"船已经到了，你们还是回舱去照料东西罢！广东地方可不是好地方。"

我们问他可不可以上岸去，他说晚上雇舢板危险，还不如明天早上上去的好，这一晚总算到了广州，而仍在船上宿了一宵。

在白鹅潭的一宿，也算是这次南行的一个纪念，总算又和那广东姑娘同在一只船上多睡了一晚。第二天早晨，天一亮，不及和那姑娘话别，我们就雇了小艇，冒雨冲上岸来了。

佳作点评

1926年郁达夫南下，希望投身于大潮涌动的社会，但他遇到是"鬼蜮弄大旗，在那儿所见到的，又只是些阴谋诡计，卑鄙污浊。一种幻想，如儿童吹玩的肥皂球儿，不待半年，就被现实的恶风吹破了"。加上诗人天生一副病体，读完《南行杂记》，谁不会油然而生出人生无常的感慨？他描绘的"滴答的坠枣之声"令人感伤不已，这哪里是枣子的坠落声啊，诗人听到的分明是生命的殒落声——尽管他不再深说。在《南行杂记》里，郁达夫承认了自己的情欲历险，等于是自白，这体现了诗人的坦荡情怀。毕竟宿妓实在不是一件光彩的事，但在郁达夫笔下却表现出十足的缠绵，尤其写多情的自己，更是不易。那位并未完全腐化的妓女，因在船上见了一位相貌类似的姑娘而被郁达夫回忆起的银弟，他与她同为弱者，深刻体现了郁达夫阴柔的性情。

翡冷翠山居闲话

□ [中国] 徐志摩

在这里出门散步去，上山或是下山，在一个晴好的五月的夜晚，正像是去赴一个美的宴会，比如去一果子园，那边每株树上都是满挂着诗情最秀逸的果实，假如你单是站着看还不满意时，只要你一伸手就可以采取，可以恣尝鲜味，足够你性灵的迷醉。阳光正好暖和，决不过暖；风息是温驯的，而且往往因为他是从繁花的山林里吹度过来，他带来一股幽远的淡香，连着一息滋润的水汽，摩挲着你的颜面。轻绕着你的肩腰，就这单纯的呼吸已是无穷的愉快；空气总是明净的，近谷内不生烟，远山上不起霭，那美秀风景的全部正像画片似的展露在你的眼前，供你闲暇的鉴赏。

作客山中的妙处，尤在你永不须踌躇你的服色与体态；你不妨摇曳着一头的蓬草，不妨纵容你满腮的苔藓；你爱穿什么就穿什么；扮一个牧童，扮一个渔翁，装一个农夫，装一个走江湖的吉卜赛，装一个猎户；你再不必提心整理你的领结，你尽可以不用领结，给你的颈根与胸膛一半日的自由，你可以拿一条镶边艳色的长巾包在你的头上，学一个太平军的头目，或是拜伦那埃及装的姿态；但最要紧的是穿上你最旧的旧鞋，别管他模样不佳，他们是顶可爱的好友，他们承着你的体重却不叫你记起你还有一双脚在你的底下。这样的玩顶好是不要约伴,我竟想严格的取缔,只许你独身;因为有了伴多少总得叫你分心,尤其是年轻的女伴,那是最危险最专制不过的旅伴,你应得躲避她像你躲避青草里一条美丽的花蛇!平常我们从自己家里走到朋友的家里,或是我们执事的地方,那无非是在同一个大牢里从一间狱室移到另一间狱室去,拘束永远跟着我们,自由永远寻不到我们;但在这春夏间美秀的山中或乡间你要是有机会独身闲逛时,那才是你福星高照的时候,那才是你实际领受,亲口尝味自由与自在的时候,那才是你肉体与灵魂行动一致的时候;朋友们,我们多长一岁年纪往往只是加重我们头上的枷,加紧我们脚胫上的链,我们见小孩子在草里在沙堆里在浅水里打滚作乐,或是看见小猫追他自己的尾巴,何尝没有羡慕的时候,但我们的枷,我们的链永远是制定我们行动的上司!所以只有你单身奔赴大自然的怀抱时,像一个裸体的小孩扑入他母亲的怀抱时,你才知道灵魂的愉快是怎样的,单是活着的快乐是怎样的,单就呼吸单就走道单就张眼看耸耳听的幸福是怎样的。因此你得严格的为己,极端的自私,只许你,体魄与性灵,与自然同在一个脉搏里跳动,同在一个音波里起伏,同在一个神奇的宇宙里自得。我们浑朴的天真是像含羞草似的娇柔,一经同伴的抵触,他就卷了起来,但在澄静的日光下,和风中,他的姿态是自然的,他的生活是无阻碍的。

　　你一个人漫游的时候,你就会在青草里坐地仰卧,甚至有时打滚,因为草的和暖的颜色自然唤起你童稚的活泼;在静僻的道上你就会不自主的狂舞,看着你自己的身影幻出种种诡异的变相,因为道旁树木的阴影在他们迂徐的婆娑里暗示你舞蹈的快乐;你也会得信口的歌唱,偶尔记起断片的音调,与你自己随口的小曲,因为树林中的莺燕告诉你春光是应得赞美的;更不必说你的胸襟自然会跟着漫长的山径开拓,你的心地会看着澄蓝的天空静定,你的思想和着山壑间的水声,山罅里的泉响,有时一澄到底的清澈,有时激起成章的波动,流,流,流入凉爽的橄榄林中,流入妩媚的阿诺河去……并且你不但不须应伴，每逢这样的游行，你也不必带书。书是理想的伴侣，但你应得带书，是在火车上，在你住处的客室里，不是在你独身漫步的时候。什么伟大的深沉的鼓舞的清明的优美的思想的根源不是可以在风籁中，云彩里，山势与地形的起伏里，花草的颜色与香息里寻得？自然是最伟大的一部书。歌德说，在他每一页的字句里我们读得最深奥的消息。并且这书上的文字是人人懂得的；阿尔卑斯与五老峰，雪西里与普陀山，莱茵河与扬子江，梨梦湖与西子湖，建兰与琼花，杭州西溪的芦雪与威尼斯夕照的红潮，百灵与夜莺，更不提一般黄的黄麦，一般紫的紫藤，一般青的青草同在大地上生长，同在和风中波动——他们应用的符号是永远一致的，他们的意义是永远明显的，只要你自己性灵上不长疮瘢，眼不盲，耳不塞，这无形迹的最高等教育便永远是你的名分，这不取费的最珍贵的补剂便永远供你的受用；只要你认识了这一部书，你在这世界上寂寞时便不寂寞，穷困时不穷困，苦恼时有安慰，挫折时有鼓励，软弱时有督责，迷失时有指南针。

佳作点评

"翡冷翠"是徐志摩对意大利名城佛罗伦萨的个性翻译，译名充满诗意，至今给人无尽遐想。徐志摩个性率真，从不掩饰自己，本文当是极好的自白。文章里，浪漫成性、广有女人缘的徐志摩一反常态朝女人开火，称女人为"美丽的花蛇"。其实"既爱江山又爱美人"的诗人，如果非要在美女和美景之间做出选择，他选择了后者，只是为了独享风景，体现了一种毅然决然的选择，对徐志摩而言，是少见的决绝。熟读大自然这本书后，草的颜色唤起童稚的活泼，树木的阴影暗示舞蹈的快乐，林中的莺燕告诉应赞美春光——心灵向澄蓝的天空敞开，思想与水声、泉响流入自然深处——精神跟随自然，融入自然。作者向往"天人合一"的境界。其实，他是渴望成为文章中的自然之子；至于现实，那是另外一回事了。这就是徐志摩。

我们的太平洋

□ [中国] 鲁彦

倘若我问你:"你喜欢西湖吗?"你一定回答说:"是的,我非常喜欢!"

但是,倘若我问你说:"你喜欢后湖吗?"你一定摇一摇头说:"哪里比得上西湖!"或者,你竟露着奇异的眼光,反问我说:"哪一个后湖呀?"

哦,我所说的是南京的后湖,它又叫作玄武湖。

倘若你以前到过南京,你一定知道这个又叫作玄武湖的后湖。倘若你近来住在南京或到过南京,你一定知道它又改了名字了。它现在叫作五洲公园了,是不是?

但是,说你喜欢,我不能够代你确定的答复,如其说你喜欢后湖比喜欢西湖更甚,那我简直想也不敢这样想了,自然,你一定更喜欢西湖的。

然而,我自己却和你相反。我更喜欢后湖。你要用西湖的山水名胜来和我所喜欢的后湖比较,你是徒然的。我是不注意这些。我可以给你满意的答复:"后湖并不像西湖那样的秀丽。"而且我还敢保证你说:"你更喜欢西湖,是完全对的。"但我这样的说法,可并不取消我自己的喜欢。我自己,还是更喜欢后湖的。

后湖的一边有一座紫金山,你一定知道。它很高。它没有生产什么树木。它只是一座裸秃的山，一座没有春夏的山。没有什么山洞，也没有什么蹊径。它这里的云雾没有像在西湖的那么神秘奇妙，不能引起你的甜美的幻梦。它能给你的常是寂寞与悲凉，浩歌与哀悼。但是，这样也就很好了，我觉得。它虽没有西湖的秀丽，它可有它的雄壮。

后湖的又一边有一座城墙，你也一定知道。这是西湖所没有的。在游人这一点上来比较，有点像西湖的苏堤。但是它没有妩媚的红桃绿柳的映衬。它是一座废堞残垣的古城。它不能给青年男女黄金一般的迷梦。你到了那里，就好像热情之神 Apollo 到了雅典的卫城上，发觉了潜伏在幸福背后的悲哀。我觉得，这样更好。她能使你味澈到人生的真谛。

但是我喜欢后湖，还不在这里。我对它的喜欢的开始，还不是在最近。那已是十年以前的事了。

十年以前，我曾在南京住了将近半年。如同我喜欢吃多量的醋——你可不要取笑我——拌干丝一样，我几乎是天天到后湖去的。我很少独自去的时候，常有很多的同伴。有时，一只船容不下，便分开在两只船里。

第一个使我喜欢后湖的原因，是在同伴。他们都和我一样年轻，活泼得有点类于疯狂的放荡。大家还不曾肩上生活的重担，只知道快乐。只有其中的一位广东朋友，常去拜访爱人被取笑"割草"的，和我已经负上了人的生活的担子的，比较有点忧郁，但是实际上还是非常的轻微，它像是浮云一样，最容易被微风吹开。这几个有着十足的天真的青年凑在一起，有说有笑，有叫有唱，常常到后湖去，于是后湖便被我喜欢了。

第二个原因，是在船。它是一种平常的朴素的小渔船，没有修饰，老老实实的破着，漏的漏着。船中偶然放着一二个乡人用的小竹椅或破板凳，我们须分坐在船头和船栏上。没有篷，使我们容易接受阳光或风雨，船里有了四支桨，一支篙。船夫并不拘束我们，不需要他时他可以留岸上。我是从小在故乡的河里，瞒着母亲弄惯了船的，我当然非常高兴拿着一支桨坐在船尾，替代了船夫。船既由我们自己弄，于是要纵要横，要搁浅要抛锚，要靠岸要随风飘荡，一切都可以随便了。这样，船既朴素得可爱，又玩得自由，后湖便更被我喜欢了。

第三个原因是湖中的茭儿菜与荷花。当它们最茂盛的时候，很多地方几乎只有一线狭窄的船路。船从中间驶了去，沙沙地挤动着两边的枝叶，闻到清鲜的香气，时时受到叶上的水滴的袭击。它们高高地遮住了我们的视线，迷住了我们的方向，柳暗花明地常常觉得前面是绝径了，又豁然开朗的展开一条路来。当它们枯萎到水面水下的时候，我们的船常常遇到搁浅，经过一番努力，又荡漾在无阻碍的所在。有时，四五个人合着力，故意往搁浅的所在驶了去，你撑篙，我扯草根，想探出一条路来。我们的精力正是最充足的时候，我们并不惋惜几小时的徒然的探险。这样，湖中有了茭儿菜与荷花，使我们趣味横生，我自然愈加喜欢后湖了。

第四，是后湖的水闸。靠了船，爬到城墙根，水闸的上面有一个可怕的阴暗的深洞。从另一条路走到水闸边，看见了迸发的瀑布。我们在这里大声唱了起来，宛如音乐家对着海的洪涛练习喉音一样。洁白的瀑布诱惑着我们脱鞋袜，走去受洗礼，随后还逼我们到湖中去洗浴游泳，倘若天气暖热的话。在这里，我们的精力完全随着喜欢消耗尽了。这又是我更喜欢后湖的一个原因。

第五，最后而又最大的使我喜欢后湖的原因了。那就是，我们的太平洋。太平洋，原来被我们发现在后湖里了。这是被我们中间的一个同伴，一个诗人兼哲学家的同伴所首先发现，所提议而加衔的。它的区域就在离开水闸不远起，到对面的洲的末尾的近处止。这里是一个最宽广的所在，也是湖水最深的所在。后湖里几乎到处都有茭菜与荷花或水草，只有这里是一年四季露着汪洋的一片的。这里的太阳显得特别强烈，风也显得特别大。显然的，这里的气候也俨然不同了。我们中间没有一个人反对这"太平洋"新名字。我们都的确觉得到了真正的太平洋了。梦呵！我们已经占据了半个地球了！我们已经很疲乏，我们现在要在太平洋里休息了。任你把我们飘到地球的那一角去吧，太平洋上的风！我们丢了桨，躺在船上，仰望着空间的浮云，不复注意到时间的流动。我们把脚拖在太平洋里，听着默默的波声，呼吸着最清新的空气。我们暂时的静默了。我们已经和大自然融合在一起。还有什么比太平洋更可爱，更伟大呢？而我们是，每次每次在那里飘漾着，在那里梦想着未来，在那里观望着宇宙间的幻变，在那里倾听着地球的转动，在那里消磨它幸福的青春。我们完全占有了太平洋了……

够了，我不再说到洲上的樱桃，也不再说到翻船的朋友那些事，是怎样怎样的有趣，我只举出了上面的五点。你说西湖比后湖好，你可能说后湖所有的这几点，西湖也有？尤其是，我们的太平洋？

或者你要说，几十年以前，西湖的船，西湖的水草，西湖的水，都和我说的相仿佛，和我所喜欢的后湖一样朴素，一样自然。但是，我告诉你，我没有亲自看见过。当我离开南京后两年光景，当我看见西湖的时候，西湖已经是粉饰华丽得不像一个处女似的西子了。

"就是后湖，也已经大大的改变，不像你所说的十年前的可爱了。"你一定会这样的说的，是不是？

那是我承认的。几年前我已经看见它改变了许多了。

后湖的船已经变得十分的华丽，水闸已经不通，马路已经展开在洲上。它的名字也已经换做五洲公园了。

尤其是，我的同伴已经散失了：我们中间最有天才的画家已经睡在地下，诗人兼哲学家流落在极远的边疆，拖木屐的朋友在南海入了赘，"割草"的工人和在后湖里栽跟斗的莽汉等等都已不晓得行踪和存亡了。我呢，在生活的重担下磨炼着，已经将要老了。倘若我的年青时代的同伴再能集合起来，我相信每个人的额上已经刻下了很深的创痕，而天真和快乐，也一定不复存在了。

然而，只要我活着，即使我们的太平洋填成了大陆，甚至整个的后湖变成了大陆，我还是喜欢后湖的。因为我活着的时候，我不会忘记我们的太平洋。

你说你更喜欢西湖。

我说我更喜欢后湖。

你喜欢你的西湖，我喜欢我的后湖就是。

你说西湖最好。

我说后湖最好。

你说你的，我说我的。

天下事，原来有人喜欢的都是好的，从没有好的都使人喜欢。

你说是吗？

佳作点评

王鲁彦是"五四"以后"乡土文学"中的重要作家。他的作品多描写家乡生活，充满乡土气息，往往在娓娓的叙事中和深切的状物中抒写自己的真挚感情。本文使用了一系列类比，层层递进，宛如波浪跌宕，却毫不紊乱，因而具有很强的文体气势。他罗列出的喜欢"太平洋"的五大理由，等于把"太平洋"的不同季节的形态、船影、植被全然一网打尽。他还暗示了一句："西湖已经是粉饰华丽得不像一个处女似的西子了。"清纯是这个世界的尤物，只可远观不可亵玩焉。而这样的清纯，是否又存在于"我们的太平洋"呢？这叫如人饮水，冷暖自知。结尾处，王鲁彦学了一次列夫·托尔斯泰的"幸福论句式"："天下事，原来有人喜欢的都是好的，从没好的都使人喜欢。"应该说，他"化"得很巧妙。

长安寺

□［中国］萧红

接引殿里的佛前灯一排一排的,每个顶着一颗小灯花燃在案子上。敲钟的声音一到接近黄昏的时候就稀少下来,并且渐渐地简直一声不响了。因为烧香拜佛的人都回家去吃着晚饭。

大雄宝殿里,也同样哑默默地,每个塑像都站在自己的地盘上忧郁起来,因为黑暗开始挂在他们的脸上。长眉大仙,伏虎大仙,赤脚大仙,达摩,他们分不出哪个是牵着虎的,哪个是赤着脚的。他们通通安安静静地同叫着别的名字的许多塑像分站在大雄宝殿的两壁。

只有大肚弥勒佛还在笑眯眯地看着打扫殿堂的人,因为打扫殿堂的人把小灯放在弥勒佛脚前的缘故。

厚沉沉的圆圆的蒲团,被打扫殿堂的人一个一个地拾起来,高高地把它们靠着墙堆了起来。香火着在释迦牟尼的脚前,就要熄灭的样子,昏昏暗暗地,若不去寻找,简直看不见了似的,只不过香火的气息缭绕在灰暗的微光里。

接引殿前,石桥下边池里的小龟,不再像日里那样把头探在水面上。用胡芝麻磨着香油的小石磨也停止了转动。磨香油的人也在收拾着家具。

庙前喝茶的都戴起了帽子，打算回家去。冲茶的红脸的那个老头，在小桌上自己吃着一碗素面，大概那就是他的晚餐了。

过年的时候，这庙就更温暖而热气腾腾的了，烧香拜佛的人东看看，西望望。用着他们特有的悠闲，摸一摸石桥的栏杆的花纹，而后研究着想多发现几个桥下的乌龟。有一个老太婆背着一个黄口袋，在右边的胯骨上，那口袋上写着"进香"两个黑字，她已经跨出了当门的殿堂的后门，她又急急忙忙地从那后门转回去。我很奇怪地看着她，以为她掉了东西。大家想想看吧！她一翻身就跪下，迎着殿堂的后门向前磕了一个头。看她的年岁，有60多岁，但那磕头的动作，来得非常灵活，我看她走在石桥上也照样的精神而庄严。为着过年才做起来的新缎子帽，闪亮地向着接引殿去朝拜了。佛前钟在一个老和尚手里拿着的钟锤下当当地响了三声，那老太婆就跪在蒲团上安详地磕了三个头。这次磕头却并不像方才在前面殿堂的后门磕得那样热情而慌张。我想了半天才明白，方才，就是前一刻，一定是她觉得自己太疏忽了，怕是那尊面向着后门口的佛见她怪，而急急忙忙地请他恕罪的意思。

卖花生糖的肩上挂着一个小箱子，里边装了三四样糖，花生糖、炒米糖，还有胡桃糖。卖瓜子的提着一个长条的小竹篮，篮子的一头是白瓜籽，一头是盐花生。而这里不大流行难民卖的一包一包的"瓜籽大王"。青茶，素面，不加装饰的，一个铜板随手抓过一撮来就放在嘴上磕的白瓜籽，就已经十足了。所以这庙里吃茶的人，都觉得别有风味。

耳朵听的是梵钟和诵经的声音；眼睛看的是些悠闲而且自得的游庙或烧香的人；鼻子所闻到的，不用说是檀香和别的香料的气息。所以这种吃茶的地方确实使人喜欢，又可以吃茶，又可以观风景看游人。比起重庆的所有的吃茶店来都好。尤其是那冲茶的红脸的老头，他总是高高兴兴的，走路时喜欢把身子向两边摆着，好像他故意把重心一会放在左腿上，一会放在右腿上。每当他掀起茶盅的盖子时，他的话就来了，一串一串的，他说：我们这四川没有啥好的，若不是打日本，先生们请也请不到这地方。他再说下去，就不懂了，他谈的和诗句一样。这时候他要冲在茶盅的开水，从壶嘴如同一条水落进茶盅来。他拿起盖子来把茶盅扣住了，那里边上下游着的小鱼似的茶叶也被盖子扣住了，反正这地方是安静得可喜的，一切都是太平无事。

坊的水龙就在石桥的旁边和佛堂斜对着面。里边放置着什么，我没有机会去看，但有一次重庆的防空演习我是看过的，用人推着哇哇的山响的水龙，一个水龙大概可装两桶水的样子，可是非常沉重，四五个人连推带挽。若着起火来，我看那水龙到不了火已经落了。那仿佛就写着什么坊一类的字样。唯有这些东西，在庙里算是一个不调和的设备，而且也破坏了安静和统一。庙的墙壁上，不是大大的写着"观世音菩萨"吗？庄严静穆，这是一块没有受到外面侵扰的重庆的唯一的地方。他说，一花一世界，这是一个小世界，应作如是观。

但我突然神经过敏起来——可能有一天这上面会落下了敌人的一颗炸弹。而可能的那两条水龙也救不了这场大火。那时，那些喝茶的将没有着落了，假如他们不愿意茶摊埋在瓦砾场上。

我顿然地感到悲哀。

1939年4月，歌乐山

佳作点评

重庆的金碧山顶有重庆最大的寺院崇因寺，因寺院临近长安洞，明朝时就改叫它长安寺。一九三九年初萧红来到这一清幽所在，她心系国事，心情无法宁静，因为日军飞机随时都可能将炸弹扔到这里来的，生发开去的思绪使这篇散文的题旨得到了升华。萧红对涂炭生灵的侵略者的满腔仇恨，在这类记游题材的小品里也表现得十分突出。萧红的描绘极有节制，比如她对冲茶"幺师"的描绘，点到为止，并不多写。这样的节制造成了一种文本的张力，因为读者突然会被她惊人的直觉震惊。一花一世界，这样的古寺只是一个小世界，但是战火之下，岂有完卵！这就是萧红的直觉。历史印证了她的判断，没有多久，日本对重庆进行了大轰炸，把这个千年古寺炸成了火海。这样的古寺，只能屹立在萧红的散文里了。

瑞　士

□ ［中国］朱自清

瑞士有"欧洲的公园"之称。起初以为有些好风景而已；到了那里，才知无处不是好风景，而且除了好风景似乎就没有什么别的。这大半由于天然，小半也是人工。瑞士人似乎是靠游客活的，只看很小的地方也有若干若干的旅馆就知道。他们拼命地筑铁道通轮船，让爱逛山的爱游湖的都有落儿；而且车船两便，票在手里，爱怎么走就怎么走。瑞士是山国，铁道依山而筑，隧道极少；所以老是高高低低，有时像差得很远的。还有一种爬山铁道，这儿特别多。狭狭的双轨之间，另加一条特别轨：有时是一个个方格儿，有时是一个个钩子；车底下带一种齿轮似的东西，一步步咬着这些方格儿，这些钩子，慢慢地爬上爬下。这种铁道不用说工程大极了；有些简直是笔陡笔陡的。

逛山的味道实在比游湖好。瑞士的湖水一例是淡蓝的，真正平得像镜子一样。太阳照着的时候，那水在微风里摇晃着，宛然是西方小姑娘的眼。若遇着阴天或者下小雨，湖上迷迷蒙蒙的，水天混在一块儿，人如在睡里梦里。也有风大的时候；那时水上便皱起粼粼的细纹，有点像颦眉的西子。可是这些变幻的光景在岸上或山上才能整个儿看见，在湖里倒不能领略许多。况且轮船走得究竟慢些，常觉得看来看去还是湖，不免也腻味。逛山就不同，一会儿看见湖，一会儿不看见；本来湖在左边，不知怎么一转弯，忽然挪到右边了。湖上固然可以看山，山上还可看山，阿尔卑斯有的是重峦叠嶂，怎么看也不会穷。山上不但可以看山，还可以看谷；稀稀疏疏错错落落的房舍，仿佛有鸡鸣犬吠的声音，在山肚里，在山脚下。看风景能够流连低徊固然高雅，但目不暇接地过去，新境界层出不穷，也未尝不淋漓痛快；坐火车逛山便是这个办法。

卢参（Luzerne）在瑞士中部，卢参湖的西北角上。出了车站，一眼就看见那汪汪的湖水和屏风般的青山，真有一股爽气扑到人的脸上。与湖连着的是劳思河，穿过卢参的中间。

河上低低的一座古水塔，从前当作灯塔用；这儿称灯塔为"卢采那"，有人猜"卢参"这名字就是由此而出。这座塔低得有意思；依傍着一架曲了又曲的旧木桥，倒配了对儿。这架桥带顶，像廊子；分两截，近塔的一截低而窄，那一截却突然高阔起来，仿佛彼此不相干，可是看来还只有一架桥。不远儿另是一架木桥，叫龛桥，因上有神龛得名，曲曲的，也古。许多对柱子支着桥顶，顶底下每一根横梁上两面各钉着一大幅三角形的木板画，总名"死神的跳舞"。每一幅配搭的人物和死神跳舞的姿态都不相同，意在表现社会上各种人的死法。画笔大约并不算顶好，但这样上百幅的死的图画，看了也就够劲儿。过了河往里去，可以看见城墙的遗迹。墙依山而筑，蜿蜒如蛇；现在却只见一段一段的嵌在住屋之间。但九座望楼还好好的，和水塔一样都是多角锥形；多年的风吹日晒雨淋，颜色是黯淡得很了。冰河公园也在山上。古代有一个时期北半球全埋在冰雪里，瑞士自然在内。阿尔卑斯山上积雪老是不化，越堆越多。在底下的渐渐地结成冰，最底下的一层渐渐地滑下来，顺着山势，往谷里流去。这就是冰河。冰河移动的时候，遇着夏季，便大量地融化。这样融化下来的一股大水，力量无穷；石头上一个小缝儿，在一个夏天里，可以让冲成深深的大潭。这个叫磨穴。有时大石块被带进潭里去，出不来，便只在那儿跟着水转。初起有棱角，将潭壁上磨了许多道儿；日子多了，棱角慢慢光了，就成了一个大圆球，还是转着。这个叫磨石。冰河公园便以这类遗迹得名。大大小小的石潭，大大小小的石球，现在是安静了；但那粗糙的样子还能教你想见多少万年前大自然的气力。可是奇怪，这些不言不语的顽石，居然背着多少万年的历史，比我们人类还老得多多；要没人卓古证今地说，谁相信。这样讲，古诗人慨叹"磊磊涧中石"，似乎也很有些道理在里头了。这些遗迹本来一半埋在乱石堆里，一半埋在草地里，直到一八七二年秋天才偶然间被发现。还发现了两种化石：一种上是些蚌壳，足见阿尔卑斯脚下这一块土原来是滔滔的大海。另一种上是片棕叶，又足见此地本有热带的大森林。这两期都在冰河期前，日子虽然更杳茫，光景却还能在眼前描画得出，但我们人类与那种大自然一比，却未免太微细了。

　　立矶山（Rigi）在卢参之西，乘轮船去大约要一点钟。去时是个阴天，雨意很浓。四周陡峭的青山的影子冷冷地沉在水里。湖面儿光光的，像大理石一样。上岸的地方叫威兹老，山脚下一座小小的村落，疏疏散散遮遮掩掩的人家，静透了。上山坐火车，只一辆，走得可真慢，虽不像蜗牛，却像牛之至。一边是山，太近了，不好看。一边是湖，是湖上的山；从上面往下看，山像一片一片儿插着，湖也像只有一薄片儿。有时窗外一座大崖石来了，便什么都不见；有时一片树木来了，只好从枝叶的缝儿里张一下。山上和山下一样，静透了，常常听到牛铃儿丁儿当的。牛带着铃儿，为的是跑到哪儿都好找。这些牛真有些"不知汉魏"，有一回居然挡住了火车；开车的还有山上的人帮着，吆喝了半天，才将它们哄走。但是谁也没有着急，只微微一笑就算了。山高五千九百零五英尺，顶上一块不大的平场。据说在那儿可以看见周围九百里的湖山，至少可以看见九个湖和无数的山峰。可是我们的运气坏，上山后云便越浓起来；到了山顶，什么都裹在云里，几乎连我们自己也在内。在不分远近的白茫茫里闷坐了一点钟，下山的车才来了。

交湖在卢参的东南。从卢参去，要坐六点钟的火车。车子走过勃吕尼山峡。这条山峡在瑞士是最低的，可是最有名。沿路的风景实在太奇了。车子老是挨着一边儿山脚下走，路很窄。那边儿起初也只是山，青青青青的。越往上走，那些山越高了，也越远了，中间豁然开朗，一片一片的谷，是从来没看见过的山水画。车窗里直望下去，却往往只见一丛丛的树顶，到处是深的绿，在风里微微波动着。路似乎颇弯曲的样子，一座大山峰老是看不完；瀑布左一条右一条的，多少让山顶上的云掩护着，清淡到像一些声音都没有，不知转了多少转，到勃吕尼了。这儿高三千二百九十六英尺，差不多到了这条峡的顶。从此下山，不远便是勃利安湖的东岸，北岸就是交湖了。车沿着湖走。太阳出来了，隔岸的高山青得出烟，湖水在我们脚下百多尺，闪闪的像珐琅一样。

交湖高一千八百六十六英尺，勃利安湖与森湖交汇于此。地方小极了，只有一条大街；四周让阿尔卑斯的群峰严严地围着。其中少妇峰最为秀拔，积雪皑皑，高出云外。街北有两条小径。一条沿河，一条在山脚下，都以幽静胜。小径的一端，依着座小山的形势参差地安排着些别墅般的屋子。街南一块平原，只有稀稀的几个人家，显得空旷得不得了。早晨从旅馆的窗子看，一片清新的朝气冉冉地由远而近，仿佛在古时的村落里。街上满是旅馆和铺子；铺子不外卖些纪念品、咖啡、酒饭等等，都是为游客预备的；还有旅行社，更是的。这个地方简直是游客的地方，不像属于瑞士人。纪念品以刻木为最多，大概是些小玩意儿；是一种涂紫色的木头，虽然刻得粗略，却有气力。在一家铺子门前看见一个美国人在说："你们这些东西都没有用处；我不欢喜玩意儿。"买点纪念品而还要考较用处。此君真美国得可以了。

从交湖可以乘车上少妇峰，路上要换两次车。在老台勃鲁能换爬山电车，就是下面带齿轮的。这儿到万根，景致最好看。车子慢慢爬上去，窗外展开一片高山与平陆，宽旷到一眼望不尽。坐在车中，不知道车子如何爬法；却看那边山上也有一条陡峻的轨道，也有车子在上面爬着，就像一只甲虫。到万格那尔勃可见冰川，在太阳里亮晶晶的。到小夏代格再换车，轨道中间装上一排铁钩子，与车底下的齿轮好咬得更紧些。这条路直通到少妇峰前头，差不多整个儿是隧道；因为山上满积着雪，不得不打山肚里穿过去。这条路是欧洲最高的铁路，费了十四年工夫才造好，要算近代顶伟大的工程了。

在隧道里走没有多少意思，可是哀格望车站值得看。那前面的看廊是从山岩里硬凿出来的。三个又高又大又粗的拱门般的窗洞，教你觉得自己貌小。望出去很远；五千九百零四英尺下的格林德瓦德也可见。少妇峰站的看廊却不及这里；一眼尽是雪山，雪水从檐上滴下来，别的什么都没有。虽在一万一千三百四十二英尺的高处，而不能放开眼界，未免令人有些怅怅。但是站里有一架电梯，可以到山顶上去。这是小小一片高原，在明西峰与少妇峰之间，三百二十英尺长，厚厚地堆着白雪。雪上虽只是淡淡的日光，乍看竟耀得人睁不开眼。这儿可望得远了。一层层的峰峦起伏着，有戴雪的，有不戴的；总之越远越淡下去。山缝里躲躲闪闪一些玩具般的屋子，据说便是交湖了。原上一头插着瑞士白十字国旗，在风里飒飒地响，颇有些气势。山上不时地雪崩，沙沙沙沙流下来像水一般，远看很好玩儿。脚下的雪滑极，不走惯的人寸步都得留神才行。少妇峰的顶还在二千三百二十五英尺之上，得凭着自己的手脚爬上去。

下山还在小夏代格换车，却打这儿另走一股道，过格林德瓦德直到交湖，路似乎平多了。车子绕明西峰走了好些时候。明西峰比少妇峰低些，可是大。少妇峰秀美得好，明西峰雄奇得好。车子紧挨着山脚转，陡陡的山势似乎要向窗子里直压下来，像传说中的巨人。这一路有几条瀑布；瀑布下的溪流快极了，翻着白沫，老像沸着的锅子。早九点多在交湖上车，回去是五点多。

司皮也兹（Spiez）是玲珑可爱的一个小地方：临着森湖，如浮在湖上。路依山而建，共有四五层，台阶似的。街上常看不见人。在旅馆楼上待着，远处偶然有人过去，说话声音听得清清楚楚的。傍晚从露台上望湖，山脚下的暮霭混在一抹轻蓝里，加上几星儿刚放的灯光，真有味。孟特罗（MonDtreux）的果子可可糖也真有味。日内瓦像上海，只湖中大喷水，高二百余英尺，还有卢梭岛及他出生的老屋，现在已开了古董铺的，可以看看。

1932年10月17日作

佳作点评

文章一开头就奠定了冲淡的格局。然后说"逛山的味道实在比游湖水好"，又说"看风景能够流连低徊固然高雅，但目不暇接地过去，新境界层出不穷，也未尝不淋漓痛快"。连续用了三个"不"字，迂回之中，将眼光宛然而放，都是合着游人的心意，体察他们喜欢变变花样，喜欢出其不意的心理而着笔，使人亲近。这也应得上一句古话：文似看山不喜平。其次便是哲理。散文中的哲理，也应是随着景致的摊开而自然生发，朱自清谈到磨穴、磨石以及"死神的跳舞"，都有哲理生发，极其自然，是一种花开生香的心领神会。

公　园

□ [中国] 萧红

树叶摇摇曳曳地挂满了池边。一个半胖的人走到桥上,他是一个报社的编辑。

"你们来多久啦?"他一看到我们两个在长石凳上就说。"多幸福,像你们多幸福,两个人逛逛公园……"

"坐在这里吧。"郎华招呼他。

我很快地让一个位置,但他没有坐,他的鞋底无意地踢撞着石子,身边的树叶让他扯掉两片。他更烦恼了,比前些日子看他更有点两样。

"你忙吗?稿子多不多?"

"忙什么!一天到晚就是那一点事,发下稿就完,连大样子也不看。忙什么,忙着幻想!"

"幻想什么?……这几天有信吗?"郎华问。

"什么信!那……一点意思也没有,恋爱对于胆小的人是一种刑罚。"

让他坐下,他故意不坐下;没有人让他,他自己会坐下。于是他又用手拨着脚下的短草。他满脸似乎蒙着灰色。

"要恋爱,那就大大方方地恋爱,何必受罪?"郎华摇一下头。

一个小信封，小得有些神秘的意味，从他的口袋里拔出来，拔着别有用心蝶或是什么会飞的虫儿一样，他要把那信给郎华看，结果只是他自己把头歪了歪，那信就放进了衣袋。

"爱情是苦的呢，是甜的？我还没有爱她对不对？家里来信说我母亲死的那天，我失眠了一夜，可第二天就恢复了。为什么她……她使我不安会整天，整夜？才通信两个礼拜，我觉得我的头发也脱落了不少，嘴上的小胡也增多了。"

当我们站起要离开公园时，又来一个熟人："我烦忧啊！我烦忧啊！"像唱着一般说。

我和郎华踏上木桥了，回头望时，那小树丛中的人影也像对那个新来的人说：

"我烦忧啊！我烦忧啊！"

我每天早晨看报，先看文艺栏。这一天，有编者的说话：

摩登女子的口红，我看相同于"血"。资产阶级的小姐们怎样活着的？不是吃血活着吗？不能否认，那是个鲜明的标记。人涂着人的"血"在嘴上，那是污浊的嘴，嘴上带着血腥的血色，那是污浊标记。

我心中很佩服他，因为他来得很干脆。我一面读报，一面走到院子里去，晒一晒清晨的太阳。汪林也在读报。

"汪林，起得很早！"

"你看，这一段，什么小姐不小姐，'血'不'血'的！这骂人的是谁？"

那天郎华把他做编缉的朋友领到家里来，是带着酒和菜回来的。郎华说他朋友的女友到别处去进大学了。于是喝酒，我是帮闲喝，郎华是劝朋友。至于被劝的那个朋友呢？他嘴里哼着京调哼得很难听。

和我们的窗子相对的是汪林拉的胡琴。

天气开始热了，趁着太阳还没走到正空，汪林在窗下长凳上洗衣服。编辑朋友来了，郎华不在家，他就在院心里来回走转，可是郎华还没有回来。

"自己洗衣服,很热吧!"

"自己洗得干净。"汪林手里拿着肥皂答他。

郎华还不回来,他走了。

佳作点评

此作是萧红于1923年在东兴顺旅馆写成的。无论是小说还是散文,萧红对人的生存本质的挖掘,具有一种冰雪的纵深和疼痛。萧红打破传统写实方法,而采取一系列现代派的手法,主要表现在内倾的、断裂的、碎片化的处理上,这篇《公园》正是这样一个范本。

"郎华还不回来,他走了。"这样的句式一叹三咏,却立即把人带回到秋高林密的北国公园,不但让我们看到景物,还让我们看到当时的文艺青年们的情感生活:胡琴、情书、口红、等待……恋爱是一种刑罚。恋爱与失恋都是诗歌的温床,而萧红体验到的,更是一种血一样的纪念。因为在萧红心目中,《公园》是最好的诗,是纪念她与萧军那段刻骨铭心的爱情。她把《公园》抄入六十首诗构成的《萧红自集诗稿》手稿本,就是明证。

囚绿记

□［中国］陆蠡

这是去年夏间的事情。

我住在北平的一家公寓里。我占据着高广不过一丈的小房间，砖铺的潮湿的地面，纸糊的墙壁和天花板，两扇木格子嵌玻璃的窗，窗上有很灵巧的纸卷帘，这在南方是少见的。

窗是朝东的。北方的夏季天亮得快，早晨五点钟左右太阳便照进我的小屋，把可畏的光线射个满室，直到十一点半才退出，令人感到炎热。这公寓里还有几间空房子，我原有选择的自由的，但我终于选定了这朝东房间，我怀着喜悦而满足的心情占有它，那是有一个小小理由。

这房间靠南的墙壁上，有一个小圆窗，直径一尺左右。窗是圆的，却嵌着一块六角形的玻璃。并且左下角是打碎了，留下一个大孔隙，手可以随意伸进伸出。圆窗外面长着常春藤。当太阳照过它繁密的枝叶，透到我房里来的时候，便有一片绿影。我便是欢喜这片绿影才选定这房间的。当公寓里的伙计替我提了随身小提箱，领我到这房间来的时候，我瞥见这绿影，感觉到一种喜悦，便毫不犹疑地决定下来，这样了截爽直使公寓里伙计都惊奇了。

绿色是多宝贵的啊！它是生命，它是希望，它是慰安，它是快乐。我怀念着绿色把我的心等焦了。我欢喜看水白，我欢喜看草绿。我疲累于灰暗的都市的天空，和黄漠的平原，我怀念绿色，如同涸辙的鱼盼等着雨水！我急不暇择的心情即使一枝之绿也视同至宝。当我在这小房中安顿下来，我移徙小台子到圆窗下，让我的面朝墙壁和小窗。门虽是常开着，可没人来打扰我，因为在这古城中我是孤独而陌生。但我并不感到孤独。我忘记了困倦的旅程和已往的许多不快的记忆。我望着这小圆洞，绿叶和我对语。我了解自然无声的语言，正如它了解我的语言一样。

　　我快活地坐在我的窗前。度过了一个月，两个月，我留恋于这片绿色。我开始了解渡越沙漠者望见绿洲的欢喜，我开始了解航海的冒险家望见海面飘来花草的茎叶的欢喜。人是在自然中生长的，绿是自然的颜色。

　　我天天望着窗口常春藤的生长。看它怎样伸开柔软的卷须，攀住一根缘引它的绳索，或一茎枯枝；看它怎样舒开折叠着的嫩叶，渐渐变青，渐渐变老，我细细观赏它纤细的脉络，嫩芽，我以揠苗助长的心情，巴不得它长得快，长得茂绿。下雨的时候，我爱它淅沥的声音，婆娑的摆舞。

　　忽然有一种自私的念头触动了我。我从破碎的窗口伸出手去，把两枚浆液丰富的柔条牵进我的屋子里来，教它伸长到我的书案上，让绿色和我更接近，更亲密。我拿绿色来装饰我这简陋的房间，装饰我过于抑郁的心情。我要借绿色来比喻葱茏的爱和幸福，我要借绿色来比喻猗郁的年华。我囚住这绿色如同幽囚一只小鸟，要它为我作无声的歌唱。

　　绿的枝条悬垂在我的案前了，它依旧伸长，依旧攀缘，依旧舒放，并且比在外边长得更快。我好像发现了一种"生的欢喜"，超过了任何种的喜悦。从前我有个时候，住在乡间的一所草屋里，地面是新铺的泥土，未除净的草根在我的床下茁出嫩绿的芽苗，蕈菌在地角上生长，我不忍加以剪除。后来一个友人一边说一边笑，替我拔去这些野草；我心里还引为可惜，倒怪他多事似的。

可是每天早晨，我起来观看这被幽囚的"绿友"时，它的尖端总朝着窗外的方向。甚至于一枚细叶，一茎卷须，都朝原来的方向。植物是多固执啊！它不了解我对它的爱抚，我对它的善意。我为了这永远向着阳光生长的植物不快，因为它损害了我的自尊心。可是我囚系住它，仍旧让柔弱的枝叶垂在我的案前。

它渐渐失去了青苍的颜色，变成柔绿，变成嫩黄；枝条变成细瘦，变成娇弱，好像病了的孩子。我渐渐不能原谅我自己的过失，把天空底下的植物移锁到暗黑的室内；我渐渐为这病损的枝叶可怜，虽则我恼怒它的固执，无亲热，我仍旧不放走它。魔念在我心中生长了。

我原是打算七月尾就回南去的。我计算着我的归期，计算这"绿囚"出牢的日子。在我离开的时候，便是它恢复自由的时候。

芦沟桥事件发生了。担心我的朋友电催我赶速南归。我不得不变更我的计划，在七月中旬，不能再流连于烽烟四逼中的旧都，火车已经断了数天，我每日须得留心开车的消息。终于在一天早晨候到了。临行时我珍重地开释了这永不屈服于黑暗的囚人。我把瘦黄的枝叶放在原来的位置上，向它致诚意的祝福。愿它繁茂苍绿。

离开北平一年了。我怀念着我的圆窗和绿友。有一天，得重和它们见面的时候，会和我面生么？

佳作点评

文章写于抗战前期，陆蠡当时正在沦为孤岛的上海，他深深怀念一年前在北平时所住公寓窗外的一树常春藤。就像一个四重奏，恋绿——囚绿——释绿——念绿，峰回路转。其中囚绿是重点，也是惊人之笔。作家体味到常春藤被囚的枯萎，却固执地朝向窗外的阳光。这篇短文让读者感受到在风雨飘摇时节，作者对民族的光明前景的信仰，也体会到作者含而不露的对破坏和毁灭生命的侵略者的抑郁愤懑之情。同时，常春藤上也寄寓了一个爱国者的情感和愿望。作为一首绿色生命之歌，它从来不会与爱它的人生疏，它流淌在作者的血脉里。

青 岛

□ [中国] 闻一多

海船快到胶州湾时,远远望见一点青,在万顷的巨涛中浮沉;在右边崂山无数柱奇挺的怪峰,会使你忽然想起多少神仙的故事。进湾,先看见小青岛,就是先前浮沉在巨浪中的青点,离它几里远就是山东半岛最东的半岛——青岛。簇新的,整齐的楼屋,一座一座立在小小山坡上,笔直的柏油路伸展在两行梧桐树的中间,起伏在山冈上如一条蛇。谁信这个现成的海市蜃楼,一百年前还是个荒岛?

当春天,街市上和山野间密集的树叶,遮蔽着岛上所有的住屋,向着大海碧绿的波浪,岛上起伏的青梢也是一片海浪,浪下有似海底下神人所住的仙宫。但是在榆树丛荫,还埋着十多年前德国人坚伟的炮台,深长的甬道里你还可以看见那些地下室,那些被毁的大炮机,和墙壁上血涂的手迹。——欧战时这儿剩有五百德国兵丁和日本争夺我们的小岛,德国人败了,日本的太阳旗曾经一时招展全市,但不久又归还了我们。在青岛,有的是一片绿林下的仙宫和海水泱泱的高歌,不许人想到地下还藏着十多间可怕的暗窟,如今全毁了。

堤岸上种植无数株梧桐,那儿可以坐憩,在晚上凭栏望见海湾里千万只帆船的桅杆，远近一盏盏明灭的红绿灯漂在浮标上，那是海上的星辰。沿海岸处有许多伸长的山角，黄昏时潮水一卷一卷来，在沙滩上飞转，溅起白浪花，又退回去，不厌倦的呼啸。天空中海鸥逐向渔舟飞，有时间在海水中的大岩石上，听那巨浪撞击着岩石激起一两丈高的水花。那儿再有伸出海面的站桥，却站着望天上的云，海天的云彩永远是清澄无比的，夕阳快下山，西边浮起几道鲜丽耀眼的光，在别处你永远看不见的。

过清明节以后，从长期的海雾中带回了春色，公园里先是迎春花和连翘，成篱的雪柳，还有好像白亮灯的玉兰，软风一吹来就憩了。四月中旬，奇丽的日本樱花开得像天河，十里长的两行樱花，蜿蜒在山道上，你在树下走，一举首只见樱花绣成的云天。樱花落了，地下铺好一条花蹊。接着海棠花又点亮了，还有踯躅在山坡下的"山踯躅"，丁香，红瑞木，天天在染织这一大张地毯；往山后深林里走去，每天你会寻见一条新路，每一条小路中不知是谁创制的天地。

到夏季来，青岛几乎是天堂了。双驾马车载人到汇泉浴场去，男的女的中国人和十方的异客，戴了阔边大帽，海边沙滩上，人像小鱼一般，曝露在日光下，怀抱中是薰人的咸风。沙滩边许多小小的木屋，屋外搭着伞篷，人全仰天躺在沙上，有的下海去游泳，踩水浪，孩子们光着身在海滨拾贝壳。街路上满是烂醉的外国水手，一路上胡唱。

但是等秋风吹起，满岛又回复了它的沉默，少有人行走，只在雾天里听见一种怪水牛的叫声，人说水牛躲在海角下，谁都不知道在哪儿。

佳作点评

应该说，1930年至1932年，闻一多任国立青岛大学文学院院长兼中文系主任，这一时期是闻一多一生里非常重要的时期。在青岛，他完成了从诗人向学者的转变，还写下了他一生中唯一的写景抒情散文《青岛》。

诗人的笔触的确不同凡响，即便是写景状物，他的动词也是经过诗化的，"铺"好的花蹊，海棠花又"点亮"了，妙的是"踯躅在山坡下的'山踯躅'"，诗人眼中的海洋是沉默的，就像一个猜不透的谜。他对青岛春、夏、秋三季作了诗的描绘，就是说他笔下的青岛是一个诗意的天地，尽管满街有烂醉、胡闹的外国水手。谁能想到一位激情如火的诗人会如此细腻？我们很难感受到，此时他在青岛被看作是保守派的代表，还遭受了学生驱逐的委屈心态。

山 市

□ [中国] 郑振铎

未至滴翠轩时，听说那个地方占着山的中腰，是上下山必由之路，重要的商店都开设在那里。第二天清晨到楼下观望时，却很清静，不像市场的样子。楼下只有三间铺子。商务书馆是最大，此外还有一家出卖棉织衣服店，一家五金店。东边是下山之路，一面是山壁，一面是竹林；底下是铁路饭店。"这里下去要到三桥埠才有市集呢。"茶房告诉我说。西边上去，竹荫密密的遮盖在小路上，景物很不坏！——后来我曾时时到这条路上散步——但也不见有商店的影子。茶房说，由此上去，有好几家铺子，最大的元泰也在那里。我和心南先生沿了这条路走去，不到三四百余步，果然见几家竹器店、水果店，再过去是上海银行、元泰食物店及三五家牛肉庄、花边店、竹器店，如此而已。那就是所谓山市。但心南先生说，后山还有一个大市场，老妈子天天都到那里去买菜。

滴翠轩的楼廊，是最可赞许的地方，又阔又敞，眼界又远，是全座"轩"最好的所在。

一家竹器店正在编做竹的躺椅。"应该有一张躺椅放在廊前躺躺才好。"我这样想，便对这店的老板说："这张躺椅卖不卖？"

"这是外国人定做的,您要,再替您做一张好了,三天就有。"

"照这样子。"我把身体躺在这将成的椅上试了一试,说,"还要长了二三吋。价钱要多少?"

"替外国人做,自然要贵些,这一张是四块钱,但您如果要,可以照本给您做。只要三块八角,不能再少。"

我望望心南先生,要他还价,因为这间铺子他曾买过几样东西,算是老主顾了。

"三块钱,我看可以做了。"心南先生说。

"不能,先生,实在不够本。"

"那么,三块四角钱吧,不做随便你。"我一边走,一边说。

"好了,好了,替您做一张就是。"

"三天以后,一定要有,尺寸不能短少,一定要比这张长三吋。"

"一定,一定,我们这里不会错的,说一句是一句。请先付定洋。"

我付了定洋,走了。

第二天去看,他们还没有动手做。

"怎么不做,来得及么?大后天一定要的,因为等要用。"

"有的,一定有的,请您放心。"

第三天早晨,到山上去,走过门前,顺便去看看,他们才在扎竹架子。

"明天椅子有没有?一定要送去的。"

"这两天生意太忙,对不起。后天给你送去吧。今天动手做,无论如何,明天不会好的。"

再过一天,见他们还没有把椅子送来,又跑去看。大体是已经做好了。老板说:"下午一定有,随即给你送来。"

躺在椅上试了一试,似乎不对,比前次的一张还要短。

"怎么更短了?"

"没有,先生,已经特别放长了。"

前次定做的那张椅子还挂在墙角，没有取去。

"把那张拿下来比比看。"我说。

一比，果然反短了二吋，不由人不生气！山里做买卖的人总以为比都市里会老实些，不料这种推测却完全错误！

"我不要了，说话怎么不做准？说好放长三吋的，怎么反短了二吋！"

"先生，没有短，是放长的，因为样子不同，前面靠脚处给您编得短些，所以您觉得它短了。"

"明明是短！"我用了尺去量后说。

争执了半天，结果是量好了尺寸，叫他们再做一只。两天后一定有。

这一次才没有偷减了尺寸。

每次到山脊上散步时，总觉得山后田间的景色很不坏。有一天绝早，天色还没有发亮，便起了床，自己预备洗脸水。到了一切都收拾好时，天色刚刚有些淡灰色。于是独自一人的便动身了。到了山脊，再往下走时，太阳已如大血盘似的出现于东方。山后有一个小市场，几家茶馆饭铺，几家米店，兼售青菜及鸡，还有一家肉店。集旁是一小队保安队的驻所，情况很寂寥，并不热闹。心南先生所说的市集，难道就是这里么？我有些怀疑。

由这市集再往下走，沿途风物很秀美。满山都是竹林，间有流泉淙淙的作响。有一座小桥，架于溪上，几个村姑在溪潭旁捶洗衣服。都可入画。只是路途渐渐的峻峭了，毁坏了，有时且寻不出途径，一路都是乱石。走了半个钟头，还没有到山脚。头上汗珠津津的渗出，太阳光在这边却还没有，因为是山阴。沿路一个人也没有遇到。良久，才见下面有一个穿蓝布衣的人向上走。到了临近，见他手执一个酱油瓶，知道是到市集去的。

"这里到山脚下还有多少路？"

他以怀疑的眼光望着我，答道："远呢，远呢，还有三五里路呢。你到那边有什么事？"

"不过游玩游玩而已。"

"山路不好走呢。一路上都是石子，且又高峻。"

我不理他，继续的走下去，不到半里路，却到了一个村落，且路途并不坏，较上面的一段平坦多了。不知这个人为什么要说谎。一条溪水安舒的在平地上流着，红冠的白鹅安舒的在水面上游着。一群孩子立在水中拍水为戏，嘻嘻哈哈地大笑大叫，母亲们正在水边洗菜蔬。屋上的烟囱中，升出一缕缕的炊烟。

一只村犬见了生人，汪汪的大叫起来，四面的犬应声而吠，这安静的晨村，立刻充满了紧张的恐怖气象。孩子们和母亲们都停了游戏，停了工作，诧异的望着我。几只犬追逐在后面吠叫。亏得我有一根司的克护身，才能把它们吓跑了。它们只远远的追吠，不敢走近来。山行真不能不带司的克，一面可以为行山之助，一面又可以防身，走到草莽丛杂时，可以拨打开蛇虫之类，同时还可以吓吓犬！

沿了溪边走下去，一路都是水田，用竹竿搭了一座瓜架，就架在水面上；满架都是黄色的花，也已有几个早结的绿皮的瓜。那样有趣而可爱的瓜架，我从不曾见过。再下面是一个深潭，绿色的水，莹静的停储在那里。我静静的立着，可以照见自己的面貌。高山如翠绿屏风似的围绕于三面。静悄悄的一点人声鸟声都没有。能在那里静立一二个钟头，那真是一种清福。但偶一抬头，却见太阳光已经照在山腰了。

一看表，已经 7 点，不能不回去了。再经过那个村落时，犬和人却都已进屋去，不再看见。到了市集，却忘了上山脊的路，去问保安队，他们却说不知。保安队会不知驻在地的路径，那真有些奇闻！我不再问他们，自己试了几次，终于到达了山脊，由那里到家，便是熟路了。

回家后，问问心南先生，他们说的大市集原来果是那里。山市竟是如此的寂寥的，那是我初想不到的；山中人原却并不比都市中人朴无欺诈，那也是我初想不到的。

1926 年 11 月 28 日

佳作点评

  这是郑振铎1926年在莫干山避暑时所写的游记散文。山市与海市一样，是因折光反射而形成的自然景象，美丽而奇特，只有少数幸运儿有缘瞬间捕捉到。郑振铎以独有的文思和才情，自由选择题材和表现手法的能力，他演绎的山市，既非缥缈的幻境，更非蒲松龄笔下的"鬼市"，而是实实在在的寻常山中买卖。为了买一把椅子，好像他大费周折。在我看来，郑振铎不过是想借此体察民情。不料，从制做椅子的农民，到保安队，甚至仗着人势的狗，留给他的印象远非景色那般淳朴。"山市竟是如此的寂寥的，那是我初想不到的；山中人原却并不比都市中人朴无欺诈，那也是我初想不到的。"这样的结论，我们不但看到了作家的睿智，更发现了他不是"乡愿"之徒。

苏州赞歌

□［中国］郑振铎

苏州这个天堂似的好地方，只要你逛过一次，你就会永远地爱上了它，会久久地想念着它。它是典型的一个江南的城市，是水乡，又是鱼米之乡。

春天的时候，一大片的开着紫花的苜蓿田，夹杂着一块块的娇黄色的油菜花儿的田，还有一望无际的嫩绿可喜的刚刚插好稻秧儿的水田，那色彩本身，就是一幅秀丽无边的绝大的天然的图案画。谁不喜爱这表现着春天的烂漫而又娇嫩的颜色呢？很像维纳斯刚从海水泡沫儿里生了出来，一双眼睛还朦朦松松地带着惶惑之意。它就是春天自己！田埂上还开放着各色各样小花朵，白色的，黄色的，还有粉红色的，深红色的。清澈的春水，顺着大渠小沟，略略地流着。小鸟儿在叫着。合作社的男女社员们，一大早就肩负着锄头，手拿着小筐子下田去了。他们彼此在竞赛着。《青年突击队歌》，高响入云。他们把春天变得更活跃又有精神了。

千万盆的茉莉花、代代花和玫瑰花都已从玻璃房里搬出来，在花田里竞媚斗艳，老远地，就嗅到那喷射出来的清馨的香味儿。站在虎丘山的大石块上，望着桃红柳绿的山景，望着更远的五色斑斓的田野和躺在太阳光底下放亮光的湖泊和小河流。天气老是润滋滋地，不知什么时候就会有一阵春雨，在云端飘洒下来。

　　走在留园、西园一带的石塘上，望着运河的流水，嘴里吟着"凌波不过横塘路，但目送芳尘去"，足旁有一大块深绿色的菜园，正开着紫中透黑的蚕豆花儿，那不时钻入鼻孔的菜花香，夹杂着泥土气味，甜甜地像要醉人。在西园的略带野趣和荒凉味儿的后花园里，有游人们在等候着大癫头龟在池塘里出现。留园的引人入胜的园景，吸引着更多的外地的客人们。还有城里的许多花园，个个有特色，够你逛个一天半天的，狮子林的假山洞，钻得你不禁嘻嘻哈哈地大惊小怪起来，拙政园不再是几十间东倒西歪的老屋和千百株将枯未倒的老树，显得凄凉暗淡的园林了，它成为精神百倍的大好的游逛的地方。汪氏义庄就剩下靠北面的一带假山和几间房子了，但还别有风趣的吸引着游人们，它们活像是小摆设，不，它们并不小；它们乃是模拟着名山大川而缩小之于寻丈之地的。这显出了我们老祖先们怎样地喜爱自然，又怎样地能够把自然缩小了搬运到家园里来。从一扇小窗里望过去，不是有几棵碧绿的芭蕉树，一峰玲珑剔透的太湖石，还有小小的几株花木么？那就显得那个屋角勃勃地有生趣、有远趣起来。无梁殿是一座很坚实的古建筑。沧浪亭就在水边，具有渺荡的深趣。中国最古老的《天文图》和《舆地图》就放在孔庙里。许多的记载织工们斗争的石碑，也在玄妙观等处发现。这些美好的园林和重要的古迹名胜，不仅供应了苏州市人民自己和它四乡的工农兵的享用和游逛，而且，更重要的是给予江南一带的特别是大上海市的工农民以惊喜，以舒畅，以闲想的休息和快乐。苏州人和扬州人所擅长培植的小盆景，这些苏州市的大大小小的园林，就活像是一座座的大盆景。

　　苏州不完全是一个游逛的、休息的城市。它有长久的斗争的历史。苏州是中国封建社会的一个典型的手工业城市。织坊老早就成立了，织工们的斗争史值得写成厚厚的几本书。"吴侬软语"的苏州人民，看起来好像很温和，但往往是站在斗争的最前线，勇猛无前，坚忍不屈。它那里产生了不少民族英雄，革命烈士以至劳动模范，他们的故事是可歌可泣的，是十分的感动人的。

苏州城外有一座寒山寺，那是以唐代诗人张继的一首"姑苏城外寒山寺，夜半钟声到客船"而著名的。清初诗人王渔洋，就为了要题一首诗在这寺的山门上，半夜里坐船赶到那里，在山门上用墨笔写了诗，然后就下船离开了，连大殿也没进。到了今天，还有不少人慕名而去到那里。有一口大钟，但已经不是原来的那口钟了，听说原来的钟是被日本帝国主义者盗去的，下落不明。如今，这座本来荒凉不堪的寺院，变成了很华美。有一座盘梯的楼，很精致，是从城里一个旧家搬来的，包括搬运、重建、修整、油漆等等费用，只花上五千元。苏州人民就是会那么勤俭起家的。听说那些美丽的园林，也都是花了不多的钱而都收拾得"有声有色"，漂漂亮亮。

苏州的许多工艺美术品，特别是刺绣、云锦等等，乃是国家的光荣，也是国家的财富。它的农业的成就，乃是属于全国高产地区，供给着许多城市，其农业的生产技术和经验乃是值得推广的。

苏州城和苏州人民是勤俭的，谦虚的，温暖的，却又是那么可喜可爱。凡是到过那里一次的人，准保不会忘了它。

1958 年 10 月 30 日

佳作点评

本文的创作处于大跃进"盛世"、作家不唱赞歌就无法发表作品的特殊时期。在这样的语境下，我们可以理解郑振铎的苦心。但他的赞歌主要是梳理苏州的灿烂历史，物华天宝以及英雄辈出，苏州园林成为了劳动人民休息的场所,这理当歌颂。他还是情不自禁地又回到了文物保护上来,谈到寒山寺那口钟的来历,"……包括搬运、重建、修整、油漆等等费用,只花上五千元。苏州人民就是会那么勤俭起家的"。看看,他依然没有忘记文物的保护职责。只不过,他把这一切巧妙地归功于"苏州人民"。从他对春天田野的形容里,还可以看到文人的固习,"很像维纳丝刚从海水泡沫儿里生了出来,一双眼睛还朦朦忪忪地带着惶惑之意",只是这样的文辞,迅即就在汉语里绝迹了20年!

一对石球

□［中国］缪崇群

朋友，你从远远的地方来到我这里，你去了，你遗下了一对你所爱的石球，那是你在昆明湖畔买的。我常想给你寄去，你说就留它们放在这里。我希望你常想到石球，便也常常地记忆着我们。

记得你来的时候，你曾那样关怀地问：

"在这里，听说你同着你的妻。"

"是的，现在，我和她两个人。"

我诚实地回答你，可是我听了自己的答语却觉得有些奇异，从前，我是同你一个样的：跑东奔西，总是一个单身的汉子。现在，我说"我同她两个"——竟这样的自然而平易！

你来的那天白日，她便知道了她的寂寞的丈夫还有一个孤独的友人。直到夜晚，她才喘嘘嘘地携来了一床她新缝就的被子。

我不是为你们介绍着说：

"这就是我的朋友；这就是你适才所提到的人。"

当时我应该说：

"这朋友便像当初的我，现在作了这女人的男人；这女人，无量数的女人中我爱的一个，作了我的妻。"

那夜，她临走的时候我低低地问：

"一张床，我和朋友应当怎样息呢？"

"让他在外边，你靠里。"

我问清了里外，我又问她方向：

"在一边还是分两头？"

她笑了笑，仿佛笑我的蠢笨：

"没听说过——有朋自远方来，抵足而眠啊。"

我也笑了，笑这些男人们里的单身汉子。

朋友，你在我这里宿了一夜，两夜，三夜……我不知道那是偶然，是命定，还是我们彼此的心灵的安排？

有一次你似乎把我从梦呓中唤醒，我觉出了我的两颊还是津湿。我几次问你晨安，你总是说好，可是夜间我明明听见了你在床上辗转。

我们有一次吃了酒回来，你默默地没有言语。你说要给你的朋友写信，我却看见你在原稿纸上写了一行"灵魂的哀号"的题目。

你说你无端的来，无端的去；你说你带走了一些东西，也许还留下一些东西，你又说过去的终于过去……

朋友，我们无端的相聚，又无端的别离了。我不知道你所带走的是一些什么，也不知道你所留下的是一些什么。我现在重复着你的话，过去的终于过去了。

朋友，记忆着你的石球罢。还是把所谓"一对者"的忘掉了好。

——怀 BK 兄作

佳作点评

缪崇群多才多艺，在小说、散文、翻译等领域都有收获，但倾其毕生心血的还是在散文创作方面。1944年至1946年，巴金以朋友缪崇群作为原型之一，创作了长篇小说《寒夜》。《一对石球》提到的事情是真实的，人物就是巴金。有人说，他的散文有一种朴素之美、人情之美，他主要靠这两样东西打动读者。在此文里，那种浓稠的情义，那种对朋友发自内心的欢喜，均使得朴素的描写拥有了催人泪下的力量："朋友，我们无端的相聚，又无端的别离了。"这导致出来的结论尽管有点突兀——"过去的终于过去了"，但那感人的抵足而眠的一幕，却是挥之不去的。一对石球成为了情义的隐喻。

一条鱼顺流而下

□ ［中国］谢冕

一条鱼顺流而下，桥上和两岸的人向它行注目礼。那鱼游得非常惬意，骄傲如公主，活泼如飞鸿，而那份潇洒自如，却如舞场上飞旋的身影。

这么清的水，这么自由的鱼，如今已是稀世奇珍。难怪有这么多的人驻足观赏，连连发出惊喜的喧呼。那鱼益发为之得意，它随意地摇晃自己的身体，时而上升，时而下沉，它欹斜着身子，左顾而右盼。它显然感到自己的美丽，它似在炫耀，着意于展示着美丽。

这么清的水：从桥上望去，数十米之遥，可以清晰地看到水下的鹅卵石，还有摇曳的水草，那鱼就在水草和石头间滑动。太阳照着，夏季已经过去，它发出温暖的光晕。河两岸，南方的绿树葱茏。人世的尘嚣顿然消失，人们为周遭的清纯和静谧所迷醉，立在艳阳下，绿荫中，如一条鱼欢呼。

只有这一刻世界是纯洁的，没有世俗涸杂，没有邪恶的贪欲，只是摒除一切的对于自由生命欣悦与礼赞。所有被这景象所陶醉的人，年长的和年少的，这时刻似乎只剩下面对美的单纯的凝视。那鱼仿佛也感受到人类良善和温馨，它俯仰自如，尽情而安详，没有惊惧，甚至也毫不防备。

一条鱼顺流而下，人们以美好的目光迎接了它。这是一个亲历的真实的事件：时间是去年早秋时节，地点是诸水汇聚的屯溪，新安江柔和地流过的地方。那条水也许是从湘赣边界的崇山峻岭中流来，澄清、晶莹，带着山间的青翠和芬芳。新安江形成于此，江面顿宽。鱼是大的，不然的话，桥上和岸边的人们便不会发现它。

　　一条鱼无忧无虑地顺流而下，它在屯溪宽阔的水域夸耀自身的娟好。屯溪往后是什么地方，那鱼要游向何处？沿江北去是徽州，那个繁华之地舟楫如织，网罟恢恢。过了深渡，激流漫卷，入新安江水库。该处千岛耸立，却非安宁之所在，有过令人震惊的残暴劫案！况且，况且，无数的污水正日以继夜地向浩淼而洁净的湖区倾泻。千岛湖可能是另一个淮河，淮河已是鱼群的墓穴，死亡正笼罩那污浊的江流。

　　这鱼饱尝新安江两岸的晴树繁花，它在人们啧啧赞叹声中显得快乐，且自信。它是在清寂的山涧生活惯了，那里江花如火，那里江月如雾，那里露珠在清脆地滴落。它以为清风白水自然而有。它甚至以为江流愈是宽阔，波浪愈是湍急，便是愈时进入佳境。于是这条鱼泰然自若地顺流而下。

　　鱼当然不会明白，泉水悦耳奏鸣之处会埋伏着钓钩，在繁枝覆盖的河湾也许正窥伺着罗网。鱼当然更不会明白，有些河流正在死去，在那里一切的波纹和涡漩，都会变成死亡的沼泽。那么鱼呢，活泼地游来游去的鱼呢，包括此刻供人欣赏也自我欣赏的鱼呢？它也许正步步逼近那可怖的死域。

　　一条鱼顺流而下，人们惊奇的目光也许只是忘情的瞬间的纯净。夹岸而观的人群，他们恭迎的是生命欢跃，难道竟是一种警号，难道竟是为了某种永诀！

▎佳作点评▏

　　学者谢冕的散文集书名就叫《一条鱼顺流而下》，足见他对此文的重视，这体现了作者着眼于生态学的广阔视野。我认为这不是悲天悯人，也不仅仅是关注动物的生存环境与生存状态，他关注的是生态平衡的缺失所带来的灾难性后果。古人有知鱼之乐，今人只有钓鱼、炸鱼之欲，屯溪大桥下面恬适地游动的一条鱼，却让作者萌发出对其命运的无尽担忧。鱼自然不会明白自己面临人类为其设置的重重危险，就像人类在破坏自然环境的同时，从来没有想过在未来岁月里自然对人类的报复。这样的文章已经不是文体的好与坏，而是每一个读者必须去俯身问道：敬畏自然。

一个低音变奏

——和希梅内斯的《小银和我》

□ [中国] 严文井

许多年以前，在西班牙某一个小乡村里，有一头小毛驴，名叫小银。

它像个小男孩，天真、好奇而又调皮。它喜欢美，甚至还会唱几支简短的咏叹调。

它有自己的语言，足以充分表达它的喜悦、欢乐、沮丧或者失望。

有一天，它悄悄咽了气。世界上从此缺少了它的声音，好像它从来就没有出生过一样。

这件事说起来真有些叫人忧伤，因此西班牙诗人希梅内斯为它写了一百多首诗。每首都在哭泣，每首又都在微笑。而我却听见了一个深沉的悲歌，引起了深思。

是的，是悲歌，不是史诗，更不是传记。

小银不需要什么传记。它不是神父，不是富商，不是法官或别的什么显赫人物，它不想永垂青史。

没有这样的传记，也许更合适。我们不必知道：小银生于何年何月，卒于何年何月；是否在教堂里举行过婚礼，有过几次浪漫的经历；是否出生于名门望族，得过几次勋章；是否到过西班牙以外的地方旅游；有过多少股票、存款和债券……

不需要。这些玩意儿对它来说都无关紧要。

关于它的生平，只需要一首诗，就像它自己一样，真诚而朴实。

小银，你不会叫人害怕，也不懂得为索取赞扬而强迫人拍马溜须。这样才显出你品性里真正的辉煌之处。

你伴诗人散步，跟孩子们赛跑，这就是你的丰功伟绩。

你得到了那么多好诗。这真光荣，你的知己竟是希梅内斯。

你在他诗里活了下来，自自在在；这比在历史教科书某一章里占一小节（哪怕撰写者答应在你那双长耳朵上加上一个小小的光环），远为快乐舒服。

你那双乌黑乌黑的大眼睛，永远在注视着你的朋友——诗人。你是那么忠诚。

你好奇地打量着你的读者。我觉得你也看见了我，一个中国人。

你的善良的目光引起了我的自我谴责。

那些过去不会完全成为过去。

我认识你的一些同类。真的，这一次我不会欺骗你。

我曾经在一个马厩里睡过一晚上觉。天还没有亮，一头毛驴突然在我脑袋边大声喊叫，简直像一万只大公鸡在齐声打鸣。我吓了一跳，可是翻了一个身就又睡着了。那一个月里我几乎天天都在行军。我可以一边走路一边睡觉，而且还能够走着做梦。一个马厩就像喷了巴黎香水的带套间的卧房。那头毛驴的优美歌唱代替不了任何闹钟，那在我耳朵里只能算作一个小夜曲。我决无抱怨之意，至今也是如此。遗憾的是我没有来得及去结识一下你那位朋友，甚至连它的毛色也没有看清；天一大亮，我就随着大伙儿匆匆离去。

小银啊，我忘不了那次，那个奇特的过早的起床号，那声音真棒，至今仍不时在我耳边回荡。

有一天，我曾经跟随在一小队驴群后面当压队人。

我们已经在布满砾石的山沟里走了二十多天了。你的朋友们，每一位的背上都被那些大包小包压得很沉。它们都很规矩，一个接一个往前走，默不做声，用不着我吆喝和操心。

它们的脊背都被那些捆绑得不好的包裹磨烂了，露着红肉，发出恶臭。我不断感到恶心。那是战争的年月。

小银啊，现在我感到很羞耻。你的朋友们从不止步而又默不做声。而我，作为一个监护者，也默不做声。我不是完全不懂得那些痛苦，而我仅仅为自己的不适而感到恶心。

小银，你的美德并不是在于忍耐。

在一条干涸的河滩上，一头负担过重的小毛驴突然卧倒下去，任凭鞭打，就是不肯起立。

小银，你当然懂得，它需要的不过是一点点休息，片刻的休息。当时，我却没有为它去说说情。是真的，我没有去说情。那是由于我自己的麻木还是怯懦，或者二者都有，现在我还说不清。

我也看见过小毛驴跟小狗和羊羔在一起共同游戏。在阳光下，它们互相追逐，脸上都带着笑意。

那可能是一个春天。对它们和对我，春天都同样美好。

当然，过去我遇见过的那些小毛驴，现在都不再存在。我的记忆里留下了它们那些影子，欢乐的影子。那个可怜的欢乐！

多少年以来，它们当中的许多个，被蒙上了眼睛，不断走，不断走着。几千里，几万里。它们从来没有离开那些石磨。它们太善良。

毛驴，无论它们是在中国，还是在西班牙，还是在别的什么地方，命运大概都不会有什么不同。

小银啊，希梅内斯看透了这一切，他的诗令我感到忧郁。

你们流逝了的岁月，我心爱的人们流逝了的岁月。还有我自己。

我想吹一次洞箫，但我的最后一只洞箫在五十年前就已失落了，它在哪里？

这都怪希梅内斯，他让我看见了你。

我的窗子外边，那个小小的院子当中，晾衣绳下一个塑料袋在不停地旋转。来了一阵春天的风。

那片灰色的天空下有四棵黑色的树，不知什么时候，已经喷射出了一些绿色的碎点。只要一转眼，就会有一片绿色的雾出现。

几只燕子欢快地变换着队形，在轻轻掠过我的屋顶。

这的确是春天，是不属于你的又一个春天。

我听见你的叹息。小银，那是一把小号，一把孤独的小号。我回想起我多次看到的落日。

希梅内斯所描绘的落日，常常由晚霞伴随。一片火焰，给世界抹上一片玫瑰色。我的落日躲在墙的外面。

小银啊，你躲在希梅内斯的画里。那里有野莓、葡萄，还有一大片草地。死亡再也到不了你身边。

你的纯洁和善良，在自由游荡，一直来到人的心里。

人在晚霞里忏悔。我们的境界还不很高，没有什么足以自傲，没有。我们的心正在变得柔和起来。

小银，我正在听着那把小号。

一个个光斑，颤动着飞向一个透明的世界。低音提琴加强了那缓慢的吟唱，一阵鼓声，小号突然停止吹奏。那些不协调音，那些矛盾，那些由诙谐和忧郁组成的实体，都在逐渐减弱的颤音中慢慢消失。

一片宁静，那就是永恒。

1983 年 7 月 3 日

佳作点评

此文的副题是《和希梅内斯的＜小银和我＞》，清楚点名了这是一篇与读书有关的笔记。《小银，我可爱的憨驴》是西班牙著名诗人希梅内斯与一头叫小银的毛驴齿唇相依的真挚故事。小银是诗人的兄弟、朋友或者孩子，那种纯真感情感动了无数读者。严文井的文章讲述的是希梅内斯的小银死亡带给自己的强烈感受，他采用了最适宜抒情语调的第二人称，作者动情地回忆了自己生活里与毛驴的几次交道，他通过诗人希梅内斯的描绘，看到了自己内心深处的颤动的伤口，一旦揭开，往事与鲜血汩汩而出……把小驴的鸣叫比之为"一把孤独的小号"，这也只有大恸之人才有这样的比喻。而"躲在希梅内斯的画里"的小银，成为了不朽，只有在艺术天地里，圣灵才获得了永恒的自由。此文读罢，令人无限感伤。

我坐而眺望

□〔美国〕惠特曼

我坐而眺望世界上所有的压迫、暴力、痛苦和悔恨。

我听到青年人因自己所做过的事悔恨不安而发出的低声的难抑的哽咽。

我看见家徒四壁、生活困苦中的母亲为她的孩子们所折磨，绝望，消瘦，奄奄待毙，悲痛之极。

我看见受丈夫毒打的妻子，我看见青年妇女们所遇到的无信义的诱骗者。

我注意到企图隐秘着的嫉妒和单恋的苦痛。

我看见战争、疾病、暴政的恶果，我看见殉教者和囚徒。

我看到海上正在上演一幕悲剧，水手们抓阄决定谁应牺牲来维持其余人的生命。

我看到工人、穷人、黑人等正受到倨傲的人的侮蔑与轻视。

我坐而眺望着这一切——一切无穷无尽的卑劣行为和痛苦。

我看着，听着，但我始终一言未发。

佳作点评

惠特曼也有静默的时候。面对强权笼罩的社会，面对种种屈辱和辛酸，写文章写诗改变不了现状——因为一个人连自己的生活都不能安稳，还谈什么改变与同情？惠特曼是一边目睹，一边写作，他深切地感受着人们的苦难，却又无可奈何。尽管他对"一切无穷无尽的卑劣行为和痛苦"予以了尖锐的批判，并渴望以实际行动去帮助受苦的人，却暂时没有做到，所以迷茫，所以伤痛。

火绒草

□［苏联］高尔基

皑皑冰雪永远覆盖着阿尔卑斯高高的山脊,严寒和沉寂——那巍巍高峰睿智的缄默统治着这里的一切。

绝顶之上是杳渺的蓝天,仿佛有无数忧郁的眼睛,眨眼在冰雪峰巅。

山坡下,密密的田畴中,生命在激动和不安里成长;人类,这疲惫不堪的大地的主人正蒙受着苦难。

在黑沉沉的大地深渊之中——呻吟、欢笑、怒吼,还有爱的絮语……一切尘世所有的音响混杂在一起。而沉静的群峰,冷漠的星汉,却始终无动于衷,面对着人类沉重的叹息。

皑皑冰雪永远覆盖着阿尔卑斯高高的山脊,严寒和沉寂——那巍巍高峰睿智的缄默统治着这里的一切。

仿佛为了向谁诉说大地的不幸和疲惫不堪的人类的苦难——冰山脚下,在那亘古无声的静穆王国,孤零零地长出了一棵小小的火绒草。

在它的头上,在那杳渺的蓝天里,庄严的太阳在运转,忧郁的月亮在默默地照耀,无声的星星在发光,在燃烧……

冰冷的沉寂之幕徐徐垂下,日夜拥抱着这唯一的火绒草。

佳作点评

火绒草就是我们熟悉的雪绒花。文章里它的象征指向较为明晰。人间的爱欲、嫉恨和无奈，星群是无奈的。但是，一株柔弱的火绒草却成为了人间悲哀的代言人，即便如此，火绒草又能否得到星群、天空、黑夜的回应呢？火绒草就像一个缩小的"天问"，这样的姿势下，天河只能用"拥抱"来回敬这人间的苦难了。这篇散文诗散发出来的冷意，真实传达了作者的感受，这也体现了高尔基置身苦难找不到良方的苦恼。

风　暴

□ [英国] 狄更斯

狂风一股接着一股从海里直往岸上猛刮过来。我们奋力向前，越近海边，风势呼啸得就越吓人。早在瞧见大海以前，海水的飞沫已经落到我们的嘴唇上，把带咸味的雨水倾倒在我们身上。海水涨起来了，吞没了雅茅斯附近几英里内的平原。那一片片水面，一汪汪水洼，都在拍击堤岸，它们用尽了全身的每个部位向我们狠狠扑来。我们看见大海时，只见水天相接处不时从翻滚的深海里蹿起巨浪，犹如另一个矗着塔群和建筑物的海岸在眼前一闪而过。我们终于进入了市镇，来到了人们的家门口，他们相互探出头来，头发随风飘荡，对这种夜晚还会有邮车到来而感到万分惊讶。

我先在那家老客店里卸下物品，然后就跑去看海。我摇摇晃晃沿街走去，大街上飞沫四溅，沙子和海草懒洋洋地躺在上面。我真担心会有石板和瓦片从上面掉下来，走到狂风肆虐的转角上，我几乎站不稳脚跟。走近海边，我发现，躲在建筑物后面的岂止船夫，镇上有一半人都在这儿了。时而有些人顶着怒号的狂风去看海，他们被风吹得全然把不住方向，只得在回来的路上走成了之字形。

当我在迷眼的狂风和飞沙走石及恐怖的喧嚣声中，有足够时间来观看一下大海的时候，那可怕的海面把我吓得心惊肉跳。只见一道道高矗的水墙滚滚而来，升到最高点以后又跌下来变成拍击海岸的激浪，这种水墙之中连最小的似乎也能把市镇吞没。当退却的海浪带着刺耳的轰鸣向后冲刷而去的时候，它又仿佛要在海滩上挖出一个个地洞，像是有意要破坏地面。泛着白沫的巨浪轰然向前，到达陆地之前撞成万千碎片，而那些碎片又很快再次手挽着手，迫不及待地想凑成另一个可怕的怪物。起伏的高山变成深谷，起伏的深谷又隆起来形成高山，深谷间不时掠过一只孤独的海燕，但很快便被高山吞没。大量的海水带着沉闷的声响震动着、摇撼着。海浪哗哗作响，滚滚而来，刚一形成，就改变了形状和位置，同时又击退另一个变幻不定的海浪。水天相接处，想象中的海岸，时起时落，大片乌云在空中疾驰而过。此时，我似乎看到整个天地都融为一体，不能分开了。

佳作点评

狄更斯是公认的维多利亚时代最伟大作家。这一则描写海上风暴的片段很短，却具有英雄交响曲的豪迈与壮阔。他的比喻也是他苦心观察大海风暴的结果，"它又仿佛要在海滩上挖出一个个地洞，像是有意要破坏地面"，这样的句子也只有狄更斯才写得出来。在这样的天地连为一体的风暴面前，作者没有过高夸大抗争的力量，因为"深谷间不时掠过一只孤独的海燕，但很快便被高山吞没"，这就完全不像高尔基的《海燕》了。

一个树木的家庭

□［法国］于·列那尔

一个烈日当头的中午，我穿过一片郁葱的草原与他们偶遇。

他们不喜欢声音，没有住到路边。他们居住在未开垦的田野上，靠着一泓只有鸟儿才知道的清泉。

遥望树林，似乎密不可入。但当我靠近，树枝和树干渐渐松开。他们谨慎地欢迎我。我可以休息、乘凉。但我猜测，他们正监视着我，不敢掉以轻心。

他们的家也有长幼、尊卑之分，年纪最大的住在中间，而那些小家伙，有些还刚刚长出第一批叶子，则遍地皆是，从不分离。

他们的死亡是缓慢的，他们让死去的树也站立着，直至朽腐而变成尘埃。

他们用枝条互相抚摸、问候，感觉同伴的存在。如果风气喘吁吁地要将他们连根拔起，他们的手臂就愤怒挥动。但是，在他们之间，却没有任何争吵，有的只是和睦的低语。

这才应是我真正的家。另一个家我很快会忘掉。这些树木会逐渐逐渐接纳我，而为了表示我的诚意，我开始学习应该做到的事情：

我已开始监视流云。

我也已开始待在原地一动不动。

而且，我几乎开始沉默。

佳作点评

此文选自著名的《自然记事》，这篇散文小品堪称植物的"精神速写"，充满了童趣，展示了作者细致的观察力。他的感情和思想一如雨丝那样"润物细无声"，但读者可以从描绘间感觉到他的价值取向。列那尔抓住了树林的家庭特征，借助于树木家庭的构成，展现出一个理想社会模型，又暗示了人类社会存在的某些弊病。至于树木是否可以坦然接纳一个陌生者，那是见仁见智的事——心里有就有吧。而作者渴望融入自然的愿望显得有点急不可待："这才应是我真正的家。另一个家我很快会忘掉。"但真的会如此吗？至少，明白了树木的沉默奥义，就会明白缄默是一种守真。

春 天

□［日本］川端康成

每年春之将至，我必定做梦。

山间，原野，各种草木都在萌生，各种花卉都在竞放。树群的萌芽井然有序，嫩叶的色彩和形状因树而异。不消说，嫩叶的颜色不限于绿色，例如沿东海道春游，就可以看见远州路罗汉松的新芽和关原一带的柿树的嫩叶不限于绿……仅以红叶和枫树的嫩叶来说就已是千变万化的。还有许多我不知名的、小得几乎不显眼的野花。

我一度的确想写写自己亲眼仔细观察到的春天，写春天来到山野的草木丛中，于是我就观察山间林木的万枝千朵的花。然而，在我到处细心观察而未下笔的时候，春天的嫩叶和花却匆匆地起了变化。我便想来年再写吧。我每年照例要做这样的梦，也许我是个日本作家的缘故吧。而且我梦中看到了一座美丽的山，布满了森林、繁花和嫩叶。我梦中想道：这是故乡的山啊！人世间哪里都找不到这样美丽的故乡。

佳作点评

　　川端康成的"春梦"显出了东瀛"阴翳"美学的端倪。他几乎没有正面描绘春天具体的景物、色彩或者不同的树叶，他匆匆跑过了这些，让这些景物成为了"春梦"的建筑材料：梦中的山，沐浴在春天的气息里，那是故乡的精神高地，既可以回望，也可以前瞻，由此也构成了一种孤独的美。

黄昏和黎明

□［印度］泰戈尔

在这里，黄昏已经降临。太阳神噢，你那黎明现在沉落在哪个国度，哪个海滨？

在这里，晚香玉在黑暗中微微颤动，宛如披着面纱的新娘，羞涩地立在新房之门；晨花——金香木，又在哪里绽蕾？

有人被惊醒。黄昏点燃的灯火已经熄灭，夜晚编好的白玫瑰花环也已凋落。

在这里，家家的柴扉紧闭；在那边，户户的窗子敞开。在这里，船舶靠岸，渔民入睡；在那边，顺风扬起了篷帆。

人们离开客店，面向朝阳向东方走去；晨光洒在他们的额上，可他们的渡河之费直到现在还没有偿付；透过路旁的一扇扇窗扉，那一双双黑黑的眼睛，含着怜悯的渴望，正在凝视着他们的后背；一条大路展现在他们的面前，犹如一封朱红的请帖发出邀请："一切都已为你们准备就绪。"随着他们心潮的节奏，胜利之鼓已经擂响。

在这里，所有的人都乘坐着日暮之舟，向灰暗的晚霞微光中渡去。

在客店的院落里，他们铺下破衣烂衫；有人孤独一身，有人带着疲惫的伴侣；黑暗中无法看清，前面的路上将有什么，可是，现在他们正悄悄地谈论着后面走过的路上所发生的事；谈着谈着话语中断，尔后一片静寂；尔后他们从院里抬头仰望，北斗七星正悬在天边。

　　太阳神噢，在你的左边是这黄昏，在你的右边是那黎明，请你让这两者联合起来吧！就让这阴影和那光明相互拥抱和亲吻吧！就让这黄昏之曲为那黎明之歌祝福吧！

佳作点评

　　这篇作品就像泰戈尔的"晨昏祈祷书"。显然他不喜欢夹在黄昏和黎明之间的黑夜，诗人凭借自己的想象给自己和读者创作出一种幻境。早晨的清新与黄昏的精美，恰如生命中的"美好事物"，而生命的黑夜却是天地间无法回避的过程啊。但诗人顾不了那么多了，他的博爱精神似乎是一种神启。祈祷并不等于现实，但诗就是活在祈祷中的。

北平的四季 ·[中国]郁达夫

红的果园 ·[中国]萧红

海 ·[中国]许地山

南国 ·[中国]瞿秋白

衖衕 ·[中国]朱湘

扬州的夏日 ·[中国]朱自清

……

寻找一弯彩虹

人是自然的产物，存在于自然之中，服从自然的法则，不能超越自然，就是在思维中也不能走出自然。

——霍尔巴赫

北平的四季

□ [中国] 郁达夫

对于一个已经化为异物的故人，追怀起来，总要先想到他或她的好处；随后再慢慢的想想，则觉得当时所感到的一切坏处，也会变作很可寻味的一些纪念，在回忆里开花。关于一个曾经住过的旧地，觉得此生再也不会第二次去长住了，身处入了远离的一角，向这方向的云天遥望一下，回想起来的，自然也同样地只是它的好处。

中国的大都会，我前半生住过的地方，原也不在少数；可是当一个人静下来回想起从前，上海的闹热，南京的辽阔，广州的乌烟瘴气，汉口武昌的杂乱无章，甚至于青岛的清幽，福州的秀丽，以及杭州的沉着，总归都还比不上北京——我住在那里的时候，当然还是北京——的典丽堂皇，幽闲清妙。

先说人的分子吧，在当时的北京——民国十一二年前后——上自军财阀政客名优起，中经学者名人，文士美女教育家，下而至于负贩拉车铺小摊的人，都可以谈谈，都有一艺之长，而无憎人之貌；就是由荐头店荐来的老妈子，除上炕者是当然以外，也总是衣冠楚楚，看起来不觉得会令人讨嫌。

其次说到北京物质的供给哩,又是山珍海错,洋广杂货,以及萝卜白菜等本地产品,无一不备,无一不好的地方。所以在北京住上两三年的人,每一遇到要走的时候,总只感到北京的空气太沉闷,灰沙太暗淡,生活太无变化;一鞭出走,出前门便觉胸舒,过芦沟方知天晓,仿佛一出都门,就上了新生活开始的坦道似的;但是一年半载,在北京以外的各地——除了在自己幼年的故乡以外——去一住,谁也会得重想起北京,再希望回去,隐隐地对北京害起剧烈的怀乡病来。这一种经验,原是住过北京的人,个个都有,而在我自己,却感觉得格外的浓,格外的切。最大的原因或许是为了我那长子之骨,现在也还埋在郊外广谊园的坟山,而几位极要好的知己,又是在那里同时毙命的受难者的一群。

北平的人事品物,原是无一不可爱的,就是大家觉得最要不得的北平的天候,和地理联合上一起,在我也觉得是中国各大都会中所寻不出几处来的好地。为叙述的便利起见,想分成四季来约略地说说。

北平自入旧历的十月之后,就是灰沙满地,寒风刺骨的季节了,所以北平的冬天,是一般人所最怕过的日子。但是要想认识一个地方的特异之处,我以为顶好是当这特异处表现得最圆满的时候去领略;故而夏天去热带,寒天去北极,是我一向所持的哲理。北平的冬天,冷虽则比南方要冷得多,但是北方生活的伟大幽闲,也只有在冬季,使人感受得最彻底。

先说房屋的防寒装置吧,北方的住屋,并不同南方的摩登都市一样,用的是钢骨水泥,冷热气管;一般的北方人家,总只是矮矮的一所四合房,四面是很厚的泥墙;上面花厅内都有一张暖炕,一所回廊;廊子上是一带明窗,窗眼里糊着薄纸,薄纸内又装上风门,另外就没有什么了。在这样简陋的房屋之内,你只教把炉子一生,电灯一点,棉门帘一挂上,在屋里住着,却一辈子总是暖炖炖像是春三四月里的样子。尤其会得使你感觉到屋内的温软堪恋的,是屋外窗外面乌乌在叫啸的西北风。天色老是灰沉沉的,路上面也老是灰的围障,而从风尘灰土中下车,一踏进屋里,就觉得一团春气，包围在你的左右四周，使你马上就忘记了屋外的一切寒冬的苦楚。若是喜欢吃吃酒，烧烧羊肉锅的人，那冬天的北方生活，就更加不能够割舍；酒已经是御寒的妙药了，再加上以大蒜与羊肉酱油合煮的香味，简直可以使一室之内，涨满了白蒙蒙的水蒸温气。玻璃窗内，前半夜，会流下一条条的清汗，后半夜就变成了花色奇异的冰纹。

到了下雪的时候哩，景象当然又要一变。早晨从厚棉被里张开眼来，一室的清光，会使你的眼睛眩晕。在阳光照耀之下，雪也一粒一粒的放起光来了，蛰伏得很久的小鸟，在这时候会飞出来觅食振翎，谈天说地，吱吱的叫个不休。数日来的灰暗天空，愁云一扫，忽然变得澄清见底，翳障全无；于是年轻的北方住民，就可以营屋外的生活了，溜冰，做雪人，赶冰车雪车，就在这一种日子里最有劲儿。

我曾于这一种大雪时晴的傍晚，和几位朋友，跨上跛驴，出西直门上骆驼庄去过一夜。北平郊外的一片大雪地，无数枯树林，以及西山隐隐现现的不少白峰头，和时时吹来的几阵雪样的西北风，所给予人的印象，实在是深刻，伟大，神秘到了不可以言语来形容。直到了十余年后的现在，我一想起当时的情景，还会得打一个寒颤而吐一口清气，如同在钓鱼台溪旁立着的一瞬间一样。

北国的冬宵，更是一个特别适合于看书，写信，追思过去，与作闲谈说废话的绝妙时间。记得当时我们弟兄三人，都住在北京，每到了冬天的晚上，总不远千里地走拢来聚在一道，会谈少年时候在故乡所遇所见的事事物物。小孩们上床去了，佣人们也都去睡觉了，我们弟兄三个，还会得再加一次煤后长谈下去。有几宵因为屋外面风紧天寒之故，到了后半夜的一二点钟的时候，便不约而同地会说出索性坐到天亮的话来。像这一种可宝贵的记忆，像这一种最深沉的情调，本来也就是一生中不能够多享受几次的昙花佳境，可是若不是在北平的冬天的夜里，那趣味也一定不会得像如此的悠长。

总而言之，北平的冬季，是想赏识赏识北方异味者之唯一的机会；这一季里的好处，这一季里的琐事杂忆，若要详细地写起来，总也有一部《帝京景物略》那么大的书好做；我只记下了一点点自身的经历，就觉得过长了，下面只能再来略写一点春和夏以及秋季的感怀梦境，聊作我的对这日就沦亡的故国的哀歌。

春与秋，本来是在什么地方都属可爱的时节，但在北平，却与别地方也有点儿两样。北国的春，来得较迟，所以时间也比较得短。西北风停后，积雪渐渐地消了，赶牲口的车夫身上，看不见那件光板老羊皮的大袄的时候，你就得预备着游春的服饰与金钱；因为春来也无信，春去也无踪，眼睛一眨，在北平市内，春光就会得同飞马似的溜过。屋内的炉子，刚拆去不久，说不定你就马上得去叫盖凉棚的才行。

而北方春天的最值得记忆的痕迹，是城厢内外的那一层新绿，同洪水似的新绿。北京城，本来就是一个只见树木不见屋顶的绿色的都会，一踏出九城的门户，四面的黄土坡上，更是杂树丛生的森林地了；在日光里颤抖着的嫩绿的波浪，油光光，亮晶晶，若是神经系统不十分健全的人，骤然间身入到这一个淡绿色的海洋涛浪里去一看，包管你要张不开眼，立不住脚，而昏厥过去。

北平市内外的新绿，琼岛春阴，西山挹翠诸景里的新绿，真是一幅何等奇伟的外光派的妙画！但是这画的框子，或者简直说这画的画布，现在却已经完全掌握在一只满长着黑毛的巨魔的手里了！北望中原，究竟要到哪一日才能够重见得到天日呢？

从地势纬度上讲来，北方的夏天，当然要比南方的夏天来得凉爽。在北平城里过夏，实在是并没有上北戴河或西山去避暑的必要。一天到晚，最热的时候，只有中午到午后三四点钟的几个钟头，晚上太阳一下山，总没有一处不是凉阴阴要穿单衫才能过去的；半夜以后，更是非盖薄棉被不可了。而北平的天然冰的便宜耐久，又是夏天住过北平的人所忘不了的一件恩惠。

我在北平，曾经过过三个夏天；像什刹海、菱角沟、二闸等暑天游耍的地方，当然是都到过的；但是在三伏的当中，不问是白天或是晚上，你只教有一张藤榻，搬到院子里的葡萄架下或藤花荫处去躺着，吃吃冰茶雪藕，听听盲人的鼓词与树上的蝉鸣，也可以一点儿也感不到炎热与熏蒸。而夏天最热的时候，在北平顶多总不过九十四五度，这一种大热的天气，全夏顶多顶多又不过十日的样子。

在北平，春夏秋的三季，是连成一片；一年之中，仿佛只有一段寒冷的时期，和一段比较得温暖的时期相对立。由春到夏，是短短的一瞬间，自夏到秋，也只觉得是过了一次午睡，就有点儿凉冷起来了。因此，北方的秋季也特别的觉得长，而秋天的回味，也更觉得比别处来得浓厚。前两年，因去北戴河回来，我曾在北平过过一个秋，在那时候，已经写过一篇《故都的秋》，对这北平的秋季颂赞过一遍了，所以在这里不想再来重复；可是北平近郊的秋色，实在也正像是一册百读不厌的奇书，使你愈翻愈会感兴趣。

秋高气爽，风日晴和的早晨，你且骑着一匹驴子，上西山八大处或玉泉山碧云寺去走走看；山上的红柿，远处的烟树人家，郊野里的芦苇黍稷，以及在驴背上驮着生果进城来卖的农户佃家，包管你看一个月也不会看厌。春秋两季，本来是到处好的，但是北方的秋空，看起来似乎更高一点，北方的空气，吸起来似乎更干燥健全一点。而那一种草木摇落、金风肃杀之感，在北方似乎也更觉得要严肃、凄凉、沉静得多。你若不信，你且去西山脚下，农民的家里或古寺的殿前，自阴历八月至十月下旬，去住它三个月看看。古人的"悲哉秋之为气"以及"胡笳互动，牧马悲鸣"的那一种哀感，在南方是不大感觉得到的，但在北平，尤其是在郊外，你真会得感至极而涕零，思千里兮命驾。所以我说，北平的秋，才是真正的秋；南方的秋天，不过是英国话里所说的 Indian Summer 或叫作小春天气而已。

统观北平的四季，每季每节，都有它的特别的好处；冬天是室内饮食奄息的时期，秋天是郊外走马调鹰的日子，春天好看新绿，夏天饱受清凉。至于各节各季，正当移换中的一段时间哩，又是别一种情趣，是一种两不相连，而又两都相合的中间风味，如雍和宫的打鬼，净业庵的放灯，丰台的看芍药，万牲园的寻梅花之类。

五六百年来文化所聚萃的北平，一年四季无一月不好的北平，我在遥忆，我也在深祝，祝她的平安进展，永久地为我们黄帝子孙所保有的旧都城！

1936 年 5 月 27 日

▎佳作点评

郁达夫用"典丽堂皇，幽闲清妙"表达了他心目中的北京印象。"典丽"地方多，但称得上"堂皇"之处的却少之又少；而"幽闲"之地更是数不胜数，但"清妙"就讲究品味了，它们汇聚为北京的精神品质，无可替代。郁达夫的文笔的确做到了形神兼备。作者采用烘云托月之法，北京越是美景醉人，作者的内心就越是感到疼痛，因为他在提醒读者，这是"我的对这日就沦亡的故国的哀歌"；绝色美景"却已完全掌握在一只满长着黑毛的巨魔手里了！北望中原，究竟要到哪一日才能够重见得到天日呢！"这峭拔在盛景叙述下的寥寥数语，宛如钝刀割肉，让我们疼痛至今！

红的果园

□ [中国] 萧红

五月一开头这果园就完全变成了深绿。在寂寞的市梢上，游人也渐渐增多了起来。那河流的声音，好像喑哑了去，交织着的是树声、虫声和人语的声音。

园前切着一条细长的闪光的河水，园后，那白色楼房的中学里边，常常有钢琴的声音，在夜晚散布到这未熟的果子们的中间。

从5月到6月，到7月，甚至于到8月，这园子才荒凉下来。那些树，有的在3月里开花，有的在4月里开花。但，一到5月，这整个的园子就完全是绿色的了，所有的果子就在这期间肥大了起来。后来，果子开始变红，后来全红，再后来——7月里——果子们就被看园人完全摘掉了。再后来，就是看园人开始扫着那些从树上自己落下的黄叶的时候。

园子在风声里面又收拾起来了。

但那没有和果子一起成熟的恋爱，继续到9月也是可能的。

园后那学校的教员室里的男子的恋爱，虽然没有完结，也就算完结了。

他在教员休息室里也看到这园子，在教室里站在黑板前面也看到这园子，因此他就想到那可怕的白色的冬天。他希望刚走去了的冬天接着再来，但那是不可能。

果园一天一天地在他的旁边成熟，他嗅到果子的气味就像坐在园里的一样。他看见果子从青色变成红色，就像拿在手里看得那么清楚。同时园门上插着的那张旗子，也好像更鲜明了起来。那黄黄的颜色使他对着那旗子起着一种生疏、反感和没有习惯的那种感觉。所以还不等果子红起来，他就把他的窗子换上了一张蓝色的窗围。

他怕那果子会一个一个地透进他的房里来，因此他怕感到什么不安。

果园终于全红起来了，一个礼拜，两个礼拜，差不多三个礼拜，园子还是红的。

他想去问问那看园子的人，果子究竟要红到什么时候。但他一走上那去果园的小路，他就心跳，好像园子在眼前也要颤抖起来。于是他背向着那红色的园子擦擦眼睛，又顺着小路回来了。

在他走上楼梯时，他的胸膛被幻想猛烈地攻击了一阵：他看见她就站在那小道上，蝴蝶在她旁边的青草上飞来飞去。"我在这里……"他好像听到她的喊声似的那么震动。他又看到她等在小夹树道的木凳上。他还回想着，他是跑了过去的，把她牵住了，于是声音和人影一起消失到树丛里去了。他又想到通夜在园子里走着的景况……有时热情来了的时候，他们和虫子似的就靠着那树丛接吻了。朝阳还没有来到之前，他们的头发和衣裳就被夜露完全打湿了。

他在桌上翻开了学生作文的卷子，但那上面写着些什么呢？

"皇帝登极，万民安乐……"

他又看看另一本，每本开头都有这么一段……他细看时，那并不是学生们写的，是用铅字已经替学生们印好了的。他翻开了所有的卷子，但铅字是完全一样。

他走过去，把蓝色的窗围放下来，他看到那已经熟悉了的看园人在他的窗口下面扫着园地。

看园人说:"先生!不常过来园里走走?总也看不见先生呢?"

"嗯!"他点着头,"怎么样?市价还好?"

"不行啦。先生,你看……这不是吗?"那人用竹帚的把柄指着太阳快要落下来的方向,那面飘着一些女人的花花的好像口袋一样大的袖子。

"这年头,不行了啊!不是年头……都让他们……让那些东西们摘了去啦……"他又用竹帚的把柄指打着树枝:"先生……看这里……真的难以栽培,折的折,掉枝的掉枝……招呼她们不听,又哪敢招呼呢?人家是日本二大爷……"他又问,"女先生,那位,怎么今年也好像总也没有看见?"

他想告诉他:"女先生当军去了。"但他没有说。他听到了园门上旗子的响声,他向着旗子的方向看了看,也许是什么假日,园门口换了一张大的旗……黄色的……好像完全黄色的。

看园子的人已经走远了,他的指甲还在敲着窗上的玻璃。他看着,他听着,他对着这"园子"和"旗"起着兴奋的情感。于是被敲着的玻璃更响了,假若游园的人经过他的窗下,也能够听到他的声音。

1936 年 9 月　东京

佳作点评

萧红与萧军分手后,1936 年她只身东渡日本,写出了短篇《王四的故事》《红的果园》《牛车上》等作品,有评论者认为《红的果园》和《牛车上》似乎也仍存在着她早期作品中那种结构不够完整的缺点。但这样的不完整恰恰是她心情的真实反映,反而造就了她的散文"带有小说艺术结构的特点",技法越来越圆熟,这也正反映了萧红散文结构和布局的独创性。

本文标题所标示的"红的果园",作者反而几笔带过,她并不是要去刻画收获的果实,她在这样的季节里,关注的却是"没有和果子一起成熟的恋爱"。这既是教员们的,也未尝不是在暗示自己。她的心,不甘!文中采用一些简洁的对话。写对话历来是萧红最为拿手的叙述手法了,推动着情节的起承转合。通篇徘徊着一种离愁,读来令人感怀。

海

□ [中国] 许地山

我底朋友说:"人底自由和希望,一到海面就完全失掉了!因为我们太不上算,在这无涯浪中无从显出我们有限的能力和意志。"

我说:"我们浮在这上面,眼前虽不能十分如意,但后来要遇着底,或者超乎我们底能力和意志之外。所以在一个风狂浪骇底海面上,不能准说我们要到什么地方就可以达到什么地方;我们只能把性命先保持住,随着波涛颠来簸去便了。"

我们坐在一只不如意的救生船里,眼看着载我们到半海就毁坏底大船渐渐沉下去。

我底朋友说:"你看,那要载我们到目的地底船快要歇息去了!现在在这茫茫的空海中,我们可没有主意啦。"

幸而同船底人,心忧得很,没有注意听他底话。我把他底手摇了一下说:"朋友,这是你纵谈底时候么?你不帮着划桨么?"

"划桨么?这是容易的事。但要划到哪里去呢?"

我说:"在一切的海里,遇着这样的光景,谁也没有带着主意下来,谁也脱不了在上面泛来泛去。我们尽管划罢。"

（原刊1922年5月《小说月报》第13卷第5号）

佳作点评

许地山对佛经、道经和典故烂熟于心，但他从来都不曾有避世之想。在他早期的作品《海》中，他来了一个假设：大海茫茫，风狂船破，逃到救生船上后，人们会做出如何选择？在别人的空论之中，他的选择是动作——"我们尽管划罢"，丝毫看不出他有消极颓唐、破罐子破摔的情绪。他一直是积极向上的。许地山借用佛家思想，并没有轻易否定现实，而是通过平衡的心灵和净化的情感来加强生存欲望，为行动注入新动力。许地山早期作品带有宗教色彩的哲理，朝向并捍卫着生活。本篇文章透出几丝禅机，又有理性的加盟，充满了诗的情调。

南　国

□ [中国] 瞿秋白

"魂兮归来哀江南"（庾信）

阴晴不定的天色，凄凄的丝雨，心神都为之忧黯……污滑的莫斯科街道，乱砌的石块，扰扰行人都因之现出跋相。街梢巷尾小孩子叫唤卖烟的声音，杂货铺口鱼肉的咸味，无不在行人心理上起一二分作用。

钟表铺前新挂起半新不旧的招牌，也像暗暗的经受愁惨的况味。我走进铺门，只见一老者坐在账台旁，戴着近光眼镜，凄迷着双眼，在那里修表呢。旁坐一中年妇人接着我的表嘻嘻的说道：

"——呵，你们来开'大会'的，预备回去宣传无产主义么？"

我笑着回答他不是的。他还不信呢。后来又说："不错不错，中国也用不着宣传——在中国的资本家都是英国人，和我们从前一样，德国人在此占'老爷'的地位，咱们大家都当小工！现在又兴租借地了，和你们中国差不离。"我说，你们有苏维埃政府呢。他默然一晌，笑一笑，就不言语了。……

我回寓来觉着更不舒服。前几天医生说我左肺有病，回国为是。昨天不是又吐血么？七月间病卧了一个月，奄奄的生气垂尽，一切一切都渐渐在我心神里磨灭……还我的个性，还我为社会服务的精力来！唉，北地风寒积雪的气候，黑面包烂肉的营养，究竟不是一片"热忱"所支持得住的。

万里……万里……温情的抚慰，离故乡如此之远，那能享受。习俗气候天色，与故乡差异如此之大，在国内时想象之中都不能假设的，漫天白色，延长五月之久，雪影凄迷，气压高度令人呼吸都不如意。冰……雪……风暴……哪有江南春光明媚，秋花争艳的心灵之怡养。

可是呢，南国文物丰饶也不久（其实是已经）要成完全的殖民地，英国"老爷"来了……想起今晨表铺主人的话，也许有几分真理。……

梦呓模糊，焦热烦闷，恍恍惚惚仅有南国的梦影，灿黄的菜花，清澄的池水……桃花……

唉！心神不定，归梦无聊。病深了！病深么？

8月5日

佳作点评

本文选自《赤都心史》，是瞿秋白1920年以北京《晨报》记者身份访问苏联期间所写的散文集。郑振铎赞誉道，《赤都心史》不愧为"五四"时期最响亮的战鼓，代表了时代的最强音。本文展示了作者作为斗士的另外一面：疾病不但摧毁了他的身体，某种程度上也影响了他的观点。置身冰天雪地的莫斯科，作者情不自禁地回忆起江南的春光明媚……这样的情景，不能不让我们动容。在这种肺病发烧造成的出神状态里，他不断转换理解苏俄的视角。他不但以一个真实的旅行者的身份成为苏俄的"异乡人"，更在自我怀疑过程中成了自身内在的"局外人"。这样的真实独白，似不多见。

衚衕

□［中国］朱湘

我曾经向子惠说过，词不仅本身有高度的美，就是它的牌名，都精巧之至。即如《渡江云》《荷叶杯》《摸鱼儿》《真珠帘》《眼儿媚》《好事近》这些词牌名，一个就是一首好词。我常时翻开词集，并不读它，只是拿着这些词牌名慢慢的咀嚼。那时我所得的乐趣，真不下似读绝句或是嚼橄榄。京中胡同的名称，与词牌名一样，也常时在寥寥的两三字里面，充满了色彩与暗示，好像龙头井、骑河楼等等名字，它们的美是毫不差似《夜行船》《恋绣衾》等等词牌名的。

胡同是衚衕的省写。据文学学者说，是与上海的弄一同源自巷字。元人李好古作的《张生煮海》一曲之内，曾经提到羊市角头砖塔儿衚衕，这两个字入文，恐怕要算此曲最早了。各胡同中，最为国人所知的，要算八大胡同；这与唐代长安的北里，清末上海的四马路的出名，是一个道理。

京中的胡同有一点最引人注意，这便是名称的重复：口袋胡同、苏州胡同、梯子胡同、马神庙、弓弦胡同，到处都是，与王麻子、乐家老铺之多一样，令初来京中的人，极其感到不便，然而等我们知道了口袋胡同是此路不通的死胡同，与"闷葫芦瓜儿"，"蒙福禄馆"是一件东西，苏州胡同是京人替住有南方人不管他们的籍贯是杭州或是无锡的街巷取的名字，弓弦胡同是与弓背胡同相对而定的象形的名称，以后我们便会觉得这些名字是多么有色彩，是多么胜似纽约的那些单调的什么 Fifth Avenue, Fourteenth Street, 以及上海的侮辱我国的按通商五口取名的什么南京路、九江路。那时候就是被全国中最稳最快的京中人力车夫说一句"先儿，你多给两子儿"也是得偿所失的。尤其是苏州胡同一名，它的暗示力极大。因为在当初，交通不便的时候，南方人很少来京，除去举子；并且很少住京，除去京官。南边话同京白又相差的那般远，也难怪那些生于斯、卒于斯、眼里只有北京、耳里只有北京的居民，将他们聚居的胡同，定名为苏州胡同了。（苏州的土白，是南边话中最特采的；女子是全国中最柔媚的。）梯子胡同之多，可以看出当初有许多房屋是因山而筑，那街道看去有如梯子似的。京中有很多的马神庙，也可令我们深思，何以龙王庙不多，偏多马神庙呢？何以北京有这么多马神庙，南京却一个也不见呢？南人乘舟，北人乘马，我们记得北京是元代的都城，那铁蹄直踏进中欧的鞑靼，正是修建这些庙宇的人呢！燕昭王为骏骨筑黄金台，那可以说是家中第一座马神庙了。

京中的胡同有许多以井得名，如上文提及的龙头井以及甜水井、苦水井、二眼井、三眼井、四眼井、井儿胡同、南井胡同、北井胡同、高井胡同、王府井等等，这是因为北方水分稀少，煮饭、烹茶、洗衣、沐面，水的用途又极大，所以当时的人，用了很笨缓的方法，凿出了一口井之后，他们的快乐是不可言状的，于是以井名街，纪念成功。

胡同的名称，不特暗示出京人的生活与想象，还有取灯胡同、妞妞房等类的胡同。不懂京话的人，是不知何所取意的。并且指点出京城的沿革与区分，羊市、猪市、骡马市、驴市、礼士胡同、菜市、缸瓦市，这些街名之内，除去猪市尚存旧意之外，其余的都已改头换面，只能让后来者凭了一些虚名来悬拟当初这几处地方的情形了。户部街、太仆寺街、兵马司、缎司、銮舆卫、织机卫、细砖厂、箭厂，谁看到了这些名字，能不联想起那辉煌的过去，而感觉一种超现实的兴趣？

黄龙瓦、朱垩墙的皇城，如今已将拆毁尽了。将来的人，只好凭了皇城根这一类的街名，来揣想那内城之内、禁城之外的一圈皇城的位置罢？那丹青照耀的两座单牌楼呢？那形影深嵌在我童年想象中的壮伟的牌楼呢？它们哪里去了？看看那驼背龟皮的四牌楼，它们手挂着拐杖，身躯不支的，不久也要追随早夭的兄弟于地下了！

破坏的风沙，卷过这全个古都，甚至不与人争韬声匿影如街名的物件，都不能免于此厄。那富于暗示力的劈柴胡同，被改作辟才胡同了；那有传说作背景的烂面胡同，被改作烂缦胡同了；那地方色彩浓厚的蝎子庙，被改作协资庙了。没有一个不是由新奇降为平庸，由优美流为劣下。狗尾巴胡同改作高义伯胡同，鬼门关改作贵人关，勾阑胡同改作钩帘胡同，大脚胡同改作达教胡同：这些说不定都是巷内居者要改的，然而他们也未免太不达教了。阮大铖住南京的裤裆巷，伦敦的 Rotten Row 为贵族所居之街，都不曾听说他们要改街名，难道能达观的只有古人与西人吗？内丰的人外啬一点，并无轻重。司马相如是一代文人，他的小名却叫犬子。《子不语》书中说，当时有狗氏兄弟中举。庄子自己愿意为龟。颐和园中慈禧后居住的乐寿堂前立有龟石。古人的达观，真是值得深思的。

佳作点评

朱湘是典型的才子，尽管在一些散文里忘情地讨论诗歌，但他绝缘于那些宏大题材，从不对社会高谈阔论，他忠实记录下自己的所见所闻，以日常平凡的事物涉笔成文，给人以自然、亲切感。他以诗人的眼光来审视北京独特的民俗，并在一些平淡的胡同名称中发现优美的诗意。平淡无奇的胡同名称，经由作者妙笔，让人浮想联翩，恨不得马上亲自去逛一逛看一看这些"名胜"。针对阔人们"一阔脸就变"就要更改地名的现象，他予以了深刻揭露，"没有一个不是由新奇降为平庸，由优美流为劣下"。这样的现象，可惜在七八十年后的今天，依然没有绝迹。"古人的达观，真是值得深思的"。

扬州的夏日

□［中国］朱自清

扬州从隋炀帝以来，是诗人文士所称道的地方；称道的多了，称道得久了，一般人便也随声附和起来。直到现在，你若向人提起扬州这个名字，他会点头或摇头说："好地方！好地方！"特别是没去过扬州而念过些唐诗的人，在他心里，扬州真像蜃楼海市一般美丽；他若念过《扬州画舫录》一类书，那更了不得了。但在一个久住扬州像我的人，他却没有那么多美丽的幻想，他的憎恶也许掩住了他的爱好；他也许离开了三四年并不去想它。若是想呢，——你说他想什么？女人；不错，这似乎也有名，但怕不是现在的女人吧？——他也只会想着扬州的夏日，虽然与女人仍然不无关系的。

北方和南方一个大不同，在我看，就是北方无水而南方有。诚然，北方今年大雨，永定河、大清河甚至决了堤防，但这并不能算是有水；北平的三海和颐和园虽然有点儿水，但太平衍了，一览而尽，船又那么笨头笨脑的。有水的仍然是南方。扬州的夏日，好处大半便在水上——有人称为"瘦西湖"，这个名字真是太"瘦"了，假西湖之名以行，"雅得这样俗"，老实说，我是不喜欢的。下船的地方便是护城河，曼衍开去，曲曲折折，直到平山堂，——这是你们熟悉的名字——有七八里河道，还有许多杈杈桠桠的支流。这条河其实也没有顶大的好处，只是曲折而有些幽静，和别处不同。

沿河最著名的风景是小金山、法海寺、五亭桥，最远的便是平山堂了。金山你们是知道的，小金山却在水中央。在那里望水最好，看月自然也不错——可是我还不曾有过那样福气。"下河"的人十之九是到这儿的，人不免太多些。法海寺有一个塔，和北海的一样，据说是乾隆皇帝下江南，盐商们连夜督促匠人造成的。法海寺著名的自然是这个塔；但还有一桩，你们猜不着，是红烧猪头。夏天吃红烧猪头，在理论上也许不甚相宜；可是在实际上，挥汗吃着，倒也不坏的。五亭桥如名字所示，是五个亭子的桥。桥是拱形，中一亭最高，两边四亭，参差相称，最宜远看，或看影子，也好。桥洞颇多，乘小船穿来穿去，另有风味。平山堂在蜀冈上。登堂可见江南诸山淡淡的轮廓；"山色有无中"一句话，我看是恰到好处，并不算错。这里游人较少，闲坐在堂上，可以永日。沿路光景，也以闲寂胜。从天宁门或北门下船。蜿蜒的城墙，在水里倒映着苍黝的影子，小船悠然地撑过去，岸上的喧扰像没有似的。

船有三种：大船专供宴游之用，可以狎妓或打牌。小时候常跟了父亲去，在船里听着谋得利洋行的唱片。现在这样乘船的大概少了吧？其次是"小划子"，真像一瓣西瓜，由一个男人或女人用竹篙撑着。乘的人多了，便可雇两只，前后用小凳子跨着：这也可算得"方舟"了。后来又有一种"洋划"，比大船小，比"小划子"大，上支布篷，可以遮日遮雨。"洋划"渐渐地多，大船渐渐地少，然而"小划子"总是有人要的。这不独因为价钱最贱，也因为它的伶俐。一个人坐在船中，让一个人站在船尾上用竹篙一下一下地撑着，简直是一首唐诗，或一幅山水画。而有些好事的少年，愿意自己撑船，也非"小划子"不行。"小划子"虽然便宜，却也有些分别。譬如说，你们也可想到的，女人撑船总要贵些；姑娘撑的自然更要贵啰。

这些撑船的女子，便是有人说过的"瘦西湖上的船娘"。船娘们的故事大概不少，但我不很知道。据说以乱头粗服，风趣天然为胜；中年而有风趣，也仍然算好。可是起初原是逢场作戏，或尚不伤廉惠；以后居然有了价格，便觉意味索然了。

北门外一带，叫作下街，"茶馆"最多，往往一面临河。船行过时，茶客与乘客可以随便招呼说话。船上人若高兴时，也可以向茶馆中要一壶茶，或一两种"小笼点心"，在河中喝着，吃着，谈着。回来时再将茶壶和所谓小笼，连价款一并交给茶馆中人。撑船的都与茶馆相熟，他们不怕你白吃。扬州的小笼点心实在不错：我离开扬州，也走过七八处大大小小的地方，还没有吃过那样好的点心；这其实是值得惦记的。茶馆的地方大致总好，名字也颇有好的。如香影廊、绿杨村、红叶山庄，都是到现在还记得的。绿杨村的幌子，挂在绿杨树上，随风飘展，使人想起"绿杨城郭是扬州"的名句。里面还有小池、丛竹、茅亭、景物最幽。这一带的茶馆布置都历落有致，迥非上海、北平方方正正的茶楼可比。

"下河"总是下午。傍晚回来，在暮霭朦胧中上了岸，将大褂折好搭在腕上，一手微微摇着扇子；这样进了北门或天宁门走回家中。这时候可以念"又得浮生半日闲"那一句诗了。

佳作点评

扬州自古因"烟花三月"而惹人注目，那时是如诗如画的浪漫之境；但是也有人偏爱扬州的夏日，在他们眼中，扬州的夏日有着别样的风情。朱自清毕业于当时设在扬州的江苏第八中学高中（今扬州中学），并且在扬州做过教师。他眼里的扬州，是被水荡漾开的仙境，水也构成了本文的线索。如水的女人也罢，但水本身就成为了扬州的主语。正是因为水的一系列描绘，整篇文章显得非常有灵气。文章不仅介绍了小金山、五亭桥等著名景点，也写了各式各样的船和要价不同的船娘。而茶馆与下河的体验，才是人与水的直接接触，个中之美，令作者回环往复，一咏三叹。如作者所说，扬州有它的趣味，可是夏日中的扬州要属最特别的了。

岳阳楼

□ [中国] 叶紫

诸事完毕了，我和另一个同伴由车站雇了两部洋车，拉到我们一向所景慕的岳阳楼下。

然而不巧得很，岳阳楼上恰恰驻了大兵——"游人免进"。我们只得由一个车夫指引，跨上那岳阳楼隔壁的一座茶楼，算是作为临时的替代。

心里总有几分不甘。茶博士送上两碗顶上的君山茶，我们接着没有回话。之后才由我那同伴发出来一个这样的议沦："'不入虎穴，焉得虎子！'我们不如和那里面的驻兵去交涉交涉！"

由茶楼的侧门穿过去就是岳阳楼。我们很谦恭地向驻兵们说了很多好话，结果是：不行！

心里更加不乐，不乐中间还带了一些儿愤慨的成分，闷闷地然而又发不出脾气来。这时候我们只好站在城楼边，顺着茶博士的手所指着的方向，像看电影画面里的远景似的，概略地去领略了一点儿"古迹"的皮毛。我们知道了那兵舍的背面有一块很大的木板，木板上刻着的字儿就是传诵千古的《岳阳楼记》。我们知道了那悬着一块"官长室"的小牌儿的楼上就是岳阳楼。那里面还有很多很多古今名人的匾额，那里面还有纯阳祖师的圣像和白鹤童子的仙颜，那里面还有——据说是很多很多，可是我们一样都不能看到。

"何必呢？"我的同伴有点不耐烦了，"既然逛不痛快，倒不如回到茶楼上去看看山水为佳！"

我点了点头。茶博士这才笑嘻嘻地替我们换上两壶热茶，又加上点心和瓜子，把座位移近到茶楼边上。

湖，的确是太美丽了：淡绿微漪的秋水，辽阔的天际，再加上那远远竖立在水面的君山，一望简直可以连人们的俗气都洗个干净。小艇儿鸭子似的浮荡着，像没有主宰，楼下穿织着的渔船，远帆的隐没，处处都欲把人们吸入到图画里去似的。我不禁兴高采烈起来了："啊啊，难怪诗人们都要做山林隐士，要是我也能在这里做一个优游水上的渔民，那才安逸啊。"回头，我望着茶博士羡慕似的笑道：

"喂！你们才快活啦！"

"快活？先生？"茶博士莫明其妙地吃了一惊，苦笑着。

"是呀！这样明媚的湖山，你们还不快活吗？"

"快活！先生，唉！……"茶博士又愁着脸儿摇了摇头，半晌没有下文回答。

我的心中却有点儿生气了。也许是这家伙故意来扫我的兴的吧，不由得追问了他一句："为什么不快活呢？"

"唉！先生，依你看也许是快活的啊！……"

"为什么呢？"

"这年头，唉！先生，你不知道呢！"茶博士走近前来，"光是这岳阳楼下，唉！不像从前了啊！先生，你看那个地方就差不多每天都有人来上吊的！"他指那悬挂在城楼边的那一根横木。"三更半夜，驾着小船儿，轻轻靠到那下面，用一根绳子……唉！一年到头不知道有多少啊！还有跳水的，……"

"为什么呢?"

"为什么!先生,吃的、穿的、天灾、水旱、兵,鱼和稻又卖不出钱,捐税又重!……"看他的样子像欲哭。

"那么,你为什么也不快活呢?"

"我,唉!先生,没有饭吃,跑来做堂倌,偏偏又遇着老板的生意不好!……"

"啊——"我长长地答了一声。

接着,他又告诉了我许多许多。他说:这岳阳楼的风水很多年前就坏了,现在已经不能够保佑岳州的人了,无论是种田,做生意,打鱼,开茶馆,……没有一个能够享福赚钱的。纯阳祖师也不来了,到处都是死路了。湖里的强盗一天一天加多,来往的客商都不敢从这儿经过,尤其是游君山和游岳阳楼的,年来差不多快要绝踪。况且,两个地方都还驻扎着有军队……

我半响没有回话。一盆冷水似的,把我的兴致都泼灭完了。我从隐士和渔民的幻梦里清醒过来,头不住地一阵阵往下面沉落!我低头再望望那根城楼上的横木,望望那些渔船,望望水,望望君山,我的眼睛会不知不觉地起着变化,变化得模里模糊起来,黑暗起来,美丽的湖山全部幻灭了。我不由的引起一种内心的惊悸!

之后,我催促着我的同伴快些会过账,像战场上的逃兵似的,我便首先爬下了茶楼,头也不回地,就找寻着原来的路道跑去。

一路上,我不敢再回想那茶博士所说的那些话。我觉得我非常庆幸,我还没有真正地做一个岳阳楼下的渔民。至少,在今天,我还能够比那班渔民们多苟安几日。

佳作点评

作家叶紫出生于湖南益阳,由他来写岳阳楼是十分适合的。叶紫的纯文学性散文数量不大，比如往事、抒情、写景这一类题材的，以《还乡杂记》《行军散记》《岳阳楼》等为代表。《岳阳楼》展示了作家"第三只眼"的发现：他没有一味写景色，单是岳阳楼驻扎了军队，恐怕是岳阳楼建成以来的奇闻了，这也说明当时战事的紧张；岳阳楼就像一个瞭望台，满目均是清新明丽的美景，再写湖光山色掩盖着的"天灾、水旱、兵，鱼和稻又卖不出钱，捐税又重"的现实，岳阳楼成了被逼上绝路的人们上吊、跳水自杀的地方！这与范仲淹"先天下之忧而忧"的名句形成了巨大的反差。作者很诚实，真诚表达了"我觉得我非常庆幸，我还没有真正地做一个岳阳楼下的渔民"的感怀。

白马湖之冬

□［中国］夏丏尊

在我过去四十余年的生涯中，冬的情味尝得最深刻的，要算十年前初移居白马湖的时候了。十年以来，白马湖已成了一个小村落，当我移居的时候，还是一片荒野。春晖中学的新建筑巍然矗立于湖的那一面，湖的这一面的山脚下是小小的几间新平屋，住着我和刘君心如两家。此外两三里内没有人烟。一家人于阴历十一月下旬从热闹的杭州移居这荒凉的山野，宛如投身于极带中。

那里的风，差不多日日有的，呼呼作响，好像虎吼。屋宇虽系新建，构造却极粗率，风从门窗隙缝中来，分外尖削，把门缝窗隙厚厚地用纸糊了，椽缝中却仍有透入。风刮得厉害的时候，天未夜就把大门关上，全家吃毕夜饭即睡入被窝里，静听寒风的怒号，湖水的澎湃。靠山的小后轩，算是我的书斋，在全屋子中风最少的一间，我常把头上的罗宋帽拉得低低地，在洋灯下工作至夜深。松涛如吼，霜月当窗，饥鼠吱吱在承尘上奔窜。我于这种时候深感到萧瑟的诗趣，常独自拨划着炉灰，不肯就睡，把自己拟诸山水画中的人物，作种种幽邈的遐想。

现在的白马湖到处都是树木了，当时尚一株树木都未种。月亮与太阳都是整个儿的，从上山起直要照到下山为止。太阳好的时候，只要不刮风，那真暖和得不像冬天。一家人都坐在庭间曝日，甚至于吃午饭也在屋外，像夏天的晚饭一样。日光晒到哪里，就把椅凳移到哪里，忽然寒风来了，只好逃难似的各自带了椅凳逃入室中，急急把门关上。在平常的日子，风来大概在下午快要傍晚的时候，半夜即息。至于大风寒，那是整日夜狂吼，要二三日才止的。最严寒的几天，泥地看去惨白如水门汀，山色冻得发紫而黯，湖波泛深蓝色。

下雪原是我所不憎厌的，下雪的日子，室内分外明亮，晚上差不多不用燃灯。远山积雪足供半个月的观看，举头即可从窗中望见。可是究竟是南方，每冬下雪不过一二次。我在那里所日常领略的冬的情味，几乎都从风来。白马湖的所以多风，可以说有着地理上的原因。那里环湖都是山，而北首却有一个半里阔的空隙，好似故意张了袋口欢迎风来的样子。白马湖的山水和普通的风景地相差不远，唯有风却与别的地方不同。风的多和大，凡是到过那里的人都知道的。风在冬季的感觉中，自古占着重要的因素，而白马湖的风尤其特别。

现在，一家僦居上海多日了，偶然于夜深人静时听到风声，大家就要提起白马湖来，说"白马湖不知今夜又刮得怎样厉害哩！"

佳作点评

20世纪20年代，著名教育家夏丏尊在浙江上虞白马湖兴学，经多方奔走募捐巨资，在白马湖畔创办了私立的春晖中学。在忙碌的教学处境中，他却持有一种恬淡的心境。他没有过多展示白马湖的景色，而是落笔于冬季，尤其是湖上的风。作者意识到，"风在冬季的感觉中，自古占着重要的因素，而白马湖的风尤其特别"，在这样多风的地方生活自然是别有滋味的。风于无形中增添了他生活的乐趣，更带来了"大风起兮云飞扬"的壮阔人生。结尾处意味深长，他不能忘情于白马湖的学校与山水，仅以一句"白马湖不知今夜又刮得怎样厉害哩！"予以体现。回荡在记忆里的风，不再凛冽，而是充满了温馨。

北 平

□ [中国] 郑振铎

你若是在春天到北平，第一个印象也许便会给你以十分的不愉快。你从前门东车站或西车站下了火车，出了站门，踏上了北平的灰黑的土地上时，一阵大风刮来，刮得你不能不向后倒退几步；那风卷起了一团的泥沙；你一不小心便会迷了双眼，怪难受的；而嘴里吹进了几粒细沙在牙齿间萨拉萨拉的作响。耳朵壳里，眼缝边，黑马褂或西服外套上，立刻便都积了一层黄灰色的沙垢。你到了家，或到了旅店，得仔细的洗涤了一顿，才会觉得清爽些。

"这鬼地方！那么大的风，那么多的灰尘！"你也许会很不高兴地诅咒地说。

风整天整夜的呼呼的在刮，火炉的铅皮烟囱，纸的窗户，都在乒乒乓乓的相碰着，也许会闹得你半夜睡不着。第二天清早，一睁开眼，呵，满窗的黄金色，你满心高兴，以为这是太阳光，你今天将可以得一个畅快的游览了。然而风声还在呼呼的怒吼着。擦擦眼，拥被坐在床上，你便要立刻懊丧起来。那黄澄澄的，错疑做太阳光的，却正是漫天漫地的吹刮着的黄沙！风声吼吼的还不曾歇气。你也许会懊悔来这一趟。

但到了下午，或到了第三天，风渐渐的平静起来。太阳光真实的黄亮亮的晒在墙头，晒进窗里。那份温暖和平的气息儿，立刻便会鼓动了你向外面跑跑的心思。鸟声细碎的在鸣叫着，大约是小麻雀儿的唧唧声居多。——碰巧，院子里有一株杏花或桃花，正含着苞，浓红色的一朵朵，将放未放。枣树的叶子正在努力的向外崛起。——北平的枣树是那么多，几乎家家天井里都有个一株两株的。柳树的柔枝儿已经是透露出嫩嫩的黄色来。只有硕大的榆树上，却还是乌黑的秃枝，一点什么春的消息都没有。

你开了房门，到院子里，深深的吸了一口气。啊，好新鲜的空气，仿佛在那里面便挟带着生命力似的。不由得不使你神清气爽。太阳光好不可爱。天上干干净净的没半朵浮云，俨然是"南方秋天"的样子。你得知道，北平当晴天的时候，永远的那一份儿"天高气爽"的晴明的劲儿，四季皆然，不独春日如此。

太阳光晒得你有点暖得发慌。"关不住了！"你准会在心底偷偷的叫着。你便准得应了这自然之招呼而走到街上。

但你得留意，即使你是阔人，衣袋里有充足的金洋银洋，你也不应摆阔，坐汽车。被关在汽车的玻璃窗里。你便成了如同被蓄养在玻璃缸的金鱼似的无生气的生物了。你将一点也享受不到什么。汽车那么飞快的冲跑过去，仿佛是去赶什么重要的会议。可是你是来游玩，不是来赶会。汽车会把一切自然的美景都推到你的后面去。你不能吟味，你不能停留，你不能称心如意的欣赏。这正是猪八戒吃人参果的勾当。你不会蠢到如此的。

北平不接受那么摆阔的阔客。汽车客是永远不会见到北平的真面目的。北平是个"游览区"。天然的不欢迎"走车看花"——比走马看花还杀风景的勾当——的人物。

那么，你得坐"洋车"——但得注意：如果你是南人，叫一声黄包车，准保个个车夫都不理会你，那是一种侮辱，他们以为（黄包，北音近于王八）。或酸溜溜的招呼道"人力车"，他们也不会明白的。如果叫道"胶皮"，他们便知道你是从天津来的，准得多抬些价。或索性洋气十足的，叫道"力克夏"，他们便也懂，但却只能以"毛"为单位的给车价了。

"洋车"是北平最主要的交通物。价廉而稳妥，不快不慢，恰到好处。但走到大街上，如果遇见一位漂亮的姑娘或一位洋人在前面车上，碰巧，你的车夫也是一位年轻力健的小伙子，他们赛起车来，那可有点危险。

干脆，走路，倒也不坏。近来北平的路政很好，除了冷街小巷，没有要人、洋人住的地方，还是"无风三尺土，有雨一街泥"之外，其余冲要之区，确可散步。

出了巷口，向皇城方面走，你便将渐入佳景的。黄金色的琉璃瓦在太阳光里发亮光；土红色的墙，怪有意思的围着那"特别区"。入了天安门内，你便立刻有应接不暇之感。如果你是聪明的，在这里，你必得跳下车来，散步地走着。那两支白石盘龙的华表，屹立在中间，恰好烘托着那一长排的白石栏杆和三座白石拱桥，表现出很调和的华贵而苍老的气象来，活像一位年老有德、饱历世故、火气全消的学士大夫，没有丝毫的火辣辣的暴发户的讨厌样儿。春冰方解，一池不浅不溢的春水，碧油油的可当一面镜子照。正中的一座拱桥的三个桥洞，映在水面，恰好是一个完全的圆形。

你过了桥，向北走。那厚厚的门洞也是怪可爱的（夏天是乘风凉最好的地方）。午门之前，杂草丛生，正如一位不加粉黛的村姑，自有一种风趣。那左右两排小屋，仿佛将要开出口来，告诉你以明清的若干次的政变，和若干大臣、大将雍雍锵锵的随驾而出入。这里也有两支白色的华表，颜色显得黄些，更觉得苍老而古雅。无论你向东走，或向西走——你可以暂时不必向北进端门，那是历史博物馆的入门处，要购票的——你可以见到很可愉悦的景色。出了一道门，沿了灰色的宫墙根，向西北走，或向东北走，你便可以见到护城河里的水是那么绿得可爱。太庙或中山公园后面的柏树林是那么苍苍郁郁的，有如见到深山古墓。和你同道走着的，有许多走得比你还慢，还没有目的的人物；他们穿了大袖的过时的衣服，足上蹬着古式的鞋，手上托着一只鸟笼，或臂上栖着一只被长链锁住的鸟，懒懒散散的在那里走着。有时也可遇到带着一群小哈叭狗的人，有气势的在赶着路。但你如果到了东华门或西华门而折回去时，你将见他们也并不曾往前走，他们也和你一样的折了回去。他们是在这特殊幽静的水边遛哒着的！遛哒，是北平人生活的主要的一部分；他们可以在这同一的水边，城墙下，遛哒整个半天，天天如此，年年如此，除了刮大风，下大雪，天气过于寒冷的时候。你将永远猜想不出，他们是怎样过活的。你也许在幻想着，他们必定是没落的公子王孙，也许你便因此凄怆地怀念着他们的过去的豪华和今日的沦落。

"啪"的一声响，惊得你一大跳，那是一个牧人，赶了一群羊走过，长长的牧鞭打在地上的声音。接着，一辆1934年式的汽车呜呜的飞驰而过。你的胡思乱想为之撕得粉碎。——但你得知道，你的凄怆的情感是落了空。那些臂鸟驱狗的人物，不一定是没落的王孙，他们多半是以驯养鸟狗为生活的商人们。

你再进了那座门，向南走。仍走到天安门内。这一次，你得继续的向南走。大石板地，没有车马的经过，前面的高大的城楼，作为你的目标。左右全都是高及人头的灌木林子。在这时候，黄色的迎春花正在盛开，一片的喧闹的春意。红刺梅也在含苞。晚开的花树，枝头也都有了绿色。在这灌木林子里，你也许可以徘徊个几小时。在红刺梅盛开的时候，连你的脸色和衣彩也都会映上红色的笑影。散步在那白色的阔而长的大石道，便是一种愉快。心胸阔大而无思虑。昨天的积闷，早已忘得一干二净。你将不再对北平有什么诅咒。你将开始发生留恋。

你向南走，直走到前门大街的边沿上，可望见东西交民巷口的木牌坊，可望见你下车来的东车站或西车站，还可望见屹立在前面的很宏伟的一座大牌楼。乱纷纷的人和车，马和货物；有最新式的汽车，也有最古老的大车，简直是最大的一个运输物的展览会。

你站了一会，觉得看腻了，两腿也有点发酸了，你便可以向前走了几步，极廉价的雇到一辆洋车，在中山公园口放下。

这公园是北平很特殊的一个中心。有过一个时期，当北海还不曾开放的时候，她是北平唯一的社交的集中点。在那里，你可以见到社会上各种各样的人物。——当然无产者是不在内，他们是被几分大洋的门票摈在园外的。你在那里坐了一会，立刻便可以招致了许多熟人。你不必家家拜访或邀致，他们自然会来。当海棠盛开时，牡丹、芍药盛开时，菊花盛开时的黄昏，那里是最热闹的上市的当儿。茶座全塞满了人，几乎没有一点空地。一桌人刚站了起来，立刻便会有候补的挤了上去。老板在笑，伙计们也在笑。他们的收入是如春花似的繁多。直到菊花谢后，方才渐渐的冷落了下来。

你坐在茶座上，舒适的把身体堆放在藤椅里，太阳光满晒在身上，棉衣的背上，有些热起来。前后左右，都有人在走动，在高谈，在低语。坛上的牡丹花，一朵朵总有大碗粗细。说是赏花，其实，眼光也是东溜西溜的。有时，目无所瞩，心无所思的，可以懒懒的待在那里，整整的待个大半天。

一阵和风吹来，遍地白色的柳絮在团团的乱转，渐转成一个球形，被推到墙角。而漫天飞舞着的棉状的小块，常常扑到你面上，强塞进你的鼻孔。

如果你在清晨来这里，你将见到有几堆的人，老少肥瘦俱齐，在大树下空地上练习打太极拳。这运动常常邀引了患肺痨者去参加，而因此更促短了他们的寿命。而这时，这公园里也便是肺痨病者们最活动的时候。瘦得骨立的中年人们，倚着杖，蹒跚的在走着——说是呼吸新鲜空气——走了几步，往往咳得伸不起腰来，有时，"喀"的一声，吐了一大块浓痰在地上。为了这，你也许再不敢到这园来。然而，一到了下午，这园里却仍是拥挤着人。谁也不曾想到天天清晨所演的那悲剧。

园后的大柏树林子，也够受糟蹋的。茶烟和瓜子壳，熏得碧绿的柏树叶子都有点显出枯黄色来，那林子的寿命，大约也不会很长久。

和中山公园的热闹相陪衬的是隔不几十步的太庙的冷落。不知为了什么，去太庙的人到底少。只有年轻的情人们，偶尔一对两对的避人到此密谈。也间有不喜追逐在热闹之后的人，在这清静点的地方散步。这里的柏树林，因为被关闭了数百年之后，而新被开放之故，还很顽健似的，巢在树上的"灰鹤"也还不曾搬家他去。

太庙所陈列的清代各帝的祭殿和寝宫，未见者将以为是如何的辉煌显赫，如何的富丽堂皇，其实，却不值一看，一色黄缎绣花的被褥衣垫，并没有什么足令人羡慕。每张供桌上所列的木雕的杯碗及烛盘等等，还不如豪富人家的祖先堂的讲究。从前读一明人笔记，说，到明孝陵参观上供，见所供者不过冬瓜汤等等极淡薄贱价的菜。这里在皇帝还在宫中时，祭供时，想也不过如此。是帝王和平民，不仅在坟墓里同为枯骨，即所馨享的也不过如此如此而已。

你在第二天可以到北城去游览一趟，那一边值得看的东西很不少。后门左近有国子监、钟楼及鼓楼。钟鼓楼每县都有之，但这里，却显得异常的宏伟。国子监，为从前最高的学府，那里边，藏有石鼓——但现在这著名的石鼓却已南迁了。由后门向西走，有什刹海；相传《红楼梦》所描写的大观园就在什刹海附近。这海是平民的夏天的娱乐场。海北，有规模极大的冰窖一区。海的面积，全都是稻田和荷花荡（北平人的养荷花是一业，和种水稻一样）。夏天，荷花盛开时，确很可观。倚在会贤堂的楼栏上，望着骤雨打在荷盖上，那喷人的荷香和刹刹的细碎的响声，在别处是闻不到、听不到的。如果在芦席棚搭的茶座上听着，虽显得更亲切些，却往往棚顶漏水，而水点落在芦席上，那声音也怪难听的，有喧宾夺主之感。最佳的是夏已过去，枯荷满海，什刹海的闹市已经收场，那时如果再到会贤堂楼上，倚栏听雨，便的确不含糊的有"留得残荷听雨声"之妙，不过，北平秋天少雨，这境界颇不易逢。

什刹海的对面，便是北海的后门。由这里进北海，向东走，经过澄心斋、松坡图书馆、仿膳、五龙亭，一直到极乐世界，没有一个地方不好。唯惜五龙亭等处，夏天人太闹。极乐世界已破坏得不堪，没有一尊佛像能保得不断腿折臂的。而北海之饶有古趣者，也只有这个地方。那个地方，游人是最少进去的。如果由后面向南走，你便可以走到北海董事会等处，那里也是开放的，有茶座，却极冷落。在五龙亭坐船，渡过海——冬天是坐了冰船滑过去——便是一个圆岛，四面皆水，以一桥和大门相通。岛的中央，高耸着白塔。依山势的高下，随意布置着假山、庙宇、游廊小室，那曲折的工程很足供我们作半日游。

如果，在晴天，倚在漪澜堂前的白石栏杆上，静观着一泓平静不波的湖水，受着太阳光，闪闪的反射着金光出来，湖面上偶然泛着几只游艇，飞过几只鹭鸶，惊起一串的呷呷的野鸭，都足够使你留恋个若干时候。但冬天，那是最坏的时候了，这场面上将辟为冰场，红男绿女们在番里奔走驰驶，叫闹不堪。你如果已失去了少年的心，你如果爱清静，爱独游，爱默想，这场面上你最好是不必出现。

出了北海的前门，向西走，便是金鳌玉蝀桥。这座白石的大桥。隔断了中南海和北海。北海的白日，如画的映在水面上，而中南海的万善殿的全景，也很清晰的可看到。中南海本亦为公园，今则又成了"禁地"。只有东部的一个小地方，所谓万善殿的，是开放着。这殿很小，游人也极冷落，房室却布置得很好。龙王堂的一长排，都是新塑的泥像，很庸俗可厌。但你要是一位细心的人，你便可在一个殿旁的小室里，发现了倚在墙旁无人顾问的两尊木雕的菩萨像。那形态面貌，无一处不美，确是辽金时代的遗物；然一尊则双臂俱折，一尊则胫部只剩了半边。谁还注意到他们呢？报纸上却在鼓吹着龙王堂的神像塑得有精神，为明代的遗物，却不知那是民国三四年间的新物！仍由中南海的后门走出，那斜对过便是北平图书馆，这绿琉璃瓦的新屋，建筑费在一百四十万以上，每年的购书费则不及此数之十二。旧书是并合了方家胡同京师图书馆及他处所藏的，新书则多以庚款购入。在中国可称是最大的图书馆。馆外的花园，邻于北海者，亦以白色栏杆围隔之；唯为廉价之水门汀所制成，非真正的白石也。

由北平图书馆再过金鳌玉𬒈桥，向东走，则为故宫博物院。由神武门入院，处处觉得寥寂如古庙，一点生气都没有。想来，在还是"帝王家"的时代，虽聚居了几千宫女、太监们在内，而男旷女怨，也必是"戾气"冲天的。所藏古物，重要者都已南迁，游人们因之也寥落得多。

神武门的对门是景山。山上有五座亭，除当中最高的一亭外，多被破坏。东边的山脚，是崇祯自杀处。春天草绿时，远望景山，如铺了一层绿色的绣毡，异常的清嫩可爱。你如果站在最高处，向南望去，宫城全部，俱可收在眼底。而东交民巷使馆区的无线电台，东长安街的北京饭店，三条胡同的协和医院都因怪不调和而被你所注意。而其余的千家万户则全都隐藏在万绿丛中，看不见一瓦片，一屋顶，仿佛全城便是一片绿色的海。不到这里，你无论如何不会想象得到北平城内的树木是如何的繁密；大家小户，哪一家天井不有些绿色呢。你如站在北面望下时，则钟鼓楼及后门也全都耸然可见。

三大殿和古物陈列所总得耗费你一天的工夫。从西华门或从东华门入，均可。古物陈列所因为古物运走的太多，现在只开放武英殿，然仍有不少好东西。仅李公麟的《击壤图》便足够消磨你半天。那人物，几乎没有一个没精神的，姿态各不相同，却不曾有一懈笔。

三大殿虽空无所有，却宏伟异常。在殿廊上，下望白石的"丹墀"，不能不令你想到那过去的充满了神秘气象的"朝廷"和叔孙通定下的"朝仪"的如何能够维持着常在的神秘的尊严性。你如果富于幻想，闭了眼，也许还可以如见那静穆而紧张的随班朝见的文武百官们的精灵的往来。这里有很舒适的茶座。坐在这里，望着一列一列的雕镂着云头的白石栏杆和雕刻得极细致的陛道，是那么样的富于富丽而明朗的美。

你还得费一二天的工夫去游南城。出了前门，便是商业区和会馆区。从前汉人是不许住在内城的，故这南城或外城，便成了很重要的繁盛区域。但现在是一天天的冷落了。却还有几个著名的名胜所在，足供你的流连、徘徊。西边有陶然亭，东边有夕照寺、拈花寺和万柳堂。从前都是文士们雅集之地，如今也都败坏不堪，成为工人们编麻索、织丝线之地。所谓万柳也都不存一株。只有陶然亭还齐整些。不过，你游过了内城的北海、太庙、中山公园，到了这些地方，除了感到"野趣"之外，也便全无所得的了。你或将为汉人们抱屈；在二十几年前，他们还都只能局促于此一隅。而内城的一切名胜之地，他们是全被摈斥在外的。别看清人诗集里所歌咏的是那么美好，他们是不得已而思其次的呢！

而现在，被摈斥于内城诸名胜之外的，还不依然是几十百万人么？

南城的娱乐场所，以天桥为中心。这个地方倒是平民的聚集之所；一切民间的玩意儿，一切廉价的旧货物，这里都有。

先农坛和天坛也是极宏伟的建筑。天坛的工程尤为浩大而艰巨，全是圆形的；一层层的白石栏杆，白石阶级，无数的参天的大柏树，包围着一座圆形的祭天的圣坛。坛殿的建筑，是圆的，四周的阶级和栏杆也都是圆的。这和三大殿的方整，恰好成一最有趣的对照。在这里，在大树林下徘徊着，你也便将勾引起难堪的怀古的情绪的。

这些，都只是游览的经历。你如果要在北平多住些时候，你便要更深刻的领略到北平的生活了。那生活是舒适、缓慢、吟味、享受，却绝对的不紧张。你见过一串的骆驼走过么？安稳、和平，一步步的随着一声声丁当丁当的大颈铃向前走；不匆忙，不停顿；那些大动物的眼里，表现的是那么和平而宽容，负重而忍辱的性情。这便是北平生活的象征。

和这些宏伟的建筑，舒适的生活相对照的，你不要忘记掉，还有地下的黑暗的生活呢。你如果有一个机会，走进一所"杂合院"里，你便可见到十几家老少男女紧挤在一小院落里住着的情形：孩子们在泥地上爬，妇女们是脸多菜色，终日含怒抱怨着，不时的，有咳嗽的声音从屋里透出。空气是恶劣极了；你如不是此中人，你便将不能做半日留。这些"杂合院"便是劳工、车夫们的居宅。有人说，北平生活舒服，第一件是房屋宽敞，院落深沉，多得阳光和空气。但那是中产以上的人物的话，百分之八九十以上的人口，是住着龌龊的"杂合院"里的，你得明白。

更有甚的，在北城和南城的僻巷里，听说，有好些人家，其生活的艰苦较住"杂合院"者为尤甚，常有一家数口合穿一条裤或一衣的。他们在地下挖了一个洞。有一人穿了衣裤出外了，家中裸体的几人便站在其中。洞里铺着稻草或破报纸，藉以取暖。这是什么生活呢！

年年冬天，必定有许多无衣无食的人，冻死在道上。年年冬天，必定有好几个施粥厂开办起来。来就食的，都是些可怕的窘苦的人们。然也竟有因为无衣而不能到粥厂来就吃的！

"九渊之下，更有九渊。"北平的表面，虽是冷落破败下去，尚未减都市之繁华。而其里面，却想不到是那样的破烂、痛苦、黑暗。

终日徘徊于三海公园乃至天桥的，不是罪人是什么！而你，游览的过客，你见了这，将有动于衷，而快快地逃脱出这古城呢，还是想到"我不入地狱谁入地狱"一类的话呢？

1934 年 11 月 3 日

▎佳作点评▎

郑振铎历来以"真率""质朴"为自己的文学主张。近万字的《北平》犹如一幅徐徐展开的北京长图，他详细叙述了在北京游历的时间、路线，介绍了各个点位最美丽的景致，可以称得上是不会过时的北京文化地图。郑振铎的从容不迫，在此文里一展南方人的悠闲，用冷静的眼光来打量古城，虽然并未漏过对劳工、车夫所居的杂合院以及僻巷里铺着稻草或破纸的寒洞以及道旁施粥厂饱浸凄怆情感的写照，但是更多的笔墨却花在对北平风物的客观记叙上面，文字表露的正是一种随兴观览的态度，可是他的感情、道德评判如影随形，处处体现出一个正直知识分子的良知与理性。比如他对故宫的描写，建筑、文物之外，他没有忘记那是一个"'戾气'冲天的"时代。这样的良知与理性，恰是很多散文家所缺失的。

北南西东

□ [中国] 缪崇群

车上散记

去年春末我从北地到南方来,今年秋初又从上江到下江去。时序总是春夏秋冬的轮转着,生活却永远不改的作着四方行乞的勾当。

憧憬着一切的未来都是一个梦,是美丽的也是渺茫的;追忆着一切的过往的那是一座坟墓,是寂灭了的却还埋藏着一堆骸骨。

我并不迷恋于骸骨,然而生活到了行乞不得的时候,我向往着每一个在我记忆里坟起的地方,发掘它,黯然的做了一个盗墓者。

正阳门站

生在南方,我不能把北平叫作我的故乡;如果叫她是第二故乡罢,但从来又不曾有过一个地方再像北平那样给我回忆,给我默念,给我思想的了。

年轻的哥哥和妹妹死在那里,惨淡经营了二十多年,直到如今还没有一块葬身之地的我的父亲和母亲，留着一对棺柩，也还浮厝在那里的一个荒凉的寺院里。

我的心和身的家都在那里，虽然渐渐的渐渐的寂灭了，可是它们的骨骸也终于埋葬在那里。

当初无论到什么地方去，或从什么地方归来，一度一度尝着珍重道别时的苦趣，但还可以换得了一度一度的重逢问安时的笑脸。记得同是门外的一条胡同，归来时候怨它太长，临去时又恨它过短了。同是一个正阳门车站，诅咒它耸在眼前的是我，欣喜着踏近它的跟边的也是我……心情的矛盾真是无可奈何的，虽然明明知道正阳门车站仍然是正阳门车站：它是来者的一个止境，去者的一个起点。

去年离开那里的时候，默默的坐在车厢里，呆呆的望着那个站楼上的大钟。等着么？不是的，宕着么？也不是的；开车的铃声毕竟响了这一次，可真如同一个长期的渺茫的流配的宣告一样，心里凄惶的想：做过了我无数次希望的止境的站驿，如今又从这里首途了。一个人，满身的疾苦；一座城，到处的伤痍，恐怕真的是别易见难了。

我曾叫送行的弟弟给我买一瓶子酒来，他买了酒，又给我带了一包长春堂的避瘟散。我笑领了，说：

"这里只剩了你一个人了，珍重啊，要再造起我们的新的家来，等着重新欢聚罢？"

同时又暗自的想：

季候又近炎夏了，去的虽不是瘴厉之地，但也没有一处不是坎坷或隐埋着陷阱的所在。人间世上，不能脱出的，又还有什么方剂可以避免了唯其是在人间世上才有的那种"瘟"气呢？

车，缓缓的从车站里开出了，渐渐地渐渐地看见了荒地，看见了土屋，看见了天坛……看见正阳门的城楼已经远了；正阳门的城楼还在那两根高高的无线电台边慢慢地移转着。

转着，直到现在好像还在我的脑中转着，可是我的弟弟呢？生活的与精神的堕落，竟使他的音讯也像一块石头堕落在极深极深的大海里去了！

哪里是故乡？什么时候再得欢聚呢？到小店里去，买一两烧酒，三个铜板花生米，一包"大前门"香烟来罢。

凄凉夜

大好的河山被敌人的铁蹄践踏着，被炮火轰击着；有的已经改变了颜色，有的正用同胞们的尸骨去填垒沟壑，用血肉去涂拓沙场，去染红流水……

所谓近代式的立体的战争，于是连我们的任何一块天空也成了灾祸飞来的处所了。

就在这个风声鹤唳的时候，一列车的"三等"生灵，虽然并不晓得向何处去才能安顿自己，但也算侥幸的拾着一个逃亡的机会了。

辘辘的轮声，当作了那些为国难而牺牲的劣势们呜咽罢！这呜咽的声音，使我们这些醉生梦死的人们醒觉了。那为悲愤而流的泪，曾潆溢在我的眼眶里，那为惭怍而流的汗，也津津的把我的衬衣湿透了。

车向前进着，天渐渐黑暗起来了。偶然望到空间，已经全被乌云盖满了，整个的天，仿佛就要沉落了下来，列车也好像要走进一条深深的隧道里去。

是黑的一片！连天和地也分不出它们的限界了。

是黑的一团！似乎把这一列火车都胶着得不易动弹了。

不久，一道一道的闪光，像代表着一种最可怖的符号在远远的黑暗处发现了，极迅速的，只有一瞬的。这时我的什么意识也没有了，有一个意识，那便是天在进裂着罢！

接着听见轰轰的声响，是车轮轧着轨道吧？是雷鸣吧？是大地怒吼了罢?

如一条倦怠了巨龙似的，列车终于在天津总站停住了。这时才听见了窗外是一片杀杀的雨。

因为正在戒严的期间，没有什么上来的客人，也没有什么下去的客人。只有一排一排荷枪的兵士，从站台这边踱到那边，又从那边踱到这边。枪上的刺刀，在车窗上来来往往的闪着一道一道白色的光芒。

整个车站是寂静的，杀杀的雨声，仿佛把一切都已经征服了似的。车厢里的每个人，也都像惊骇了过后，抽噎了过后，有的渐渐打着瞌睡了。

车尽死沉沉的停着不动，雨已经小了。差不多是夜分的时候，连汽笛也没有响一下，车开了。

隔了很久很久，车上才有一两个人低低说话了，听不清楚说的什么。现在究竟什么时候，到了什么地方，也没有谁去提起。

自己也好像睡了，不知怎么听见谁说：

"到了杨柳青了。"

我猛省，我知道我已经离开我的乡土更远了。

这么一个动听的地名，不一会也就丢在背后去了。探首窗外，余零的雨星，打着我的热灼灼的脸，望着天，望着地，都是黑茫茫的。

夜是怎么这样的凄凉啊！想到走过去的那些路程，那里的夜，恐怕还更凄凉一些罢？

关上车窗，让杨柳青留在雨星子里去了。

旅　伴

一个苦力泡了一壶茶，让前让后，让左让右，笑眯眯的，最后才端起杯子来自己喝一口。再喝的时候，仍然是这样的谦让一回。

我不想喝他的茶，我看见他的神色，像已经得到一种慰藉似的了。

一个绅士，一个学生，乃至一个衣服穿得稍稍整齐的人罢，他泡一壶茶，他不让旁人喝，自己也不像要喝的样子，端坐着，表示着他与人无关。那壶茶，恐怕正是他给予车役的一种恩惠罢。

其实谁也不会去讨他的茶喝，看见了他的神色，仿佛知道了人和人之间还有一条深深的沟渠隔着呢。

一个衣服褴褛的乡村女人，敞着怀喂小孩子奶吃。奶是那样的瘦瘦，身体恐怕没有一点点营养；我想那个孩子吸着的一定是他母亲的一点残余的血液，血液也是非常稀薄了的。

女人的头抬起来了，我看见了她的一副苍黄的脸，眼睛是枯涩的，呆呆的望着从窗外飞过去的土丘和莽原……

汽笛响了，孩子从睡中醒了；同时这个作母亲的也好像从什么梦境里醒觉了。把孩子抱了起来，让他立在她的膝盖上。

孩子的眼睛望着我，我的眼睛也望着孩子的。

"喂！叫大叔啊！"女人的眼睛也望了我和孩子。

孩子的脸，反转过去望他的母亲了。

"叫你叫大叔哩。"母亲的脸，被笑扯动了。

孩子的腿，在他母亲的膝盖上不住欢跃着，神秘地看了我一眼，又把脸转过去了。

"认生吧？"

"不；大叔跟你说话哩。"

笑着，一个大的，一个小的脸，偎在一起了。

车再停的时候，她们下去了。

在这么短短的两站之间，孩子的心中或许印着那么一个"大叔"的影子；在这么长长的一条旅途上，陌生人们的眼里还依旧是陌生的人们罢。

红　酒

　　傍晚，车停在一个站里等着错车，过了一刻，另一列车来了。起初很快，慢慢地就停在对面了。

　　这边的车窗正好对着那边的车窗，但那边车窗是被锦绣的幌子遮住一半。就在这一半的窗子之下，我看见了一个小小的台子，台子上放着一个黄绫罩子的宫灯，灯下映着明晃晃的刀叉，胡椒盐白瓶子，多边的盘子……还有一个高脚杯子，杯子里满盛着红色的酒液。

　　看见一只毛茸茸的手把杯子举了一下，红色的杯子变成白色的了。

　　看见两只毛茸茸的手，割切着盘子里面的鱼和肉，一会儿盘子里狼藉的只剩下碎骨和乱刺了。

　　看见高脚杯里又红满了……

　　又是一只毛茸茸的手伸出来了……

　　那边的人，怕已醺醺然了，可是这只毛茸茸的手，仿佛从我心里攫夺了什么东西去的，我的心，觉得有些痉挛起来。

　　——红酒里面，是不是浸着我们的一些血汗呢？

　　大地被压轧着响了，对面的列车又开始前进了。

1934 年作

佳作点评

　　缪崇群从早期自怨自艾的"一个永远找不到归宿的畸零的人"的哀叹里奋然走出来，他的《旅途随笔》《北南西东》《凤于进城》等篇，揭露炎凉世态，同情弱势群体，抒发心中郁愤。《北南西东》的文体很有特点，通篇几乎没有长句，与萧红一样，语气词"了"字高密度地使用，使得文句具有一种短促、萧瑟、沉郁之感，逐渐形成了他的散文创作的独特风格。也许为了排遣孤寂，那个时代的作家追怀往事、寄情乡野，成为了寻找精神家园的路径。缪崇群的告白更为清楚："我并不迷恋于骸骨，然而生活到行乞不得的时候，我向往着每一个在我记忆里坟起的地方，发掘它，黯然地做了一个盗墓者。"基于此，他的列车旅行就宛如是坐上了一辆驶向往事的火车，但现实的民生之苦依然在车厢、在窗外上演……这找不到出路的苦闷，成就了苦涩四溢的美文。

云南的蘑菇

□［中国］彭荆风

秋天的云南多雨，常是雨势连绵地一下十几天，不仅到处湿漉漉的，那洁白如融化中的雪，黑得如泼墨的云团也似乎浸满了雨水，被大风一刮，惊雷一触动，就会如天河开闸般倾泻而下；正因为雨水充足，高原的红土又肥沃，也就蘑菇特多。

云南人把蘑菇叫作菌子。常见的有鸡枞、干巴菌、北风菌、牛肝菌、青头菌、松毛菌。近年来，松茸菌有治癌之说，引得日本商人蜂拥而来，当天收购当天空运回日本。我1995年9月访问日本时，就见松茸成了饭馆里的佳肴，食品店里也是售价昂贵的松茸饼、松茸酒、松茸口服液；在异国土地上见到这既熟悉，又因为被包装得过于豪华而显得陌生的土特产，我惊讶而又兴奋，亲情也悠然而起，情急地拨通国际长途电话询问女儿："昆明下雨了么？你们多吃些菌子吧！在东京可稀罕呢……"

女儿笑了，"爸爸，是不是想吃菌子了？快回来吧！"

是的，我太喜欢菌子了！鸡枞的鲜味胜过肉类，牛肝菌青头菌色香味俱佳，用大蒜青椒炒出来的干巴菌更是使人食欲倍增；夏秋在滇味菜馆里，时令菜全是各式各样的菌子，看看写在菜单上、用不同方式烹制的菜名，就令人馋涎欲滴：如果去往乡间或边地，吃菌子就不是小碗小碟，而是用大盘海碗来盛，一场雨后晴天，哪个人不能拾回一篮子？使我最难忘的是1962年秋天，我为了写长篇小说《鹿衔草》，爬越哀牢山南侧最高处的八百里原始森林去寻访苦聪人，中途经过一个高悬在陡峭山腰间、整日被云雾笼罩的哈尼族山寨时，好客的主人招待我们晚餐的却是一大脸盆香菇，这肥美鲜嫩的香菇，每朵都有碗口那样大巴掌那样厚；哈尼人告诉我：这附近山头尽是香树组成的原始森林，天长日久树林逐渐腐朽，成片地倒下化成灰烬，再经过日晒雨淋，漫山遍野都长满了香菇。他们捡不尽吃不完就用来喂猪，所以猪肉也散发着香味……

我深为羡慕。谁说他们在山上苦？他们可是享受着人间天上的清福呢！

在日本想起那遥远的丰饶的云南边地，我突然觉得这有一小碟松茸就视为珍肴的东京，虽然是高楼林立车水马龙，从另一方面来看，又颇为贫乏呢！

这天晚上，日本作家三浦哲郎等人宴请我们，在端上一盘松茸后，话题转向了云南的吃食，我情不自禁地介绍起了云南的菌类食物，以及我在哀牢山见到哈尼人、苦聪人用香菇喂猪的事。听得三浦哲郎激动地连声大叫："要去，要去，以后一定要去云南！"他访问过中国四次，却没来过云南，这天特别感到遗憾！

今天9月，他果然率一个作家代表团来昆明了，一见了我就说："我一直想着云南的蘑菇，去了石林、西山都没有捡着。"

我笑了，那都是游人如织的地方，哪里还会有蘑菇呢？如果有宽裕时间去附近山野走走，或者远去哀牢山八百里原始森林，一定能捡到许多许多的蘑菇！他遗憾地摇头，这次确实是时间太短了！

我希望这天云南作协举行的晚宴，有几道风味独特的云南蘑菇来弥补，遗憾的是仅有的一盘干巴菌还是从罐头里取出的，鲜辣香味俱失。我只能深含歉意地说："下次再来吧！我陪你上哀牢山去采蘑菇！"

他又一次激动地点头："要来，要来！"

他还会来么？中日两国虽然一衣带水，终究是相隔甚远；我们都过了花甲之年，还爬得动那高入云天的险峻高山？看来我只能把未能让他尽享云南蘑菇的遗憾长久留在心头了！

佳作点评

云南作家彭荆风在很多作品里描绘了不少云贵高原的植物，蘑菇也被多次提及。高原的蘑菇尤其是鸡枞、牛肝菌、青头菌、松茸，闻名遐迩。作者选择了一个远角度，利用日本友人对云南松茸的渴慕，来体现云南山水的魅力，这就像使用一个长焦镜头来捕捉景物一样。但日本友人对松茸踏访不获，反而进一步增加了云南蘑菇的神秘性。实际上，这里的蘑菇，已经成为了拉近距离、消除隔阂、促进友谊的一种特殊物质了。妙的是作者并不点明，而将这一情义，蕴于叙述当中。

夜　晚

□ ［美国］惠特曼

我又一次从恶梦中惊醒，不用看表我也知道现在正是深更半夜。我辗转反侧，往日的懊恼袭上心头，扰得人心烦意乱。隐约中，我看到天花板上车灯闪过时射进的光亮，耳边传来了这年久失修的旧屋吱吱嘎嘎的声响，我已睡意全无，索性穿衣起来，走到窗前。街灯在黑暗中闪着柔和的光，在地面上勾画出了道道轮廓。一座座房屋掩映了那些正在酣睡的近邻。四面八方安静极了。仰望星空，那远在苍穹的星星似乎在闪烁跳动。我的心中一片宁静。

在宁静中我的孤寂感慢慢消失了。我陶醉在夜晚的美丽和宁静中。天地间的一切都变得如此雄伟，天地相接如此紧密！一种久远而又永恒的美感出现在我的心灵。

深夜是人们睡觉、做梦、情爱的时候，也是犯罪、孤独、恐惧之时。从某种意义上来说，夜晚具有不同的场面，可谓丰富多彩。当我们身心完全陷入那神秘莫测的寂静的夜晚时，有时良知会令人做出某种改变。

暮色苍茫的傍晚是黑夜降临的前端，它是白天与夜晚的相交点。白日的余光在消散，夕阳西下，燃起一片晚霞。微光闪烁，太阳在天空中流连忘返。但是夜幕已首先在山谷和树林中降临。终于，白天的最后一丝光亮也看不见了。在暮色中，隐约传来了火车的汽笛声，可这在白天我们却是听不到的。街灯亮了，它将陪伴人们度过这漫长的黑夜。很快星星就会在那似乎低垂的天际出现，看上去仅在树梢之上。当明月升起的时候，家家户户灯火通明。邻居们慈爱地带着孩子走进屋去。暮色轻轻地抚摸着大地，太阳放出的热量渐渐消失，以至于使我们忘记了时间的流逝。当暮色吞噬了一切的时候，黑夜把我们带入了另一个世界。

人们相互交往之时常常就在夜晚。当人们进入各自的小天地时，他们可以相聚一起，谈天说地。父母下班归来，饱享着家庭的温暖。在寒冷的冬夜，大人们坐在炉火前，孩子们舒适地躺在床上。熄灯前，孩子们能够感受到妈妈正陪伴在身边。

在小山村里，月色使白雪覆盖的大地和山村变换了色彩。农舍都已关闭，鸡也都安静下来。到了晚上，只有少数人随意地出来散步。一切都是那样普通自然。散步者通常不会觉得夜晚宁静的神奇。亨利·大卫是个常在夜晚悠闲漫步者，他写道："静坐在小山顶上，似乎在期待着什么。望着夜空，有时会想到也许天会掉下来，我能抓到什么东西。"夜晚，当我独自一人漫步在童年时的小山村时，我也常常会产生和大卫一样怪异的念头。

在城市里，夜晚是快乐的，但危险和暴力却时常发生。阳光为那些令人眼花缭乱的灯光所取代，影剧院门前的霓虹灯色彩缤纷，城市的欢娱达到狂热的程度。与此同时，戏剧、芭蕾舞给人们带来了美的享受。也有一些人围着餐桌一边愉快地交谈，一边享用着美味佳肴。

进入寂静的前奏曲不过如此。当整个世界安静下来的时候，家家户户熄了灯，温度下降，夜色变浓。午夜的钟声已经传来，也许还有人在外面闲逛，但绝大多数人都已进入梦乡，屈服于那神秘莫测的黑夜。黑夜总是会来临的，这是一种自然的规律，是人类难以控制的。

佳作点评

与诗歌不同,惠特曼的文章具有一种快刀斩乱麻的明快效应,他对夜晚的思索属于典型的思想者之思。他发现了夜晚的种种妙处——夜晚的缤纷景致:心情的夜晚、山村的夜晚、城市的夜晚,但还有一种思想者的夜晚,就是说,夜晚不再让人畏惧,而是充满宁静氛围下的温馨。他提到的亨利·大卫,乃是大名鼎鼎《瓦尔登湖》的作者,而亨利·大卫所言,真义就是:夜晚乃是思想者撒网收获的时刻。对于具有神秘倾向的惠特曼来说,面对浩瀚星群,他也许更能感受到生命与宇宙的交流吧。

雪 夜

□ [法国] 莫泊桑

放逐的老狗，在前村的篱畔哀鸣：是在哀叹自己的身世，还是在倾诉人类的寡情？

漫无涯际的旷野平畴，在白雪的覆压下蜷缩起身子，好像连挣扎一下都不情愿的样子。那遍地的萋萋芳草，匆匆来去的游蜂浪蝶，如今都藏匿得无迹可寻。只有那几棵百年老树，依旧伸展着槎牙的秃枝，像是鬼影憧憧，又像那白骨森森，给雪后的夜色平添上几分悲凉、凄清。

茫茫太空，默然无语地注视着下界，越发显出它的莫测高深。雪层背后，月亮露出了灰白色的脸庞，把冷冷的光洒向人间，使人更感到寒气袭人。和月亮作伴的，唯有寥寥的几点寒星，致使她也不免感叹这寒夜的落寞和凄冷。看，她的眼神是那样忧伤，她的步履又是那样迟缓！

渐渐地，月儿终于到达她行程的终点，悄然隐没在旷野的边沿，剩下的只是一片青灰色的回光在天际荡漾。少顷，又见那神秘的鱼白色开始从东方漫延，像撒开一幅轻柔的纱幕笼罩住整个大地。寒意更浓了。枝头的积雪都已在不知不觉间凝成了水晶般的冰凌。

啊，美景如画的夜晚，却是小鸟们恐怖颤栗、备受煎熬的时光！它们的羽毛沾湿了，小脚冻僵了；刺骨的寒风在林间往来驰突，肆虐逞威，把它们可怜的窝巢刮得左摇右晃；困倦的双眼刚刚合上，一阵阵寒冷又把它们惊醒。它们只得瑟瑟索索地颤着身子，打着寒噤，忧郁地注视着漫天皆白的原野，期待那漫漫的长夜早到尽头，换来一个充满希望之光的黎明。

佳作点评

《雪夜》堪称精雕玉琢的小品，玲珑剔透，展示了大师的非凡才华。文章截取了雪夜下的凄冷景象，老狗、老树、月亮、小鸟的各自形态得以逐次展现，既展现了19世纪末法国农村雪压大地的死寂，又是一幅超级写实主义的民俗风景画。文章结尾作者借小鸟的希望，含蓄地表达了作者对当时社会现实的不满，对社会变革的热切企盼，盼望漫漫长夜早到尽头，换来一个充满希望的黎明。

农　家

□ ［德国］黑塞

当我千辛万苦来到了阿尔卑斯山脉的脚下时，我仿佛觉得自己已从流亡中回到了故乡，仿佛已经站到了山那一边的故乡的土地。故乡的太阳更温暖、山脉更可爱，那里的栗子、葡萄、杏仁、无花果令我垂涎，我那穷苦的乡亲们，总是对我友好而又彬彬有礼。他们所建造的一切，看上去总是那么美好，那么恰当而可爱，仿佛都是自然生成的。那些不新也不旧的房屋、围墙、葡萄山的石级、道路、种植地和梯田，仿佛不是靠劳动所建造的，不是用脑筋所想出来的，也不是巧夺天工的，而是像岩石、树木、苔藓一样自然形成的。看，那用同样的褐色片麻岩石而砌成的葡萄山围墙、房屋、房顶，它们相辅相成，像亲兄弟一般彼此深爱着对方。没有一样看来是陌生的、怀有敌意的和粗暴无情的，一切都显得亲切、欢畅和睦邻友好。

这里，我愿坐在哪里就坐在哪里，围墙上、岩石上或者树桩上，草地上或者土地上，全都可以；不论我坐在哪里，周围都是一幅画和一首诗，在我身旁的世界汇成优美而幸福的清音。

这是我的家乡———一个贫穷农民的田庄。我的父老乡亲们没有牛，只有猪、羊和鸡，他们种植葡萄、玉米、果树和蔬菜。石头砌成了这里的一世：房屋、地板、楼梯，还有两根石柱子，它们的身后有一条用石块拼成的通往场院的石级。不论在哪里，植物和山头之间，你都可以饱览到浮现出的蓝色的湖光。

然而，在田庄的山的另一方，那里的人正处在受折磨和可憎的事情之间，他们的忧虑实在太多了！在那里，要找到生存的理由，是那么困难，又是那么至关重要。不然的话，人该怎么生活呢？面对真正的不幸，人们煞费苦心，郁郁寡欢。——在这里，不存在难办的问题，生存无需辩护，思索变成了游戏。人们感觉到：世界是美丽的，生命是短暂的。但不是万念皆灰；我想再增一对眼睛，一叶肺。我把双腿伸进草丛里，并希望它们变得更长一些。

我想要成为一个巨人，这样，我会把头枕在积雪旁一处高山牧场上的羊群中间，而我的脚趾则伸进山下深深的湖中去戏水。我希望可以这样躺着，永远不站起来，在我的手指间长出灌木丛，在我的头发里开出杜鹃花，我的双膝变成前山，我的躯体上将建起葡萄山、房屋和小教堂。我就这样躺上千万年，对着天空眨眨眼睛，对着湖水眨眨眼睛。我一打喷嚏，便是一阵雷雨。我呵上一口气，积雪融化，瀑布舞蹈。我死了，整个世界随我而去。随后我在宇宙中漂洋过海，去取来一个新的太阳。

可，实事上，我能成为巨人吗？不能！我甚至不能找到一处栖身之所。世界在做什么？创造出了新的神、新的法律、新的自由？反正都一样！但是，这儿山上还开着一朵樱草花，叶子上银珠点点，那儿山下的白杨树间，甜蜜的微风在歌唱，在我的眼睛和天空之间，有一只深金色的蜜蜂在嗡嗡乱飞——这可不是一回事。它哼着幸福的歌，它哼着永恒的歌。它的歌是我的世界史。

佳作点评

我们发现，无论怎样的作家，一旦直面自己的故乡和童年，他们那些炫目的技巧不见了，那些繁复错综的结构不见了，他们以最柔软的部位与往事拥抱，成就了最为感人的篇章。赫尔曼·黑塞于1946年获诺贝尔文学奖，他早年写过诗，因而他的散文底蕴还是诗情。安卧在阿尔卑斯山脉下的故乡，就是一个村庄。他不但刻画了故乡人与大自然的亲和，更展示了当地人生存的终极意义。这些问题自然不是农民所需要思考的，"生存无需辩护，思索变成了游戏"，但作家的职业就是思索啊。作者展示出来的思考是完全形象化的——无须终极意义，人生的美就在追求的过程中。

红房子

□［德国］黑塞

红房子，我从你那里得到了，向我送来了整个阿尔卑斯山南面的芬芳，小花园里的，葡萄林里的。我多次从你身旁经过，初次经过时，我的流浪的乐趣就震颤地想起它的对称极，我又一次奏起往昔经常弹奏的旋律：有一个家，绿色花园里的一幢红房子，周围一片寂静，远离村落；在小房间里，朝北放着我的床，我自己的床；在小房间里，朝南摆着我的桌子，旁边墙白壁上挂着一幅小小的古老的圣母像，那是我在多年的一次旅途中，在布雷西亚买到的。

正如白昼是在清晨和夜晚之间，我的人生也是在旅行的欲望和安家的愿望之间渐渐消逝的。也许有朝一日我会达到这样的境地，旅途和远方在心灵中属我所有，我心灵中有它们的图像，不必再把它们变成为现实。也许有朝一日我还会到达这样的境地，我心灵中有家乡，那就不会再向花园和红房子以目送情了。

我希望有一个中心所有的力都能在这个中心两边保持平衡，清晨放出，夜晚归来，那时，生活将是多么不同啊！

然而，这样的中心并未在我的生活中形成，一切仍在震颤地在许多组正极和负极之间摇摆。这边是眷念在家安居,那边是思念永远在旅途中;这边是渴望孤独和幽静,那边是思慕爱和团体!我收集过书籍和图画,但又把它们转赠。我曾摆过阔,染上过恶习,也曾转而去禁欲与苦行。我曾经虔诚地把生命当作根本来崇敬,后来却又不得不把生命看作是功能并加以爱护。

但是,我的变化并非我能左右。这是神奇的事情。谁要寻找神奇,谁要把它引来,谁要求它帮助,它就逃避谁。我的事情是,飘浮在许多紧张对立的矛盾之间,并且作好了精神准备,如果奇迹突然降临到我头上的话。我的事情是,在无数个往与返之间寻找安稳宁静。

隐藏于苍翠中的红房子。我对你已经有过体验,不想再次体验了。我曾经有过家乡,建造过一幢房屋,丈量过墙壁和屋顶,筑过花园里的小径,也曾把自己的画挂在自己的墙上。像许许多多人那样,我也想归来安隐。我的许多愿望已经在生活中实现了。我想成为诗人,也真成了诗人。我想有一所房屋,也真为自己建造了一所。我想有妻室和孩子,后来也都有了。我要同人们谈话并影响他们,我也做了。我不能的只有一件事,阻止实现愿望后的不满足感。但这是我所不能忍受的。我于是怀疑起写诗来了。我觉得房屋变狭窄了。已经达到的目的,都谈不上是目的,每条路都是一条弯路,每次休息都产生新的渴望。

我还会走许多崎岖或平坦路,还将实现许多愿望,但到头来仍将使我失望。总有一天一切都将显示它的意义。

那儿,矛盾消失的地方,是涅槃境界。可是,可爱的群星还向我放射出奇异明亮的光。

佳作点评

黑塞的散文《红房子》,一句"隐藏于苍翠中的红房子",就点明了现实与精神的双重家园。文中一句已经成为经典的话："正如白昼是在清晨和夜晚之间，我的人生也是在旅行的欲望和安家的愿望之间渐渐消逝的。"有家的人不满足于家，带着更大的欲望奔向远方，去寻找自己的精神家园；而还在旅途上跋涉的人，却总是处在对家的追忆之中。因此，对生活的欲望促使人们向新的家园迈步，而大多数人可能一辈子都在旅途上。正是这样的悖反，才构成了瑰丽的人生。所以，最好的家园，正是黑塞所寻找到的合二为一之家。如黑塞所言"旅途和远方在心灵中属我所有""心灵中有家乡"。

太阳的话

□［日本］岛崎藤村

"早上好！"

我向太阳隐身的地方致意。没有回答。今天仍旧是太阳隐居的日子。

让我在这里写下一点自己记忆中的事吧。我第一次发现太阳的美，并不是在日出的瞬间，而是在日落的时刻。我已经是十八岁的青年了。当时在我的周围，虽然也有人教给我对大自然的很淡然的爱，但是没有人指示我说：你看那太阳。我在高轮御殿山的树林中发现了正在沉落的夕阳，为了分享那从未有过的惊奇与喜悦，我发狂般地向一起来游山的朋友跑去。我和朋友二人，眺望着日落的美景，在那里站立了许久许久。那时充满在我胸中的惊奇与欢乐，至今仍旧难以忘怀。

然而，更使我难以忘怀的，乃是我第一次感受到太阳在我的精神内部升起的时候。我青年时代的生活颇多坎坷不平，时时与艰难为伴，在漫长而暗淡的岁月里，我连太阳的笑脸也不曾仰望过。偶尔映入我眼里的，不过是没有温度，没有味道，没有生气，只是朝从东方出，夕由西天落的红色、孤独的圆轮。在我二十五岁的青年时代，我感到寂寞无聊而去仙台旅行，就是从那时开始，我懂得了自己的生命内部也有太阳升起的时刻。

阳光的饥饿——我渴求阳光的愿望本是极其强烈的。但是，在似亮非亮的暗淡笼罩的日子里，我也曾非常失望过。我也曾几次失去了太阳。甚至连渴求太阳的愿望也时而变得淡漠。太阳远离我而存在，在我的眼里，它的面容永远是毫无意义的、悲哀痛苦的。

然而，曾一度懂得在自己的生命内部也会有太阳升起之时的我，几经彷徨后，又回归到等待黎明的心境。不论是在每年的冬季要持续五个月之久的信浓山区，还是在好似新开垦的处女地的东京郊外的田野，或是在便于观赏那城镇上空的日出的隅田川的岸边，我一直在翘盼着天明，不仅如此，在漫长的岁月里，我也曾沦为异邦的旅人。在那时，无论从宛若紫色的泥土般的遥远的海上，无论从看去如同梦境般流泻着蓝色磷光的热带地区的水波之间，也无论是在如冰的石建筑鳞次栉比、林荫树凄冷昏黑、万物仿佛全部结冻了似的寒冷的异乡街头，我仍然在固执地盼着天明。甚而在梦中思念着遥远的日出，踏着朝霞向故乡迢迢归来。

我等待了三十多年。恐怕我的一生就要在这样的等待中度过了。然而，谁都可以拥有太阳。我们的当务之急不仅仅是要追赶眼前的太阳，更重要的是要高高地举起自己生命内部的太阳。这种想法与日俱增，在我年轻的心灵中深深地扎下了根。

现在我所想象的太阳，已经到了古稀高龄。仅就记忆中的，自物心相合以后的太阳的年龄，如今已经是五十有三。如果加上我无从记得的从前的年龄，那么太阳是怎样一位长寿的老人，则是无论如何也无法知晓的。

人若到了五十有三的年龄，不衰老者极为少见。头发逐年增白，牙齿先后脱落，视力也日渐减弱。曾是红润的双颊，变得就像古老的岩壁一样，刻上了层层皱纹。甚至还在皮肤上留下如同贴在地上的地苔一样的斑点。许多亲密的人相继过世，不可思议的疾病与晚年的孤独，在等待着人们。与人的如此软弱无力相比，太阳的生命力实在是难以估量的。看它那无休无止的飞翔、腾跃，以及每夜沉落不久又放射出红色朝霞的生气，真正拥有丰富的老年的，除太阳之外，更有何者？然而，在这个世上，最古老的就是最年轻的。这个道理深深地震撼着我的心灵。

"早上好！"

我再一次致意。仍旧没有回答。然而我已经到了这样的年龄，而且感觉到了自己内部的太阳正在醒来，因此我坚信，黎明一定会在不远的将来光临。

佳作点评

日本人对太阳的崇拜无以复加，他们更多的是渴望通过这个仪式，每个人寻找到属于自己的太阳。也许有的人的太阳是爱情，是事业，但岛崎藤村的《太阳的话》几乎就是一篇"太阳的寻访录"。这个太阳，却是从内心升起的。作家真实记录了自己在青春时代的迷惘，外在的明媚阳光堆积在内心，他终于发现了自己的太阳，这与其说是"发现"，不如说是一个男人真正成熟的"成年礼"，外在太阳的微笑，与内在的人格、信念所获得的"加冕"，这样的太阳礼赞感动每一个有着同样经历的人。岛崎藤村在本文里讲述了一句箴言——"在这个世上，最古老的就是最年轻的"，明白这话的人，至少说明，他已真正成熟了。

版权声明

本书部分作品无法与权利人取得联系，为了尊重作者的著作权，特委托北京版权代理有限责任公司向权利人转付稿酬。请您与北京版权代理有限责任公司联系并领取稿酬。联系方式如下：

北京版权代理有限责任公司

北京市东城区朝阳门内 55 号南门 1006 室

邮编：100010

电话：（010）58642004

E-mail:bookpodcn@gmail.com

Website:www.bookpod.cn